Matthias
Nawrat

Der traurige Gast

ROMAN

ROWOHLT

Die Arbeit an diesem Roman wurde
durch ein Arbeitsstipendium
der Robert-Bosch-Stiftung und
durch ein Stipendium des
Künstlerhofs Schreyahn gefördert.

2. Auflage Februar 2019

Satz aus der Karmina
bei Dörlemann Satz, Lemförde
Druck und Bindung CPI books GmbH,
Leck, Germany
ISBN 978 3 498 04704 7

Der traurige Gast

I. Die Architektin

Diaspora

Am dritten Sonntag im Januar fuhr ich von unserem Viertel aus mit der U-Bahn zur Hasenheide am Südstern, auf die andere Seite der Stadt. Dort gab es eine Kirche, in der sich die polnische Gemeinde traf. Ich war nur einmal im Inneren der Kirche gewesen, und auch nicht zur Messe, sondern um mir die farbigen Fensterbilder der Heiligen anzuschauen. Genau gegenüber der Kirche befand sich das Lokal Mały Książe, *Der kleine Prinz*, und wenn man zur richtigen Zeit eintraf, dann bekam man noch einen Tisch, bevor das Restaurant, an das ein Laden mit Lebensmitteln angeschlossen war, sich mit Familien und älteren Herren und Damen füllte, die aus der Sonntagsmesse kamen. In dem Restaurant wurde Polnisch gesprochen, aber jeder Gast sprach auch Deutsch, und die zwei jungen Bedienungen sprachen beides ohne Akzent, sie waren, so glaubte ich, die Töchter des Lokalbesitzerehepaars, die an Sonntagen aushalfen.

Als ich den Raum betrat, waren alle Tische noch frei, aber kurz nach elf begann der Raum sich zu füllen. Es setzte sich, weil die Leute bald zwischen den Essenden standen und ihnen, um abzuschätzen, wann ein Platz für sie frei werden würde, auf die Teller schauten, ein älterer Herr zu mir. Er war in einen grauen Anzug mit weißem Hemd und goldgelber Krawatte gekleidet und trug am kleinen Finger einen goldenen Siegelring, dessen Wappen einen Schild und zwei gekreuzte Degen zeigte. Wir mussten beide nah an den Tisch rücken und uns vorbeugen, hinter uns drückten die Leute gegen unsere Rücken, im Raum dröhnte es wie in einer Abflughalle.

Er fragte mich, ob ich die Pierogi, die ich gerade zu essen begonnen hatte, empfehlen könne, und ich sagte, dass es zwar nicht die besten seien, die ich je in meinem Leben und vielleicht auch nicht die besten, die ich je in dieser Stadt gegessen hätte, aber dass sie trotzdem gut seien. Und so bestellte er bei einer der zwei jungen Frauen, die sich durch die Menge zu uns vorgearbeitet hatte, eine Portion Pierogi.

Wir sprachen Polnisch miteinander. Es stellte sich heraus, dass er aus Südpolen stammte, aus einer Stadt in der Nähe der Stadt Opole, aus der meine Familie kam und in der ich geboren worden war und die ersten zehn Jahre meiner Kindheit verbracht hatte.

Dann waren Sie gerade auch in der Kirche?, fragte er.

Nein, ich war nicht in der Kirche, sagte ich.

Ist denn etwas passiert?

Nein, ich gehe einfach nur nicht in die Kirche, sagte ich.

Er warf mir einen besorgten Blick zu. Für einen Augenblick fühlte ich mich wie ein Betrüger, der hierhergekommen war, um von der gereinigten Stimmung und der Erhabenheit der Kirchgänger um uns herum zu profitieren.

Er fragte mich, was ich beruflich machte, und ich sagte, dass ich Schriftsteller sei.

In welcher Sprache schreiben Sie?

Auf Deutsch.

Und worüber?

Ich schreibe Erzählungen über verschiedene Dinge, zuletzt über meine Familie und Leute, die ich kenne, sagte ich. Ich habe drei Erzählbände veröffentlicht.

Ach so, sagte er.

Er sagte, dass er Handwerker sei und schon seit über fünfzig Jahren in der Stadt lebe. Er sei in den 60er Jahren zur Zeit der Proteste geflohen und habe hier seine Frau kennengelernt, die aus Lublin gewesen und vor sieben Jahren verstorben sei. Nun lebe er allein, ein paar Straßen weiter.

Was für eine Art Handwerker sind Sie?, fragte ich.

Klavierstimmer, sagte er. Er höre aber inzwischen schlecht, andernfalls könnte er sich noch heute, mit 81 Jahren, etwas dazuverdienen, da in den reicheren Stadtteilen Berlins viele ein Klavier zu Hause stehen hätten. Er habe auch ein Haus in seinem Heimatort, aber er kenne dort niemanden mehr. Sein Sohn und seine Tochter machten dort manchmal Urlaub mit ihren Familien.

Seine Pierogi waren gekommen, und er war eine Weile mit dem Essen beschäftigt. Ich fragte ihn, wie sie ihm schmeckten, und er sagte, dass er schon mal bessere gegessen habe, aber auch schon mal schlechtere.

Ach, schauen Sie, sagte er dann, Richtung Theke deutend, an der die Leute vor der Kasse in der Schlange standen, um die Lebensmittel aus dem Laden zu bezahlen. Da ist Frau Halina.

Vom Eingangsbereich des Restaurants winkte ihm eine Dame in einem roten Mantel zu, mit goldenen Ohrklipsen und gepudertem Gesicht und rot geschminkten Lippen. Sie kam in kleinen Schritten und sich umsichtig an den Stuhllehnen festhaltend zwischen den Rücken der Väter, Mütter und Kinder auf uns zu.

Guten Tag, Herr Rosowski, rief sie, lauter, als nötig gewesen wäre, direkt in sein Ohr. Sie lächelte mir freundlich zu, aber auch misstrauisch, als könnte ich ein Enkel ihres Bekannten sein, von dessen Existenz bisher keiner gewusst hatte. Die zwei anderen Stühle an unserem Tisch waren besetzt, es saß dort ein junges Paar, das sich, die Köpfe zusammensteckend, leise unterhielt. Ich stand auf und bot Frau Halina meinen Stuhl an, was sie aber ausschlug.

Bitte, sagte ich.

Ich war mit meinem Essen längst fertig, und die Geräuschkulisse im Lokal und die Leute, die noch immer standen und auf freie Plätze warteten, hatten mich erschöpft. Ich verabschiedete mich von Herrn Rosowski, der mich aber schon gar nicht mehr beachtete. Er war aufgestanden, half Frau Halina, sich zu setzen, und hängte ihren Mantel über meine Stuhllehne.

Ich habe mir eine Portion Pierogi bestellt, rief er ihr ins Ohr, während ich noch neben ihnen stand.

Ach schön, rief sie zurück und rückte den Stuhl näher an den Tisch heran.

Ich zahlte vorne an der Kasse, bei derjenigen der zwei jungen Frauen, von der ich glaubte, dass sie Małgorzata hieß, und trat in die kühle Winterluft hinaus, für einen Moment geblendet von dem grellen Himmel, der sich über die Kirche und den Friedhof auf der anderen Straßenseite und über die ganze Stadt spannte. Ich brauchte einen Moment, bis ich wieder wusste, wo ich war, und ging dann los, Richtung U-Bahn-Station.

Um mich waren spazierende Familien unterwegs. An der Kreuzung hielt ein Mann auf einem Fahrrad, hinter ihm zwei Kinder mit Helmen auf kleineren Fahrrädern. Die ganze Stadt schien unterwegs zu sein, obwohl die Luft schneidend kalt war. Ich ging an der U-Bahn-Station vorbei und an den Geschäften der Urbanstraße entlang zum Kanal, ich ließ mich von der Stimmung der Leute treiben. Ich hatte wirklich das Gefühl, dass ich in der Kirche gewesen war, wie als Kind in der Familiensiedlung am Stadtrand von Opole, als ich die Geschichten über die Wunder, über die Hochzeit zu Kana, über die Königreiche der Engel und der Teufel noch geglaubt hatte.

Al Hadi

Am nächsten Morgen beschloss ich, zum Friseur zu gehen. Ich trat unten auf die Straße. Es hatte geschneit, alle Geräusche waren gedämpft, ein einzelnes Auto tastete sich in die Kreuzung hinein. Ich ging am Salon La Bella der zwei jungen türkischen Männer und am Café Polonia vorbei und bog in die Grüntaler Straße ein, wo sich der Salon Al Hadi befand.

Als ich den Laden unter einer schellenden Glocke betrat, waren zwei Männer im Raum. Der eine war sehr dick, eigentlich fettleibig. Er trug ein graues Sweatshirt und Birkenstock-Schlappen und saß, wobei sein Bauch wie ein Tisch vor ihm aufragte, auf einem der Stühle an der Wand. Der andere war zierlich, er trug eine Jeans und ein in den Hosenbund gestecktes graues Hemd. Sein Gesicht war, anders als das des Dicken, der einen Schnurrbart trug, glatt rasiert. Er kehrte gerade Haare auf dem Boden zusammen und zeigte auf einen der zwei Sessel vor dem die ganze Wand bedeckenden Spiegel.

Als ich mich in den Sessel setzte, fing der Dicke, der, wie mir nun plötzlich schien, vorher schon geredet hatte, wieder zu sprechen an. Er sprach schnell und mit erhobener Stimme. Er hielt dabei sein Telefon vor sich in der Hand und wischte, während ich mich zurücklehnte und der zierliche Friseur mir eine Schürze umlegte, mit den Fingern der anderen Hand über das Display, als würde er etwas kommentieren, was er gerade gelesen hatte. Er saß ganz vorne auf der Stuhlkante. Der Friseur befestigte ein Kreppband an meinem Hals, drehte sich zu ihm um und gab bestätigende Laute von sich.

Kurz sprachen wir dann auf Deutsch darüber, was für einen Haarschnitt ich wolle. Der Friseur sprach leise und freundlich. Möchten Sie, dass ich Sie rasiere?, fragte er.

Nein, danke, sagte ich.

Im Spiegel sah ich den Dicken in meinem Rücken und über ihm einen ohne Ton laufenden Fernseher, in dem Leute um einen Tisch saßen und ästhetisch gestaltete Speisen serviert bekamen und sich dabei angeregt unterhielten. Der Dicke hatte, während wir über meine Frisur geredet hatten, begonnen zu telefonieren. Er legte eine Wade übers Knie und spielte nervös mit der Sandale an seinem Fuß, der in einer grauen Socke steckte. Er hielt das Telefon ans Ohr und sprach mit der gleichen Lautstärke und dem gleichen Engagement im Ausdruck weiter, aber in seinem Gesicht, das ich im Spiegel sah, meinte ich nun auch Unsicherheit zu erkennen, als ginge es um etwas sehr Wichtiges und als hätte die Inbrunst seiner Rede mit Überforderung zu tun.

Ich bildete mir plötzlich ein, dass er immer wieder das Wort Assad wiederholte, den Namen des Tyrannen aus Syrien, woher er selbst womöglich kam und wo vielleicht noch ein Teil seiner Familie lebte. Aber dann dachte ich, dass ich dieses eine in der Nachrichtenlandschaft omnipräsente Wort vermutlich nur zu hören glaubte. Es konnte, da der Dicke es nicht besonders deutlich aussprach, genauso gut *Amad* oder *Hassan* sein.

Der zierliche Friseur, der mir inzwischen die Haare am Hinterkopf kürzte, schien ihm nicht mehr zuzuhören. Er war in seine eigenen Gedanken versunken, schaute dabei aus dem Fenster, vor dem Trapeze aus Sonnenlicht sich auf dem Gehweg abzeichneten.

Dann sah ich ihn im Spiegel nicken, und ich hörte, wie er ein bestätigendes Wort nach hinten sagte. Er drehte sich zu dem Dicken um, der das Telefon abgelegt hatte, aber weitersprach, mit derselben Dringlichkeit in der Stimme, die inzwischen etwas heiser klang.

Ich wollte etwas sagen. Ich wollte den Dicken hinter mir etwas fragen, ihn irgendwie auf seine Situation ansprechen. Aber ich wusste nicht, was ich sagen könnte. Und so saß ich, während der Friseur mir den Nacken auspinselte, schweigend da.

Bald legte der Friseur das Rasiermesser zur Seite. Mein Gesicht im Spiegel war seltsam und fremd wie das einer anderen Person. Ich zahlte acht Euro und sagte Tschüs zu den beiden und lächelte sie an. Sie erwiderten den Gruß und lächelten zurück. Der Dicke setzte seine Rede einfach fort, und ich war froh, als ich draußen auf dem Gehweg stand.

Während ich zurück in unsere Straße bog, dachte ich, dass ich mir zu viele Gedanken machte. Selbst wenn meine Vermutung stimmte, dachte ich, konnte ich nichts tun, denn der Krieg im Heimatland des Dicken war eine Tatsache, und dass ich und die beiden hier lebten, war ebenfalls eine. Trotzdem schämte ich mich, während ich durch unsere Straße am Salon La Bella vorbeiging, die beiden nichts gefragt zu haben.

Die Architektin

Es war Anfang Mai, als ich die Architektin kennenlernte. Am Ende unserer Straße, auf Höhe des Gesundbrunnen-Centers, befand sich seit ein paar Wochen eine Grube, neben der zwei gelbe Kräne in den Himmel ragten. Neue Wohnapartments und Studios sollten dort, laut einer großen weißen Tafel, entstehen. In der Grube war einen Tag nach ihrem Auftauchen schon Zement ausgegossen gewesen, aber bisher war kein nächster Schritt unternommen worden.

Meine Frau Veronika und ich hatten ein paarmal darüber gesprochen, unsere Wohnung umzugestalten, auch wenn wir es nicht wirklich vorhatten. Im Mały Książe hatte ich per Zufall auf der Theke neben verschiedenen Prospekten eine Visitenkarte auf einem Stapel gefunden. *Dorota Kamszer – Architektin,* stand darauf. *Rufen Sie an!* Weil mich diese Aufforderung interessierte, rief ich noch am selben Nachmittag unter der angegebenen Nummer an.

Aber Sie müssen herkommen, sagte die Architektin am Telefon, nachdem ich ihr unser Anliegen geschildert hatte. Ich verlasse meinen Stadtteil nicht.

Sie bleiben immer nur in Schöneberg?, fragte ich.

Ja, sagte sie. Obwohl, einmal war ich Segeln auf dem Wannsee. Ein Mann, in den ich sehr verliebt war, hatte mich dazu eingeladen, und da musste ich natürlich durch alle auf dem Weg liegenden Stadtteile fahren, was mir gut gefallen hat. Aber das ist schon dreißig Jahre her, der Mann und ich waren sehr jung.

Ich war irritiert von dieser Eröffnung. Da mir die Geschichte außerdem wenig glaubwürdig vorkam, fragte ich sie, wie sie das mit ihrem Beruf vereinbare. Auch in anderen Stadtteilen werde doch gebaut. Eine Architektin müsse doch irgendwann ihre Gebäude besichtigen.

Ich arbeite von zu Hause aus, sagte sie.

Ihre Visitenkarten lagen im Mały Książe, sagte ich. Das ist doch in Kreuzberg.

Eine Freundin hat sie dort für mich vorbeigebracht.

Und der Segler? Was ist aus ihm geworden?

Vermutlich lebt er noch heute irgendwo in dieser Stadt, sagte sie. Er hat eine Familie und einen Beruf, dem er gerne nachgeht. Vielleicht hat er sogar schon Enkelkinder.

Die Architektin sprach leise und gewählt. Ihr Polnisch erinnerte mich, wie mir, nachdem ich aufgelegt hatte, plötzlich bewusst wurde, an dasjenige, das ich von meiner Oma kannte, die aus Brzeżany stammte, einer Kleinstadt, die vor dem Zweiten Weltkrieg polnisch gewesen war, heute jedoch zur Ukraine gehörte. Die musikalische Art und Weise, wie sie die Wörter miteinander verschmelzen ließ, weckte in mir die Vorstellung von uralten

Potocki-Gräfinnen, von einer längst untergegangenen, aber im kulturell-genetischen Pool des alten Osteuropa noch präsenten Vergangenheit, die als Erinnerung fortdauerte. Ich fühlte mich davon angezogen. Aber mich überkam auch, nachdem ich aufgelegt hatte, ein merkwürdiges Gefühl des Unbehagens.

Was meinst du mit *Unbehagen*?, fragte Veronika, die mir gegenüber auf unserem Sofa im Flur saß, in der Nische unter dem Fenster, als ich ihr von dem Telefongespräch erzählte.

Ich weiß es nicht, sagte ich.

Ich musste in diesem Augenblick, auch wenn ich es selbst übertrieben fand, an die letzten Worte des Elfenbeinhändlers Kurtz aus Joseph Conrads *Heart of Darkness* denken, ich sah die Szene auf dem Kongo-Fluss beinahe vor mir. Ich sah den in der Kabine siechenden Kurtz, von Irrsinn befallen, längst für das Leben der normalen Menschen verloren, wie er aus wirren Albträumen für Augenblicke auftaucht und, den Blick schon in eine andere Sphäre gerichtet, wieder und wieder dieselben Worte sagt: *das Grauen.*

Du übertreibst, sagte Veronika.

Vermutlich, sagte ich.

Kuchen

Die Architektin wohnte in einem Teil Schönebergs, der geprägt war von bürgerlichen Wohnhäusern. Die Wohnungen hinter den Fenstern, so konnte ich, an diesen Häusern mit ihren Erkern entlanggehend, durch einige Scheiben sehen, hatten hohe Zimmerdecken und Stuck. Die arabischen Imbisse, wie ich sie aus unserem Viertel kannte, waren hier einsame Inseln zwischen Cafés, Weingeschäften und dem griechischen Restaurant an der Ecke.

Das Haus mit der Nummer 17 befand sich in einer ruhigen Seitenstraße mit einer sich alle fünfzig Meter verengenden Fahrbahn. An den Engstellen ragte aus der Reihe der geparkten Autos jeweils ein bepflanztes, durch Kopfsteinpflaster begrenztes Halbinselchen in den Asphalt.

Ich klingelte, die Gegensprechanlage blieb lange stumm, knackte dann doch, und eine Stimme, die heller klang als die am Telefon, sagte meinen Namen und Vornamen. Nachdem ich bestätigt hatte, passierte aber nichts. Ich zögerte eine halbe Minute lang – denn wer wusste, was sie davon abhielt, den Türöffner zu drücken. Als ich aber beschloss, ein zweites Mal zu klingeln, und den Finger schon auf den Knopf legte, summte das Schloss, und die schwere Eingangstür gab nach.

Entschuldigung, sagte sie in der Tür im zweiten Stock, ich musste noch eine dringende E-Mail zu Ende schreiben. Sie öffnete die Tür ganz und trat einen Schritt zurück, um mich in einen unter meinen Füßen knarzenden, unter ihren aber kein Geräusch machenden Wohnungsflur einzulassen. Im Türrahmen eines der angrenzenden Zimmer bat sie mich, die Schuhe auszuziehen und mir aus dem Regal neben der Wohnungstür ein Paar Stoffschlappen zu nehmen.

Ich stand in diesem Flur, ich atmete ein und spürte eine überraschende Weite. In der Wohnung roch es nach etwas, das ich kannte. Ich meinte, es sei der Geruch alter Bücher, deren Papier in Zeiten hergestellt und umgeblättert worden war, die schon lange vergangen waren.

Hinter der Architektin lag ein Durchgangszimmer, in dem ein Schreibtisch vor einem Fenster stand. Die rückwärtige Seite wurde ausgefüllt von einer Palme und anderen hohen Pflanzen. Aus diesem Raum führte eine weitere Tür, durch die der Ausschnitt eines Kühlschranks zu sehen war.

Sie wollen also Ihre Wohnung umgestalten, sagte die Architektin.

Wir denken lediglich darüber nach, sagte ich.

Alle wollen ihre Wohnungen umgestalten, sagte sie. Sie lachte, und es war ein irgendwie kindliches, aber auch ironisches Lachen.

Sie führte mich in ein weiteres Durchgangszimmer im

hinteren Bereich der Wohnung, das auf den Hof hinausging. Um das Fenster zum Hof war der Raum etwas heller, aber das Licht wirkte wie Konservenlicht, wie Tageslicht zweiter Klasse. Es schien abgestanden, drang kaum über den Radius von einem Meter in den Raum hinein. Links von uns öffnete sich eine Flügeltür in ein großes Zimmer mit Balkon und Fenster zur Straße, die von Sonnenlicht erhellt war. Noch bevor ich jedoch in diesen Raum treten konnte, schloss die Architektin die Tür und lotste mich an den Esstisch im Durchgangszimmer. Sie selbst setzte sich an dessen Kopfende.

Ich schaute, nachdem ich mich gesetzt hatte, auf eine Wand aus Buchrücken hinter verschiebbaren Regaltüren.

Nehmen Sie ein Stück Kuchen, sagte die Architektin und deutete auf einen hellen Streuselkuchen mit weißer Zuckerglasur. Dieser hier ist aus dem Supermarkt an der U-Bahn-Station, von der Sie gekommen sein müssen. Der Laden hat so gut wie nichts im Angebot, seit Jahren heißt es, es werde einen Umbau geben. Auch soll der Laden von einem anderen Betreiber übernommen werden, aber bisher ist nichts geschehen. Diesen Kuchen – sie deutete auf einen zweiten, in Scheiben geschnittenen Kuchen, der blass und irgendwie mager aussah und mich in seiner Grobporigkeit eher an ein Omelette erinnerte – habe ich selbst gebacken, er ist meine Spezialität.

Ich legte ein Stück von dem selbstgebackenen Kuchen auf meinen Teller. Sie stand auf und verschwand in den Wohnungsflur, und ich hörte aus dem vorderen Bereich der Wohnung, jenseits des Raums mit dem Schreibtisch und dem Zimmerdschungel, Schranktüren klappern und Wasser rauschen. Ich nahm einen Bissen von dem Kuchen – und wollte ihn sofort wieder auf den Teller fallen lassen. Nach nur kurzem Kontakt mit meiner Zunge hatte ich ein überwältigendes Erlebnis vollkommener Geschmacklosigkeit. Das Stück Kuchen lag in meinem Mund und sonderte nichts ab, es zerfiel auch nicht, sondern behielt, wenn ich es kaute, seine gummiartige Konsistenz. Ich konnte das Stück, wie ich dann feststellte, kauen und schlucken, aber im Mund blieb kein Vermissen zurück.

Wie schmeckt er Ihnen?, fragte die Architektin, als sie zurückkam und aus einer silbernen Espressokanne Kaffee in die Tassen goss.

Ich weiß es, ehrlich gesagt, nicht, sagte ich.

Ich backe ihn eher aus praktischen Gründen, sagte sie. Er wird aber beginnen, Ihnen zu schmecken. In meinem Bekanntenkreis ist er inzwischen sehr beliebt. Ich verschenke viel davon an meine Freunde. Er ist sehr gesund, denn er besteht praktisch nur aus Eiweiß. Ich benutze auch keinen Zucker.

Für eine Weile schaute sie nachdenklich in die Zimmerecke und auf das Fenster zum Hinterhof. Sie war klein und zierlich, ihre Lippen waren rot geschminkt. Sie hatte schlanke Hände, die jedoch, wie mir im ersten Moment schon aufgefallen war, ungewöhnlich harthäutig und abgearbeitet wirkten. Ihr kurzes graues Haar wirkte federleicht. Ich hatte in diesem Moment den Eindruck, dass in ihren Gesichtszügen sich etwas sehr Lebendiges zeigte, die Intelligenz von Generationen von Professoren und Gelehrten. Es stellte sich heraus, dass sie aus Opole kam, wie ich.

Aber ich bin schon lange nicht mehr dort gewesen, sagte sie.

Wir sprachen eine Weile über verschiedene Straßen und Plätze der Stadt. Ich beschrieb ihr, wo ich als Kind gewohnt hatte. Ich erzählte ihr auch, dass viele der alten deutschen Häuser um den Rathausplatz oder am Kanal heute renoviert und pastellfarben gestrichen waren und dass es an der Oder neugestaltete Spazierwege gab und dass dort Sportgeräte aufgestellt worden waren für die Stadtbewohner, zur Steigerung der allgemeinen Gesundheit, finanziert mit EU-Geldern.

Das klingt sinnvoll, sagte sie.

Auf ihre Frage, was ich machte, erzählte ich, dass ich Schriftsteller sei und bisher drei Bände mit Erzählungen veröffentlicht hätte.

Ein Schriftsteller, sagte sie. Interessant. Dann kennen Sie sich bestimmt auch mit Architektur aus.

Nicht wirklich, sagte ich.

Ich arbeite seit mehr als dreißig Jahren als Architektin, sagte sie. Auch mein Vater war Architekt. Ich habe hier, in dieser Stadt, einige wichtige Projekte durchgeführt. Kennen Sie das Gomrich-Gebäude und die Fildingerhöfe? Das Gomrich-Gebäude ist ein Komplex im alten Ostberlin, in der Nähe des Hackeschen Markts, mit Büroräumen und verglasten Lokalen im Parterre, in denen sich vor der Wende Geschäfte für die Klasse der Werktätigen befunden haben. In den Fildingerhöfen waren vor dem Krieg ein Kino und Tanzsäle und Restaurants. Auf dem Platz steht heute ein Gebäude, an dessen Neubau ich beteiligt gewesen bin, in den 90er Jahren. Es ist sieben Stockwerke hoch und hat achtundneunzig Fenster aus Glas mit dunkler Tönung. Die Fassade knickt in regelmäßigen Abständen ab und fügt sich dadurch, wie ich finde, gut zwischen das Gomrich-Gebäude, die alten Fildingerhöfe und die neuen Geschäfte. Ich glaube, es ist heute ein Hotel. Sie sollten hinfahren und es sich anschauen.

Das werde ich vielleicht machen, sagte ich.

Sie begann, die Fotos unserer Wohnung, die mitzubringen sie mir am Telefon aufgetragen hatte, über den Tisch zu schieben und sie in wechselnden Konstellationen anzuordnen, mal in einer Reihe, mal in einem verzweigten Gebilde, bei dem der Flur mit unserem Sofa das Zentrum bildete, von dem aus unsere Zimmer und die Küche und das Bad, wie bei den ausgefalteten Seitenflächen eines Würfels, sich auffalteten. Sie betrachtete die Fotos lange. Da ist eine Nische, ja?, fragte sie. Diese Pflanze steht gegenüber von diesem Flurfenster?

Ich erklärte ihr, dass in unserer Wohnung das Flurfenster tatsächlich eine Besonderheit darstellte, denn der Flur endete in einer Seitenwand des Gebäudes, die frei stand, sodass man ein kleines, quadratisches Fenster hatte einbauen können. Eben unter diesem Fenster, zwischen meinem und dem Zimmer meiner Frau, war die Nische, und in dieser stand unser Sofa.

Ja, das habe ich schon alles selber gemerkt, sagte sie.

Wieder verschob sie die Fotos, erzeugte eine neue Geometrie, verengte die Augen. Das Foto, das die Küche zeigte, besah sie besonders lange und skeptisch.

Diese Wand könnte man rausnehmen, sagte sie.

Das würde unsere Vermietungsfirma vermutlich nicht gerne sehen, sagte ich.

Die Wohnung ist nur gemietet?, rief sie aus. Das ändert natürlich alles! Am besten, man besitzt eine Wohnung. Ich besitze meine leider auch nicht. Wie viele Quadratmeter hat dieses Zimmer?

Vielleicht zweiundzwanzig, sagte ich.

Das ist zu wenig.

Wann werden Sie sich die Wohnung anschauen?

Ich schaue sie mir jetzt gerade an.

Ich meine, wann werden Sie sie besichtigen?

Ich besichtige keine Wohnungen, sagte sie. Ein guter Architekt muss eine Wohnung nicht besichtigen. Bitte zeichnen Sie mir den Grundriss mit den genauen Quadratmeterangaben auf dieses Blatt Papier, sagte sie und schob mir ein Blatt und einen Bleistift zu. Dann hob sie das Foto der Küche hoch und schaute es wieder lange an, schüttelte den Kopf. Diese Wand stört sehr, sagte sie.

Sie stellte mir noch ein paar weitere Fragen. Ob ich mich in einem der Bereiche besonders gerne aufhielte, oder ob ich, zum Beispiel, einen Hang zur Schwermut hätte. Sie fragte auch, ob wir die Wohnung lange behalten wollten, oder ob sie für uns nur eine Transit-Station darstelle.

Was heißt lange?, fragte ich.

Für immer, sagte sie, was mich, als sie es aussprach, merkwürdig erschreckte.

Ich sagte: Erst mal für immer. Später dann vielleicht nicht mehr.

Sie nickte. Sie schaute wieder zum Fenster, das auf den Hinterhof ging. Gestern morgen war ich auf dem Weg ins Rathaus, um eine offizielle Angelegenheit zu erledigen, sagte sie plötzlich. Kurzum, ich beziehe zur Aufstockung meiner Einnahmen Sozialunterstützung und musste aktuelle Unterlagen einreichen. Ich wollte außerdem im Media Markt einen neuen Toner für meinen Farbdrucker kaufen, da ich für ein paar Freundinnen von mir, die dazu technisch einfach nicht in der Lage sind, ein Poster gestalte. Und da habe ich in einem Park die folgende Szene gesehen: Da stand, direkt am Eingang zum Park – es ist der Park neben der U-Bahn-Station, in dem früher, bis in die 90er Jahre, ein bekannter Homosexuellentreffpunkt gewesen ist –, quer zum Bürgersteig und mit der Motorhaube in den Park hinein, der eigentlich nur ein sogenannter *Skwer* oder *Square* ist, ein roter Mercedes. Und darin saß am Steuer ein Mann, etwa in Ihrem Alter. Seine Freundin oder Ehefrau, in ein weißes Jäckchen gekleidet und ziemlich übertrieben geschminkt, lehnte seitlich an der Motorhaube und telefonierte. Der Mann tat so, als würde er das Auto steuern, wie ein Kind. Er wirkte, als hätte er Spaß daran, und die Frau telefonierte in einer Sprache, von der ich glaube, anhand von Reiseerfahrungen in meiner Jugend, dass es Bulgarisch gewesen ist. Die Frau wirkte eher wie seine Mutter. Sie lachte während des Telefonats gutgelaunt, sie schien insgesamt sehr entspannt zu sein, während die Leute, die an dem Auto vorbeigingen, die Köpfe schüttelten.

Etwas an dieser Szene, fuhr sie nach einer kurzen Pause fort, stieß eine Erinnerung in mir an, es versetzte mich woanders hin. Das Gefühl war so stark, dass ich stehen bleiben musste. Es war etwas an der Art, wie das Auto quer über den Bürgersteig in den Park hineinragte, der vor fünfunddreißig Jahren, als ich in diese Stadt gekommen bin, ein ganz anderer Ort gewesen ist. Vielleicht erinnerte es mich an meine Kindheit, da ich als Kind oft mit meinem Vater Spaziergänge in den Park auf der Insel Bolko gemacht habe. Es hatte aber auch etwas mit der Selbstverständlichkeit zu tun, mit der die beiden da eine Pause machten, die Frau telefonierte und der Mann auf sie wartete und sich nichts daraus machte.

Die Architektin saß eine Weile schweigend da. Ich nahm einen Schluck Kaffee und aß einen Bissen von dem Kuchen.

Allein in diesem Viertel passiert schon genug, sagte sie. Da muss man nicht noch in andere fahren. Die Leute fahren zu viel herum.

Interessiert es Sie nicht, wie es heute in anderen Stadtteilen aussieht?, fragte ich.

Jedes Stadtviertel ist strukturell gesehen gleich, sagte sie. Ich habe hier alles, was ich brauche.

Sie schaute wieder zum Fenster im hinteren Bereich des Raums. Sie wirkte für einen Moment fast verträumt, dann musterte sie mich mit einem scharfen Blick.

Als Kind, sagte sie, hatte ich einen zwei Jahre älteren Bruder, den ich sehr verehrte, Janek. Ich wollte so sein wie er, weshalb ich mir Hosen anzog und oft seine Mütze oder seine T-Shirts auslieh. Am liebsten hätte ich mir, wie er, die Haare kurz geschnitten. Janek war ein sehr guter Schüler. Er spielte Fußball und Klavier, er war in der Schwimmauswahl der Schule für hundert Meter Kraul – er war eigentlich in allem gut. Bevor ich lesen konnte, las er mir die Abenteuer des Kapitän Nemo vor, er las mir *Winnetou* vor und *Robinson Crusoe* und *Lederstrumpf*. Eines Tages erkrankte er an der Lunge. In dieser Zeit – es waren die 1960er Jahre – gab es in Polen keine Krankenversorgung wie heute. Er wurde in ein Kinderkrankenhaus in Głuchołasy gebracht, nahe der tschechoslowakischen Grenze in den Opawskie-Bergen, Sie kennen die Gegend vermutlich. Ich erinnere mich sehr genau an unsere Besuche. Mein Bruder lag in einem Gang, weil alle Zimmer überfüllt waren. Er lag in einem der zahlreichen Gitterbetten, die zu beiden Seiten des Gangs standen, und fragte mich, von trockenen Hustenanfällen unterbrochen, nach Neuigkeiten aus. Er wollte wissen, wie es in der Schule lief und was ich den ganzen Tag lang ohne ihn machte. Ich erzählte ihm von den Büchern, die ich inzwischen selber lesen konnte. Ich sagte, dass ich ihn allein besuchen kommen und ihm daraus vorlesen könnte.

Ich würde mich sehr darüber freuen, sagte er mit einem ungewöhnlichen Ernst in den Augen.

Einmal besuchten meine Mutter und ich ihn schon am Morgen, zu einer ungewöhnlichen Stunde, ich weiß nicht mehr, warum. Auf der Station ging der Betrieb gerade erst los, mein Bruder bekam das Frühstück serviert, einen Teller Milchsuppe vermutlich. Ich stand neben seinem Bett, und ich weiß noch, ich staunte über seine langsamen Bewegungen beim Löffeln der Suppe und beim Schlucken – da kam plötzlich ein Arzt an uns vorbei, und in seinen Händen trug er, ich werde es nie vergessen, ein blau angelaufenes, wie aus blauem Wachs geformtes Baby. Die Augenlider des Babys waren zugekniffen, seine Lippen waren fest zusammengepresst. Ich sah es, als der weiß gekleidete Arzt an mir vorbeikam, sehr deutlich. Ich schaute dem Baby, das auf meiner Augenhöhe im Arm des Arztes lag, direkt ins Gesicht.

Als der Arzt an mir vorbei war und ich ihn zwischen den Bettreihen forteilen und durch den Gang verschwinden sah, bekam ich Angst. In den folgenden Nächten träumte ich immer wieder dieselbe Szene, nämlich wie der Arzt mit dem Baby am Ende des Flurs in einen Raum und ans offene Fenster tritt und das Baby dort durchs offene Fenster hinauswirft. Es fällt nicht tief, denn der Raum ist im Parterre und geht auf eine Wiese hinaus. Das Baby fällt genau auf einen Haufen unter dem Fenster, wo schon zehn, fünfzehn solcher toten Babys liegen.

Für immer ist die Erinnerung an meinen Bruder mit diesem Bild von der Rückseite des Klinikgebäudes in den Opawskie-Bergen verknüpft. Das ist der Grund, warum ich bis heute in kein Krankenhaus mehr gegangen bin und auch nie in eines gehen werde. Auch ist es für immer verknüpft mit meiner Angst vor der Leere des Universums, die ich in den Nächten, da ich von den blauen Babys träumte, gespürt habe als eine Art Hintergrundrauschen, als leises, aber niemals abbrechendes Brummen. Aber nicht so sehr fürchtete ich mich damals, in meinen Träumen, vor dem eigenen Tod, sondern ich hatte Angst um meinen Bruder. Die Erzählungen von den Heiligen und von Jesus und Maria, all der Weihrauch und mein weißes Kommunionskleid und das Versprechen des ewigen Lebens nach dem Tod konnten mich nicht trösten. Ich finde erst heute allmählich einen gewissen Trost darin, eine Kirche zu betreten. Jedoch nicht etwa, weil ich an Gott glauben würde, sondern weil es mich an meine Kindheit denken lässt. Und interessanterweise an die schönen Tage mit meinem Bruder. Heute ist die Dunkelheit aus meinen Erinnerungen verschwunden. Es bleibt das junge Gesicht von Janek in seiner vollen Lebendigkeit, beim Spielen auf einem Fußballfeld. Sein ernstes Gesicht, wenn er von einem Buch aufschaut und innehält im Lesen, weil eine besondere Stelle erreicht ist und er mich auf die Folter spannen will.

Die Architektin lehnte sich zurück. Sie schaute an mir vorbei, wieder zu dem Fenster im hinteren Bereich des Durchgangszimmers, das den Raum kaum erhellte.

Ich fühlte mich im ersten Moment sprachlos von dieser Erzählung. Das ist eine sehr traurige Geschichte, sagte ich. Es tut mir sehr leid.

Muss es nicht, sagte sie. Es geht mir heute gut. Aber ich denke oft an diese Zeit zurück.

Die Architektin schüttelte den Kopf, seufzte. Und

dann erzählte sie ohne irgendeine Überleitung, dass sie nach der Begegnung im Park über zwei Stunden im Rathaus hatte untätig herumsitzen müssen, um ihren Personalausweis erneuern zu lassen, den sie wiederum brauchte, um eine Kopie davon für einen neuerlichen Antrag im Bürgeramt, Abteilung für Soziales, abgeben zu können, damit ihr wieder neue Monatsbeträge ausbezahlt würden. Ich saß, während sie das sagte, auf meinem Stuhl und fühlte, wie mir etwas den Magen zuschnürte. Aber sie schien es nicht zu bemerken.

Wir brauchen ein zweites Treffen, sagte sie. Ich muss nachdenken, etwas recherchieren.

Sie rutschte mit dem Stuhl zurück, erhob sich und schob mich beinahe in den Flur. An der Wohnungstür gab sie mir, nachdem ich mir die Schuhe angezogen hatte, einen Flyer, auf dem auf Deutsch eine Veranstaltung des Filmclubs «Kormoran» angekündigt wurde.

Ein paar Freunde von mir organisieren in einem Kino hier um die Ecke ein Treffen mit Dokumentarfilmern. Die Einnahmen werden gespendet, sagte sie. In diesem Monat läuft der Film eines Regisseurs aus Sri Lanka über den dortigen Bürgerkrieg. Vielleicht interessiert es Ihre Frau und Sie. Ich werde Sie, wenn Sie mir Ihre Mailadresse geben, in den Verteiler aufnehmen.

Bevor ich aus der Wohnung ging, überreichte sie mir noch ein Paket in Alufolie, das, als ich den Daumen hineindrückte, auffällig gummiartig nachgab.

Das ist für Ihre Frau und Sie, sagte sie. Lassen Sie ihr ein Stück übrig!

SAVEDO

Mitte Mai war ich für eine Vortragsreise in einige süd- und westdeutsche Städte eingeladen. Meine letzte Station war Trier. Es war ungewöhnlich heiß – es waren angeblich die heißesten Tage des Jahres – und schwül. Meine Gastgeber erzählten mir, die Römer hätten sich an der Mosel wegen des für Deutschland einzigartigen Klimas besonders wohl gefühlt. Später seien hier deutsche Soldaten trainiert worden, die nach Afrika oder Indochina gehen sollten.

Ich schaute mir den Dom und die Porta Nigra an, gedrungene Bauten aus schwarzem Stein, die noch aus der Römerzeit stammten. Auf einem Hügel mit Weinstöcken, der sich über die Altstadt erhob, stand eine Kirche, die mit ihrem niedrigen Turm an eine Villa aus der Toskana erinnerte. In Trier gab es das einzige Apostelgrab diesseits der Alpen, dasjenige von Matthias, dessen Gebeine Helena, die Frau von Konstantin, in die Stadt hatte bringen lassen, während der Kaiser hier residierte.

Ich ging durch die Altstadt und suchte in den Gesichtern der Trierer nach römischen Zügen, als könnte sich das Leben von vor zweitausend Jahren über die Generationen hinweg darin erhalten haben.

Ich freute mich, als ich mit dem Zug wieder in Berlin einfuhr, zwischen den Wohnhäusern, die bis an die Bahntrasse gebaut waren, sodass man in die Wohnzimmer und Küchen und auf ihre Balkone schauen konnte, und dazwischen immer wieder in das Labyrinth der Straßen der verschiedenen Stadtteile.

Meine Mutter war im Internet auf eine Bank gestoßen, die eine einjährige Festgeldanlage zu 1,5 Prozent Zinsen anbot. Diese Bank hatte, wie sie mir nach meiner Rückkehr am Telefon erzählte, offenbar eine Berliner Adresse, und sie bat mich, mir die Bankfiliale anzuschauen, um ihr zu sagen, welchen Eindruck sie auf mich machte.

Ich fuhr mit der U8 zum Alexanderplatz und ging ein Stück an den Hochgleisen der S-Bahn Richtung Hackescher Markt zurück, bog dann in ein Viertel mit Altbauten und Cafés. Ich folgte einem Metallschild mit der Aufschrift SAVEDO durch den Hausdurchgang in einen Hof. Nichts deutete hier auf die Kundenfiliale einer Bank hin, bis auf ein weiteres Metallschild an einer Tür neben einem verglasten Aufzugsschacht. Ich fuhr in den dritten Stock und trat dort durch eine Glastür mit neu wirkendem, graugebeiztem Holzrahmen.

Hallo, sagte eine Frau, die direkt vor mir in einer Sofaecke saß. Sie lächelte kurz zu mir hinauf und beugte sich wieder über einen Laptopbildschirm. Der Raum, zu dem mir die Sofaecke den Zugang eher versperrte als öffnete, war sehr hoch. Er bestand aus einer Ansammlung kleinerer Räume, die als Glasboxen in ihn hineingebaut waren mit weiteren Leuten an Schreibtischen darin.

Can I help you? Die Frau war aufgestanden und streckte mir eine Hand entgegen. Sie war ungefähr in meinem Alter. Etwas an ihrer Unsicherheit und vielleicht auch an der Tatsache, dass sie hier im Eingangsbereich auf einem Sofa saß, machte mich wiederum plötzlich selbst nervös.

Ist das die Rezeption?, fragte ich auf Englisch und deutete hinter sie auf den Holzrahmen der ersten Glasbox, wo ein Schild hing mit der Aufschrift *Rezeption.* Die Frau drehte sich um, sah das Schild an und dann wieder mich.

Ein paar Minuten später saß ich in einem weißgetünchten Raum jenseits der Glasboxen auf einem federnden Bürosessel. Mir gegenüber am Tisch saß eine andere Frau in meinem Alter. Sie war blond und sprach mit leiser Stimme. Zur Anzugshose trug sie einen roten Pullover, aus dem ein weißer Hemdkragen rausschaute. Als sie mich begrüßt hatte, war ich beinahe erschrocken, weil sie Deutsch mit einer Hamburger Färbung sprach und mir die deutsche Sprache in diesen Räumen ganz fremd vorkam.

Ich schilderte ihr das Problem und fragte, obwohl ich es schon gar nicht mehr wollte, ob sie mir eine Informationsbroschüre geben könne zu den angebotenen Festgeldanlagen. Haben Sie überhaupt ausgedrucktes Material?, fragte ich.

Natürlich, sagte sie.

Ich dachte nur, sagte ich. Sind Sie überhaupt eine Bank?

Wir sind eine Bank, sagte sie.

Als ich eine halbe Stunde später mit einer blauen Mappe wieder auf der Straße stand, fiel mein Blick eher zufällig auf ein Metallschild in der Zufahrt zum Hof, das ich vorher nicht bemerkt hatte, weil es sehr weit oben, fast unter dem Dach des Durchgangs angebracht war. Darauf war zu lesen: Fildingerhof IV.

Auf der Straße vor dem Hausdurchgang stehend, sah ich mich um und entdeckte vorne an der Kreuzung tatsächlich ein langgestrecktes Gebäude, einen etwa hundert Meter langen Plattenbau, in dessen Parterre sich die Schaufenster von Geschäften und Restaurants befanden. Ich überquerte die Straße und ging an dem Gebäude entlang. Kurz bevor der Platz sich vor mir öffnete, sah ich schon das schwarz verglaste Gebäude über den Dächern aufragen.

Der Platz war nicht viel mehr als eine betonierte Fläche. In seiner Mitte wuchs Rasen, neben dem Straßenbahngleise verlegt waren. Er befand sich zwischen dem Hackeschen Markt und der Karl-Liebknecht-Straße, in der Nähe des Berliner Doms, der Museumsinsel und der Spree, deren dunklen und brackigen Geruch ich jetzt zu riechen meinte. Das schwarze Glasgebäude hatte, wie die Architektin es beschrieben hatte, tatsächlich eine regelmäßig abknickende Fassade. Hinter einem Geländer auf dem Dach konnte ich eine Birke und daneben Leute in schwarzen Anzügen und weißen Hemden sehen, mit Gläsern in der Hand. Der Eingangsbereich unten wurde zu beiden Seiten mittels roter Bänder abgetrennt, die sich zwischen je zwei silbernen Metallpfosten spannten. Auf die Glastür lief ein roter Teppich zu, und über der Tür war das Logo des Hotels zu sehen, eine gelbe Krone auf blauem Grund.

Ich ging noch eine Weile durch die Straßen um den Platz. Über den Dächern ragten Kräne auf, die an der Baustelle des Berliner Schlosses und der Verlängerung der U55 standen. Mir kam es bald vor, als herrschten um mich falsche Lichtverhältnisse – die Gebäude an dieser Stelle der Stadt schienen keine Schatten zu werfen. Obwohl ich schon oft hier gewesen war, irritierte mich plötzlich das Nebeneinander der Baustile in den Straßen hinter der Universität. Die Kuppel der St.-Hedwigs-Kathedrale. Der preußische Prunk der Oper. Die Glas- und Stahlwürfel des Arcotel J. F. Berlin und der B. B.-Bank. Die schmalen Wohnhäuser des Nikolaiviertels, die sich aneinanderdrängten wie Imitationen uralter Bürgerhäuser in Amsterdam.

Hinter dem palastartigen Bau des Kronprinzenpalais sah ich eine Frau in einer weißen Schürze auf einem Steinpfeiler in der Sonne sitzen und eine Zigarette rauchen. Das Licht kam mir künstlich vor, die Gebäude wirkten zu plastisch und körperlich; sie sahen so aus, als hätten sie vielleicht gar kein Inneres.

Eine Reise nach Deutschland

Ich fragte mich selbst, warum mich die Architektin interessierte. Ich wollte unsere Wohnung gar nicht umgestalten lassen. Veronika und ich hatten ein einziges Mal aus einer Laune heraus darüber gesprochen, es war eigentlich kein Thema für uns. Während meines gesamten ersten Besuchs hatte mich eine Art Unwohlsein bedrückt. Trotzdem beschloss ich, sie noch einmal aufzusuchen. Dieses Mal waren auf dem Tisch im Durchgangszimmer Fotos unserer Wohnung in mehreren Kopien und in unterschiedlichen Anordnungen verteilt. Sie hatte sie offenbar eingescannt und wieder ausgedruckt. Es lagen daneben auch mehrere weiße Papierbögen ausgebreitet.

Wir aßen ein Stück Kuchen. Er schmeckte nach wie vor neutral, aber auch so, dass er mich nun aufmerksam machte auf sich selbst und auf etwas, das jenseits der Kategorie Geschmack zu liegen schien.

Und was sagen Sie zu meinem Gebäude?, fragte die Architektin, nachdem ich ihr von meinem Zufallsfund erzählt hatte.

Es sieht irgendwie unpassend aus in seiner Umgebung, sagte ich. Aber es passt vielleicht gerade deshalb.

Sie senkte den Blick, als würde sie sich das Gebäude und die Stelle, an der es stand, vorstellen und darüber nachdenken, was ich meinen könnte. Sie nickte.

Haben Sie noch andere Häuser in Berlin entworfen?, fragte ich.

Vor allem dieses, sagte sie.

Sie trug an dem Tag eine blaue Jeans und ein grünes Hemd, außerdem eine Brille, die sie aufgesetzt hatte, als sie begonnen hatte, die Fotos über den Tisch zu schieben, die sie nun aber wieder abnahm und auf den Tisch ablegte, bevor sie einen Moment lang zum hinteren Fenster schaute, das auf den Innenhof ging.

Jede Bewegung von Menschen über die Erdkugel, so denke ich heute, endet zwangsläufig in einer Stadt, sagte sie. Es gab Zeiten, da kam es mir fast wie ein Gesetz vor. Meine Mutter ist in Lemberg geboren und in Stanisławów aufgewachsen. Das sind Orte in der heutigen Westukraine. In ihrer Kindheit waren es polnische Städte, jedoch geprägt durch die galizische Kultur und damit durch habsburgische und jüdische Einflüsse. Es gab in Stanisławów Synagogen, katholische und orthodoxe Kirchen und sogar einen armenischen Dom. Am Ende des Krieges ist meine Mutter mit Hunderttausenden Menschen von der sowjetischen Armee ins deutsche Oppeln umgesiedelt worden, ins heutige Opole, wo ja auch Sie geboren und aufgewachsen sind. Nach der Vertreibung der Deutschen, das sagte mir meine Mutter, habe die Stadt nur noch 170 Einwohner gehabt. Meine Mutter erzählte häufig davon, wie nach ein paar Wochen halb Stanisławów auf den

Straßen von Opole anzutreffen gewesen sei, sie traf sogar Kindheits- und Jugendfreunde wieder. Jede Stadt ist, strukturell gesehen, ähnlich, sodass es offenbar möglich war, dort einfach wieder zusammenzuwohnen wie zuvor in Stanisławów. Wenn man von den Gefühlen absieht. Die Mutter meiner Mutter hat bis zu ihrem Tod einen Großteil der Kisten, die sie hatten mitnehmen dürfen, nicht ausgepackt. Bestimmt können wir bald wieder nach Hause, hat sie noch gesagt, da habe ich schon längst in Wrocław Architektur studiert. Mit Wrocław war es übrigens ähnlich. Nach dem Krieg, so sagt man heute allgemein, hat sich in Wrocław ganz Lemberg wiedergetroffen. Die Universität wurde praktisch komplett von Lemberger Universitätsprofessoren neu aufgebaut. Ich selbst kenne nichts anderes als das polnische Opole und das polnische Wrocław, ich habe ganz normal Abitur gemacht und begonnen, Architektur zu studieren wie mein Vater. Er war Stadtarchitekt und hat einige der Familiensiedlungen in Opole entworfen.

Aber ehrlich gesagt, sagte die Architektin, wollte ich einfach weg aus Opole, nur deshalb habe ich mich für ein Studium in Wrocław entschieden. Eine Weile später wollte ich auch aus Wrocław weg. Ich konnte nicht ruhig sitzen bleiben, Opole war mir viel zu klein, und auch Wrocław wurde mir zu klein. Das ganze Land war mir zu klein, und das hatte, das weiß ich heute, nichts mit den Kommunisten oder mit den Katholiken zu tun. Ich glaube, dass die grundsätzliche Freiheit des Menschen mir Angst machte, weshalb ich in Bewegung bleiben wollte. Deshalb lernte ich Deutsch und Englisch. Damals kamen plötzlich studentische Reisegruppen aus Deutschland nach Wrocław und unter anderem eine aus Westberlin. Man muss sich den Zwiespalt vorstellen, den ein solcher Besuch bedeutet, ob man will oder nicht. Ob man den Krieg selbst erlebt hat oder nicht. Der Vater meiner Mutter war wie Hunderte andere Beamte und Lehrer und Fabrikdirektoren von ukrainischen Polizisten, die nach dem Einmarsch der Wehrmacht plötzlich auf deutscher Seite standen, auf der Ladefläche eines Lkw in ein Waldgebiet gebracht worden, das Schwarzer Wald hieß. Dort schoss ihm ein deutscher Soldat in den Kopf und warf ihn in ein Massengrab. Und dann kommen auf einmal Studenten aus Westdeutschland. Aber ich war in erster Linie eine junge Frau, die am Austausch von Gedanken und auch an einem körperlichen Austausch interessiert war.

Sie lachte auf.

Haben Sie bei dieser Gelegenheit den Segler kennengelernt?, fragte ich.

Nein, sagte sie. Den Segler habe ich erst viel später kennengelernt.

Sie fasste mich ins Auge, vorsichtig jetzt, auf eine jugendliche Weise, als wäre sie nicht sicher, wie weit sie sich mir, einem Fremden, anvertrauen konnte, was mir in diesem Augenblick absurd vorkam, eine groteske Untertreibung.

Ich hatte dazwischen viele Liebschaften und war sogar einmal verheiratet, sagte sie.

Sie waren verheiratet?, sagte ich.

Sie nickte. Sie schaute die Fotos vor sich auf dem Tisch an, schob sie dann mit beiden Händen von sich weg.

Ja, sagte sie. Aber der Mann, den ich heiratete – Michael, ein evangelischer Philosoph –, war bald davon überzeugt, dass es mir nur um eine Ausreisemöglichkeit gegangen war. Ich verletzte ihn, und er ließ sich schließlich von mir scheiden, was mich sehr traf, weil ich ihn geliebt hatte. Ich begann praktisch von vorn, indem ich mich in Architektur einschrieb, hier an der Freien Universität. Der Segler war ein Student, sehr jung und sehr naiv, viel zu naiv für mich. Es war vorbestimmt, dass ich seine Vorstellung vom Zusammensein zerstören würde. Er glaubte, dass es schon ausreicht, verliebt zu sein. Ich aber hatte gleichzeitig drei Männer, in die ich verliebt war und mit denen ich sexuelle Beziehungen hatte. Heute denke ich, dass das gar nicht ich gewesen sein kann, damals. Aber doch, es ist so, ich bin es gewesen. Ich wusste, was ich jedem von ihnen antat. Nur dem Segler habe ich die Wahrheit gesagt, bei unserem letzten Segelausflug. Weil ich ihn mochte. Ich hatte furchtbare Angst vor diesem Moment. Ich fuhr durch die Stadt, mit der S-Bahn, und fürchtete jede Station, an der die Bahn hielt, weil sie mich dem Moment näher brachte, in dem ich es ihm würde sagen müssen. Vielleicht erinnere ich mich deshalb so genau an jeden seiner Handgriffe: Er löst, auf dem Steg stehend, das Tau. Er wirft es zu mir aufs Boot. Er macht einen Schritt auf die Bootswand zu und steht für einen Augenblick mit einem Fuß auf dem Boot und mit dem anderen auf dem Steg. Ein unglaublich langer

Augenblick in meiner Erinnerung, ein Moment, der die Zeit zum Zerfließen dehnt. Dann greift er nach dem Mast, hält sich daran fest und stößt uns vom Steg ab.

Und dann schaukeln wir eine Weile auf den Wellen, bis das Boot zur Ruhe kommt und sich auch in mir etwas beruhigt hat. Meine Güte, ein Moment, wie wenn man mit dem Vater als kleines Kind in einer fremden Stadt ankommt, oder wie wenn jemand stirbt. Die ganze Existenz steht auf dem Spiel. Nur gut, dass ich im richtigen Augenblick ohne Gefühlsduselei handeln konnte damals. Ab dem Moment, da er uns vom Steg abgestoßen hatte, war ich ganz klar im Kopf. Ich wollte eigentlich nicht mit ihm Schluss machen. Er war ein guter Mensch. Er glaubte an unsere Liebe. Ich wollte nur ehrlich sein. Das war das Problem. Ich mochte ihn, ich wünschte mir nichts mehr, als seine Vision unseres Zusammenseins wahr werden zu lassen, zusammenzubleiben, eine Familie zu gründen, gemeinsam Erfolg zu haben in unseren Berufen, die Welt zu bereisen. Das wollte ich alles auch, aber eben nicht nur.

Ich hatte, ohne es zu merken, mein Stück Kuchen aufgegessen.

Sie können sich ruhig noch eines nehmen, sagte die Architektin. Bevor ich ablehnen konnte, hatte sie es mir schon auf den Teller gehievt. Wie gesagt, ist dieser Kuchen sehr gesund, sagte sie.

Nein danke, ich möchte keines mehr, sagte ich.

Aber das alles hatte schon viel früher angefangen, sagte sie. Das war im Jahr 1980, da konnte man in Polen schon ein Touristenvisum beantragen. Das hätte mein Vater nie erlaubt. Also sagte ich meinen Eltern nichts von meinen Plänen. Ich hatte nämlich Michael kennengelernt.

Ihren Ehemann?, sagte ich.

Ich spürte plötzlich eine Gegenwehr in mir. Ich wollte das alles gar nicht wissen. Aber sie schien es nicht zu bemerken.

Es gab nichts, das ich weniger gewollt habe damals, als ausgerechnet nach Deutschland zu ziehen. Aber die Tyrannei meines Vaters habe ich nicht mehr ausgehalten. Nachdem mein Bruder gestorben war, nahm mein Vater auf einmal mich mit auf diese riesigen Baustellen für die Wohnsiedlungen am Stadtrand. Er brachte mir von seinen Auslandsreisen Schokolade und Schuhe mit, und eine Weile liebte ich es, auf seinem Schoß im Wohnzimmer zu sitzen und mir von diesen Städten Moskau, Prag oder Budapest erzählen zu lassen, in denen es goldene Burgen und gläserne Einkaufszentren und herrschaftliche Alleen und Prospekte gab. Mein Vater nahm mich zu seinen Versammlungen mit, er zeigte mich herum. Wenn ich einen Leichtathletik-Wettkampf oder ein Vorspielen gewonnen hatte, rief er all seine Freunde an und berichtete ihnen davon, in einem auffällig bescheidenen und beiläufigen Ton. Als ich schon aufs Lyzeum ging, hatten wir fast jeden Tag Streit. Ich warf ihm vor, dass er den Lügen der Kommunisten in Moskau und in Warschau Glauben schenkte, brav zu den Versammlungen der Partei ging und dort sogar Reden hielt. Aber er ließ all meine Vorwürfe über sich ergehen, erhob nie die Stimme gegen mich. Er wollte, dass ich jedes Wochenende nach Hause kam. Er ließ mein Zimmer eingerichtet. Ich hielt es nicht aus in dieser winzigen Wohnung mit meinen Eltern.

Mit zehn Dollar im Geldbeutel bin ich in den Bus gestiegen, mit der Einladung von Michael, dem evangelischen Philosophie-Studenten, und einem Visum, das ich mit Hilfe des Vaters einer meiner Studienfreundinnen in Wrocław bekommen hatte, der in der Stadtverwaltung mit jemandem befreundet war. Ich bin in diesem Bus sofort in einen tiefen Fieberschlaf gefallen, in dem nur Wehrmachtssoldaten und ukrainische Verräter auftraten. Sie luden den Vater meiner Mutter auf die deutsche Kommandantur ein und brachten ihn auf einem Lkw in den Schwarzen Wald. Ich, die Tochter einer galizischen Polin, fuhr nach Deutschland, nur vierzig Jahre später, als wäre der Zweite Weltkrieg nie gewesen, und auch noch zu einem evangelischen deutschen Philosophen. Weil dieses Wissen meinen Vater umgebracht hätte, sagte ich niemandem ein Wort, nur meiner Freundin aus Wrocław, Bożena. Ich wollte meine Eltern erst anrufen, wenn ich in Westberlin angekommen wäre. Als ich zum ersten Mal aufwachte, waren wir an der Grenze zwischen Polen und der DDR. Als ich das zweite Mal aufwachte, waren wir an der deutsch-deutschen Grenze: Niemand ließ uns aussteigen, weder an der ersten noch an der zweiten Station. Niemand kontrollierte unser Gepäck. Und wenn doch, dann stieg ich wohl aus, ohne es zu merken, ohne aus meinem Fiebertraum zu erwachen. Vielleicht antwortete ich auf die Fragen der Grenzbeamten, ohne es zu merken, packte meine Tasche zweimal aus und wieder ein, ohne davon irgendwas mitzubekommen. Ich hatte einen Transitbereich meines eigenen Bewusstseins betreten. Ich weiß nur noch, dass ich die ganze Zeit Angst hatte, weil ich nicht hätte sagen können, ob wir in die richtige Richtung fuhren. Ich meinte, bereits Erinnerungen an die BRD zu haben. Ich war sicher, verheiratet gewesen zu sein. Die Ehe war gescheitert, meinen deutschen Mann, der aus einem unerklärlichen Grund Janek hieß und mein erwachsener Bruder war, hatte ein Ukrainer in SS-Uniform abgeholt und in einen Wald gebracht, wo er mit Hunderten anderer junger Männer exekutiert worden war. Man hatte mir den Scheidungsbescheid zugeschickt, als hätte Janek sich aus freien Stücken von mir getrennt. Dann traf ich Michael, und auch er war mein Ehemann. Aber wir verabschiedeten uns, und ich fuhr zurück nach Wrocław und Opole, zunächst zu meinen Eltern und Freunden, und dann weiter Richtung Osten, nach Stanisławów, und aus der Stadt heraus, über Felder, und die Felder wurden zu Wald, und der Wald wurde immer dichter, die Bäume lagen umgestürzt, alles um mich verlor an Konturen, ich befand mich in der zwecklosen Natur, in der keine Formen existieren, nichts, was dem Menschen zugewandt gewesen wäre.

Als ich das dritte Mal aufwachte, war mein Fieber abgeklungen. Um mich türmten sich Hochhäuser mit Leuchtreklamen an den Fassaden. Wir standen vor einem Bahnhof, auf einem Busparkplatz. Die Sonne ging gerade auf. Ich stieg aus, und da stand Michael vor seinem grünen Golf und winkte mir zu.

Die Architektin lachte leise, schüttelte den Kopf.

Er hatte eine eigene Wohnung. Wir stiegen in den grünen Golf und fuhren los. Man kann sagen, dass ich ein ganz anderes Bild dieser Stadt habe, als man glauben sollte. Ich hatte in Wrocław Partys besucht, auf denen Punkrock gehört worden war. Ich hatte Plakate für die Demonstrationen zur Solidarisierung mit den Grubenarbeitern in Katowice gemalt, zu denen wir von Wrocław aus gefahren waren. Mit solchen Kreisen hatte Michael in Westberlin nichts zu tun. Wir fuhren in seinem grünen Golf an Tankstellen vorbei. Wir fuhren an türkischen Geschäften vorbei, vor denen gerade das Gemüse in die Auslagen geschichtet wurde. Wir fuhren durch normale Wohnviertel.

Michael war groß, sehr dünn und sehr still. Er hatte eine Einstellung zum Leben, die man als Philosophie des guten Handelns bezeichnen könnte. Sie beruhte darauf, dass man Kompromisse eingehen, dass man im Zweifelsfall seine eigenen Bedürfnisse hinter die der anderen Menschen stellen sollte. Er folgte im Grunde dem Kant'schen Imperativ. Nie hat er mich mit erhobener Stimme angesprochen, mir je wegen irgendwas Vorwürfe gemacht. Er hat mir nie körperlich oder seelisch weh getan. Er hat immer getan, worum ich ihn bat. Hatte immer und für alles Verständnis.

Michael hatte nur einen Feind, und das war unser Vermieter, Herr Weyrauch. Sie stritten sich wegen der

Miete. Herr Weyrauch wollte sie nämlich erhöhen, ohne die Wohnung zu renovieren, was Michael untragbar fand. Aber er unternahm nichts dagegen. Man muss ihn verstehen, sagte er. Er braucht vermutlich selber Geld.

Später nahm ich die Sache in die Hand. Ich war mit Herrn Weyrauch, als ich schon genug Deutsch verstand und es einigermaßen sprechen konnte, zweimal vor Gericht. Ich studierte seinetwegen sogar zwei Semester Jura und schickte ihm Briefe und traf mich mit einem Anwalt von einem Mieterbüro hier in unserem Stadtteil. Bis heute schreibe ich ihm und drohe ihm mit allem Möglichen, wenn er auf die Idee kommt, unbegründet mehr Geld zu verlangen, was er ständig tut. Können Sie sich das vorstellen?

Es ist immer noch dieselbe Wohnung?, sagte ich.

Ja, sagte die Architektin. Ihr Ausdruck wurde weicher, als sie sich in dem Raum umschaute, ihren Blick über die Buchrücken schweifen, ihn kurz auf dem Fenster zum Hinterhof in der hinteren Ecke des Zimmers ruhen ließ. Ja, es ist immer noch dieselbe Wohnung. Warum nicht. Man muss doch nicht ständig umziehen. Sie sind bestimmt oft umgezogen?

Ja, sagte ich.

Sie nickte.

Für mich verschwimmen die ersten Tage in Berlin zu einem einzigen großen Gemälde – wie das Panorama von Racławice oder eine dieser Bibelszenen, die ein Gleichnis verbildlichen. Abraham will seinen Isaak töten. Jesus heilt die lahme Sünderin. Auch unsere Hochzeit im Rathaus gleich hier um die Ecke ist ein solches Tableau. Man sagt, Goethe habe in Neapel an sogenannten lebenden Gemälden teilgenommen. Ich sehe deutlich den Standesbeamten vor mir. Er trug ein grünes Jackett, und es gab einen Moment, da er anfing zu singen. Ein furchtbarer Moment. Er reckte seinen Kopf dabei vor und bekam einen Hals wie eine Galapagos-Schildkröte. Es waren drei Hunde im Raum, aus irgendeinem Grund hatte Michaels ganze Familie Hunde, nur er nicht. Die Mutter hatte einen Dackel. Der Vater, der von der Mutter getrennt lebte, hatte einen Cockerspaniel. Und Michaels Bruder, Lutz, hatte einen Labrador. Alle drei fingen, als der Standesbeamte zu singen ansetzte, wie abgesprochen an zu bellen, und zwar genau im Takt. Der Standesbeamte, Herr Ludwig, sang, wie sich später herausstellte, ein frei erfundenes Lied. Das sei nicht das erste Mal gewesen, sagte er, dass er so etwas mache. Aber er mache es auch nicht bei jedem Paar. Er entscheide nach der Stimmung im Raum sehr spontan.

Besonders deutlich erinnere ich mich an meinen ersten selbständigen Spaziergang durch die Stadt. Ich ging unten vors Haus, Michael war zur Universität gefahren, und ich hatte den Vormittag für mich. Ich bog nach links und begann, die Straße entlangzugehen, und dann setzte sofort etwas Merkwürdiges ein, ich wusste nämlich schon nach wenigen Metern nicht mehr, wo ich war.

Es war ein mir bis heute unbegreiflicher Zustand, denn ich fühlte mich einerseits euphorisiert, mich erstaunte alles: An der Ecke war damals eine Kleiderboutique, und ich stand, so kommt es mir heute vor, stundenlang davor und konnte nicht glauben, dass alle diese Kleider einfach zu kaufen waren. Ich ging weiter und war überwältigt von dem Kiosk, in dem es, wie in einer Miniatur eines Supermarkts, alles gab, was ein Mensch brauchen könnte, angefangen bei Milch über Unterhosen bis Glühbirnen. Ich kam an einem Kopiergeschäft vorbei und war beeindruckt, dass es einen Laden gab, in dem man nichts anderes tat als Drucken, Kopieren und Plakate-Zuschneiden. Auch die Hässlichkeit der Apostel-Paulus-Kirche, diese Lieblosigkeit und der Mangel an Zugewandtheit, erstaunten mich, waren mir, der Katholikin aus Südpolen, Tochter einer Kirchgängerin, vollkommen fremd.

Ich war plötzlich vorne in der Hauptstraße des Viertels, der Eisenacher Straße, und ging an Imbissläden, Supermärkten und Geschäften mit Sportbekleidung und elektronischen Geräten vorbei und erfreute mich an allem – aber gleichzeitig wusste ich nicht, wo ich war. Etwas in meinem Gehirn hatte sich verschoben, oder etwas in dieser Stadt: Jede Straße sah plötzlich identisch aus. Ich war nur zweimal abgebogen. Ich kehrte um und ging den Weg zurück, den ich gekommen war. Aber mir kam kein einziges Gebäude mehr bekannt vor, ich hatte sie noch nie in meinem Leben gesehen.

Ich wusste nicht mehr, welche Farbe die Eingangstür unseres Wohnhauses hatte. Ich bog in die nächste Straße ein, und all diese Jugendstil-Fassaden kamen mir identisch vor, obwohl ich eigentlich ein Auge für Gebäude habe, es ist immerhin mein Beruf. Ich bog wieder ab, und wieder sah alles gleich aus. Jedes Mal, wenn ich mich umdrehte, um in die andere Richtung zu schauen, verschob sich in mir die innere Karte der Straßen, alles ordnete sich neu – oder war es die Stadt selbst, die sich umbaute?

Der Effekt war so real, dass ich mich deutlich an das Gefühl eines sich unter mir bewegenden Bodens erinnere und eines sich über mir drehenden Himmels. Ich suchte nach etwas, dort oben über den Dächern, das sich nicht veränderte, wenn ich abbog, einen festen Punkt, ein Hochhaus vielleicht oder einen Kirchturm, aber dergleichen gibt es hier nirgends, es gibt nur diesen riesigen Himmel, der sich von einem Horizont zum anderen spannt. Mir kamen Leute entgegen, aber niemand schien etwas zu bemerken. Die Leute beachteten mich nicht, oder wenn, dann nickten sie mir nur zu, als wären sie es gewohnt, Menschen wie mich zu sehen, die an einer Ecke standen und verloren wirkten. Ich konnte es mir nicht erklären, denn ich hatte mich in meinem Leben noch nie verlaufen. Ich hatte in jeder Stadt, in der ich bis dahin gewesen war, gewusst, wo ich war, hätte stets sagen können, wo der Bahnhof war, wo sich das Zentrum befand. In der Natur hatte ich mich oft verloren, aber eine Stadt, egal welche, war für mich stets intuitiv erschließbar gewesen.

Ich irrte einen halben Tag in den Straßen um unsere Wohnung herum und stieß am Ende eher zufällig auf unser Haus, vor dem ich den grünen Golf entdeckte.

Merk dir doch den Straßennamen und die Hausnummer, sagte Michael am Abend zu mir.

Ich kenne sie doch, sagte ich.

Trotzdem, merk sie dir bewusst.

Ich sagte mir also am nächsten Morgen den Straßennamen und die Hausnummer vor. Aber nachdem ich einmal um die Ecke gebogen war, erinnerte ich mich nicht mehr an sie. Alle Straßen um mich sahen plötzlich nicht nur gleich aus, sondern sie hießen auch gleich. Weil ich nicht zu Ärzten gehe, habe ich nie herausgefunden, was mit mir in diesen Tagen passiert war. Es muss eine sehr spezifische Form von Neglekt gewesen sein, bei der mein Gehirn plötzlich jede räumliche Orientierung verweigerte. Es sabotierte alles, was ihm diese Aufgabe erleichtert hätte.

Wenn ich aus dem Haus ging, prägte ich mir, minutenlang vor dem Eingang stehend, die Farbe der Haustür ein. Sobald ich aber am Ende der Straße um die Ecke gebogen war, konnte ich schon nicht mehr sagen, welcher Farbton es gewesen war. Ich wusste es zwar theoretisch – denn ich hatte es mir aufgeschrieben –, aber ich konnte mir unter dem in meinem Notizbuch stehenden polnischen Wort für *pastellgrün* plötzlich nichts mehr vorstellen. Wie genau sieht diese Farbe aus?, fragte ich mich.

Auch der aufgeschriebene Straßenname half nicht, denn es war mir, obwohl ich alles andere um mich herum ohne Probleme lesen konnte – Apotheke, Kiosk, Gebäudereinigung, Pizza –, plötzlich unmöglich, die Buchstaben des Straßennamens mit den Buchstaben auf den Straßenschildern um mich herum zu vergleichen, geschweige denn sie voneinander mit Sicherheit zu unterscheiden. Auf der Party eines befreundeten Ehepaars konnte ich jedem sagen, wo wir wohnten. Bei der Einbürgerung sagte ich ohne Probleme meinen neuen Nachnamen und meine Adresse. Ich wusste genau, wo wir wohnten, aber wenn es darauf ankam, wusste ich es nicht mehr.

Ja, so war das in dieser Zeit, sagte die Architektin. Es war alles in allem sehr aufwühlend. Es war nicht unbedingt notwendig, allein aus dem Haus zu gehen. Zum Einkaufen fuhren Michael und ich zusammen mit dem Auto. Zum Sprachkurs nahm Michael mich auf dem Weg zur Universität mit. Zu meiner ersten Stelle in der Küche eines Restaurants fuhr ich morgens mit ihm, und ein Kollege, der bei uns in der Nähe wohnte, setzte mich am Nachmittag zu Hause ab. Und nach einer Weile normalisierte sich alles. Aber auch dafür gab es keinen nachvollziehbaren Grund. Ich erkannte plötzlich die rote Backsteinmauer des ehemaligen Busdepots in der Wartburgstraße, die Pizzeria *San Remo* an der Ecke, den Kiosk *Gold.* Unsere Gothaer Straße begann doch, anders als die Eisenacher Straße auszusehen oder als die Akazienstraße. Ich musste nur auf die Ornamente an der Hausfassade an der Ecke zur Grunewaldstraße achten oder auf den Kopierladen, wo heute das Weingeschäft ist, oder die Kneipe *Elbe,* in der heute der Grieche ist. Als mich meine Eltern fünf Jahre nach meiner Ankunft zum ersten Mal besuchten, führte ich sie schon herum, als wäre ich hier geboren. Ich konnte meinem Vater die Ecken und die Gebäude zeigen, die mir besonders gut gefielen, und wusste sogar die Geschichte dieser Gebäude und dieser Straßen zu erzählen. Es war einfach so passiert, ich kann mir bis heute weder das eine noch das andere erklären. Der Zustand war gekommen, und er war wieder gegangen wie eine Grippe, und nun fühle ich mich hier ganz normal, wie wenn ich schon immer hier gelebt hätte.

Die Architektin legte die Handflächen auf den Tisch. Etwas an ihr entspannte sich, ihre Schultern sanken herab.

Es lag vielleicht daran, dass diese Stadt so flach ist und nur aus Himmel besteht, sagte ich, weil ich nicht wusste, was ich sonst sagen sollte. Es fehlen die Landmarken, ein Berg oder so etwas, in alle Richtungen ist nur Himmel.

Vielleicht, sagte sie.

Mir fiel es in den ersten Wochen hier auch schwer, mich zu orientieren, sagte ich.

Als die Architektin zu erzählen aufgehört hatte, fühlte ich mich, als würde ich aus einem Tunnel wieder ins Freie treten. Und auch nachdem wir uns verabschiedet hatten, weil ich noch einkaufen gehen musste, und als ich kurz darauf von ihrer Wohnung durch die klare Luft des Nachmittags zurück zur U-Bahn-Station ging, hatte ich das Gefühl, entkommen, gerettet worden zu sein.

Erst, als ich schon auf dem U-Bahnsteig stand, fiel mir auf, dass sie den angeblichen Umbau von Veronikas und meiner Wohnung bei der Verabschiedung gar nicht mehr angesprochen hatte und dass damit theoretisch irgendwann noch einmal ein Treffen nötig werden würde. Wenn ich das denn wollte.

Karsten

An einem Nachmittag Anfang August war ich bei einem Spaziergang bis nach Mitte gegangen. Ich kam gerade an der Post in der Torstraße vorbei, da blieb vor mir, ich sah es im Augenwinkel, ein Mann stehen. Es war ein Mann in meinem Alter, das konnte ich gleich erkennen. Ich bezog sein Stehenbleiben aber zunächst gar nicht auf mich und ging weiter auf die Kreuzung und damit auch auf ihn zu. Er stand mitten auf dem Gehsteig und schaute mir, während ich auf ihn zuging und mit gesenktem Blick an ihm vorbeigehen wollte, ins Gesicht. Als ich auf seiner Höhe war, legte er mir eine Hand auf den Unterarm.

In dem Moment, da er dies, ohne ein Wort zu sagen, tat, war meine Erinnerung wieder da, ausgelöst durch etwas in seiner Haltung, das mich im ersten Moment, da ich noch gar nicht wusste, wer er war, schon unangenehm berührt hatte. Es war eine Art Wille zum Humor. Es lag etwas in seinem Blick, der gespielt überheblich wirken sollte, so als nervte es ihn, mich hier zu treffen. Dieser Blick sagte gleichzeitig: Keine Angst, ich tue nur so, als sei ich genervt, siehst du, wie offensichtlich ich die Augen verdrehe? Es ist nur Spaß.

Es war Karsten, mit dem ich zehn Jahre zuvor Biologie studiert hatte in Freiburg im Breisgau. Das Letzte, das ich von ihm gehört hatte, über einen gemeinsamen Freund von uns, war, dass er in Exeter promoviert und dann drei Jahre in Marseille und drei Jahre in New York an Universitäten gearbeitet hatte.

Sein Versuch, an irgendeine Verbindung zwischen uns anzuknüpfen, scheiterte, wie schon damals oft, woran ich mich nun ganz genau, mit erstaunlicher Bildhaftigkeit, erinnern konnte, auch in diesem Moment. Der Scherz wurde irgendwie von einer unsicheren, zu vorsichtigen Instanz in letzter Sekunde ausgebremst und kam als harmlose Kopie eines großartig witzig gemeinten Verhaltens zum Vorschein. Ich war von diesem wieder einmal misslungenen und immer wieder, bis ans Ende aller Tage, misslingenden Humorversuch so unangenehm berührt, er führte mir meine eigene Unsicherheit und die Unsicherheit aller Menschen auf diesem Planeten so deutlich vor Augen, dass in mir sich notgedrungen etwas für ihn öffnete.

Du auch hier?, fragte er.

Er schlug mir mit der Faust gegen die Schulter. Er hatte diese Art, einem mit der Faust gegen die Schulter zu boxen, ohne die Schulter wirklich zu berühren, als eine Art Zitat aus asiatischen Kampfkunstfilmen und Mangas übernommen, von denen ich wusste, dass er sie in seiner Jugend nächtelang angeschaut hatte wie ich ja auch, Filme, über die er während unserer Studienzeit eine Verbindung zwischen uns aufbauen hatte wollen, sodass wir uns tatsächlich ein paarmal getroffen und einen Manga-Film angeschaut hatten.

Ich wohne hier mit meiner Frau, sagte ich.

Du und Frau?, sagte er und lachte. Aber auch diesmal warf er mir einen flüchtigen Blick zu, wie um herauszufinden, ob ich den Witz gut gefunden hatte.

Er arbeitete seit einem Monat in einem Forschungsinstitut an der Charité und wohnte mit seiner Frau und zwei gemeinsamen Töchtern in der Nähe eines Platzes unweit von da, wo wir standen.

Ich muss schnell weiter ins Institut, sagte er. Aber gib mir deine Nummer, wir müssen uns unbedingt auf ein Bier treffen.

Als er an der U-Bahn-Station, in die ich hinabsteigen musste, den Arm hob und in die Torstraße davonging, schaute ich ihm nach, und es kam mir irgendwie comicmäßig animiert vor, wie er, mit seinen X-Beinen, die in dunkelblauen Jeans und in Turnschuhen steckten, und mit seiner modischen Frisur, wie sie hier in den Friseurläden der angesagten Stadtteile jedem verpasst wurde, über den Gehsteig ging. Es wirkte so, als gehörte er nicht hierher. Aber nicht so, wie jemand äußerlich zu etwas nicht passt, sondern eher von einer Verunsicherung her, die ich, wie mir nun schien, zum ersten Mal bemerkt hatte und die noch unter der Unsicherheit lag, die ich schon damals in seinen Humorversuchen erkannt zu haben glaubte.

Er meldete sich noch am selben Abend, und wir verabredeten uns zu einem Bier für den nächsten Tag. Während der Stunden vor unserem Treffen verspürte ich ein leichtes Unbehagen, aber ich freute mich auch.

Wir trafen uns in einer Kneipe am Arkonaplatz, und er erzählte mir, dass seine Frau Lena hieß, worüber er aus irgendeinem Grund laut lachte, und dass sie zwei Töchter hatten, Janka und Karoline, und dass sie in der Nähe wohnten und er sich sehr freute, wieder in Deutschland zu sein, und dazu auch noch hier, in Berlin. Ach ja, sagte er und schaute irgendwie niedergeschlagen drein.

Gefällt es dir hier nicht?, fragte ich.

Doch, sagte er. Es gefällt mir sehr.

Nachdem er uns noch eine Runde geholt hatte – er trank ein IPA, eines von den amerikanischen Bieren –, erzählte er ein paar Anekdoten aus den Städten, in denen sie in den letzten Jahren gelebt hatten. Seine Frau, die Zahnärztin war und im Ausland nicht hatte arbeiten können, hatte vor allem Leute aus den Kinderbetreuungsstätten kennengelernt. Eltern aus Indien, Asien oder Südamerika.

Es fiel uns jedes Mal ziemlich schwer, wieder wegzuziehen, sagte er. Aber andererseits war es gut, an neue Orte zu kommen. Jetzt könnte ich dir alle möglichen Geschichten über die bürokratischen Hürden an den Unis in England und Frankreich und den USA erzählen.

Wir sprachen über unsere gemeinsame Studienzeit. Er fragte, ob ich mich an diese oder jene Professorin erinnerte, oder an diesen oder jenen Dozenten. Wir hatten Praktika und Seminare zusammen absolviert, und er war ein guter Freund von einem meiner Freunde gewesen, weshalb wir oft auf denselben Partys gewesen waren und uns auch ein paarmal zu zweit getroffen hatten.

Weißt du, sagte er plötzlich. Ich halte es mit meiner Familie manchmal nicht aus. Ich bin morgens oft froh, ins Institut fahren zu können. Und oft freue ich mich abends, dass unsere Kinder im Bett sind und der Tag endlich vorbei ist. Dabei genieße ich es andererseits, mit ihnen zusammen zu sein. Ich liebe sie und würde alles für sie tun. Für sie ist das alles hier absolut normal. Sie wundern sich überhaupt nicht, wie viele Menschen in so einer Stadt leben oder dass es auf der Straße Obdachlose gibt. Für sie ist das einfach so. Ich mache das trotzdem alles sehr gern. Es läuft auch im Labor gut. Gerade sind wir dabei, einen Antrag für ein neues Rasterelektronenmikroskop einzureichen. Das ganze Institut arbeitet zusammen, das sind sieben Arbeitsgruppen. Und Lena kann sich in eine Praxis einkaufen, weil einer der Ärzte gekündigt hat, und das ist auch für uns als Familie sehr gut. Heute habe ich Janka und Karoline in den Kindergarten gebracht, dann bin ich zum Institut gefahren. In der Mittagspause habe ich sie abgeholt und mit ihnen zu Mittag gegessen, dann habe ich sie zur Nachmittagsbetreuung begleitet. Am Nachmittag bin ich mit ihnen rausgegangen zum Spielplatz, wo wir dann Lena getroffen haben. Ich bin gerne Vater. Ich arbeite gern in der Forschung.

Das klingt doch alles sehr gut, sagte ich.

Ja, es ist alles sehr gut, sagte er. Er nickte.

Er lud mich für den nächsten Tag zu sich ins Labor ein. Ein Jahr zuvor war ihm ein Antrag auf eine Nachwuchsforschungsgruppe durch die Deutsche Forschungsgesellschaft bewilligt worden, was bedeutete, dass er nun eine eigene Forschungsgruppe leitete.

Du weißt doch, dass Kammerleitner damals versucht hat, ein Modell für die laterale Hemmung bei der Musterbildung zu finden, das dynamische Parameter berücksichtigt, oder?, fragte er.

Ich erinnerte mich nicht einmal mehr, was die laterale Hemmung bei der Musterbildung sein sollte. Ich meinte, es müsste ein chemischer Prozess sein, der die Festlegung der Achsen eines Embryos in einem sehr frühen Entwicklungsstadium vermittelt, was er mir, als ich meine Vermutung aussprach, bestätigte.

Für Drosophila oder die Maus habe ich noch kein adäquates Modell entwickelt, aber beim Zebrafisch können wir inzwischen alle möglichen Parameter verändern und steuern. Das musst du sehen. Du musst vorbeikommen, sagte er. Mit einem Mal wirkte er sehr euphorisch.

Das Ishtar-Tor

Das Labor war eine Box aus Pappe und Glas. Es war zwischen mehreren identischen Boxen in einem langen Flur untergebracht, den wir im dritten Stock des Instituts auf dem Medizinischen Campus der Charité am nächsten Morgen entlanggingen. Als wir es betraten, kam meine Erinnerung mit einem Mal zurück, als wäre mein Gehirn von einem Aquarium in ein anderes, mit einer frischen Nährlösung ausgestattetes, übertragen worden.

Das Problem bestand, so erinnerte ich mich, darin, dass am Anfang der Entwicklung eines Organismus nur eine einzelne befruchtete Eizelle vorhanden war. Wie konnte es sein, dass sich nach einigen wenigen Teilungen Tochterzellen entwickelten, die schon auf ein bestimmtes Schicksal festgelegt waren – etwa das Ursprungsgewebe für die Bauchseite zu bilden, aus der sich dann das Verdauungssystem entwickeln würde, oder für die Rückenseite, aus der die Vorläuferzellen des Nervensystems und des Gehirns entstehen würden.

Karsten führte mich in einen Raum, der durch eine heruntergelassene Jalousie verdunkelt wurde. Ein leises Blubbern und Summen erfüllte diesen Raum. Das Blubbern kam aus etwa zwei Dutzend Aquarien, in denen lanzettförmige Gebilde mit schwarzen und silbernen Streifen umherglitten und ruckartig die Richtung änderten.

Schau genau hin, sagte er und bückte sich zu einem der Aquarien. Ich beugte mich zu ihm hinunter und schaute einen der Fische an, dessen Seitenflächen glitzerten.

Ich sehe nichts, sagte ich.

Ich auch nicht, sagte Karsten und lachte. Alles an ihnen ist vollkommen normal. Mit dem Unterschied, dass wir sie zusammengebaut haben.

Er erklärte mir, dass es inzwischen möglich war, sogenannte Kassetten von hintereinandergeschalteten Genen am Computer zu gestalten, sie aus definierten Basenbausteinen zusammenzusetzen und sie schließlich mit Hilfe von Laborrobotern in großen Testreihen *in vitro*, also im Reagenzglas, in leere Kerne von Eizellen einzusetzen.

Es war ein interessantes Gebiet, dachte ich, als ich nach einem Essen in der Mensa den Campus verließ und zur U-Bahn zurückging. Aber etwas daran langweilte mich auch furchtbar, erschien mir, im Gegenteil, ganz unbedeutend.

Einerseits gab es Lebewesen in Karstens Aquarien, dachte ich, Individuen ja eigentlich, die in der Stille des Aquarienwassers immer im Kreis schwammen und nicht ahnten, zu welchem Zweck sie existierten. Andererseits gab es den Vater von jemandem, die Tochter von jemandem, die im neunten Stock des Klinikgebäudes, hoch über dem Campus, über den ich gerade ging, in einem Krankenbett lagen und zum Fenster hinausschauten über die Stadt und sich fragten, ob das die letzte Aussicht war, die sie in diesem Dasein haben würden.

Etwas an den Zebrafischen in Karstens Aquarien und an der Euphorie, mit der er über sie gesprochen hatte, hatte mich, ich wusste nicht genau, warum, an die Tierabbildungen auf dem Ishtar-Tor denken lassen, das ich vor ein paar Jahren im Pergamonmuseum gesehen hatte. Ich wollte es plötzlich unbedingt noch einmal sehen, und so fuhr ich am nächsten Morgen zur Museumsinsel.

Ich betrat den ersten Stock und stand unvermittelt vor dem Tor, ohne irgendeine Art von Vorbereitung. Es war um den Besucher herum an die Wände des Saals gebaut. Tausende blau glasierte Ziegelbruchstücke hatten die deutschen Archäologen um Robert Koldewey, wie mir der Audioguide erzählte, zwischen 1898 und 1902 in den Ruinen der Stadt Babylon im heutigen Irak ausgegraben. Warum das deutsche Kaiserreich die Steintrümmer einfach nach Berlin hatte abtransportieren dürfen, sagte der Audioguide nicht.

Ich stand vor dem Tor und sah mir die Seitenwände und den Torbogen an. Sie waren mit Mosaikdarstellungen von Stieren, Löwen und Wesen geschmückt, die den Kopf und den Körper einer Schlange hatten, die Vorderläufe waren die von Löwen, die Hinterbeine die eines Vogels, und der hochgereckte Schwanz glich dem eines Skorpions. Die Löwen seien Ishtar, der Göttin der Liebe und der Fruchtbarkeit, aber auch des Krieges gewidmet, erklärte mir die weibliche Stimme des Audioguides. Die

Stiere waren die heiligen Tiere des Wettergottes Adad. Die als Drachen bezeichneten Chimären wurden dem Stadtgott Marduk zugeordnet.

Es waren diese aus unterschiedlichen Tieren zusammengesetzten Chimären, an die ich mich, wie ich nun zwischen den anderen Museumsbesuchern vor dem Tor stehend feststellte, durch die Fische in Karstens Aquarien erinnert gefühlt hatte.

Ich ging durch die Nachbarräume und schaute mir die Steinstelen aus der Stadt Assyr an, die zum Teil mehr als tausend Jahre älter waren als das Ishtar-Tor. Die steinernen Stelen, so hieß es auf einer Informationstafel, hatten als Kalender gedient. Ich trat in einen Raum, in dem Tempelmauern und Statuen aus der römischen Stadt Milet, unweit von Troja in der heutigen Türkei, aufgebaut waren. Die Kaiserkörper hatten definierte Muskelgruppen in weißem Marmor.

Ich ging noch eine Weile zwischen den Resten der Stadt Ninive am Tigris umher und durch Grabkammern von hohen babylonischen Beamten, bis ich die typische Museumserschöpfung spürte. Mit schmerzendem Rücken und einem Rauschen in den Ohren zwang ich mich, die merkwürdige Zwischenwelt des ersten Stockwerks zu verlassen, um in den charakterlosen Treppenaufgang zu treten, wo zunächst nichts mehr galt außer der Landschaft der Treppenstufen, auf die durch ein großes Fenster, das auf die Dachschrägen der Museumsinsel hinausging, Licht von außen fiel.

Ich stieg die Treppe hinab ins Parterre und holte meine

Jacke ab, die mich seltsam an mich selbst erinnerte, und trat hinaus in die Stadt. Auf neu wirkenden Beinen ging ich los, in Richtung der nahe gelegenen S-Bahn-Station, um zurück in unser Viertel zu fahren.

Krieg der Mönche

Ich hatte regelmäßig E-Mails von der Architektin mit Einladungen zu Filmvorführungen bekommen, oder zu Konzerten und Ausstellungen, die ihre Freunde veranstalteten und für die sie E-Mail-Einladungen entworfen hatte mit Sprüchen, die in Fotos hineinkopiert waren oder mit Rennwageneffekt von der Seite ins Bild rasten und abbremsten. In einer dieser E-Mails schrieb sie, dass ich jederzeit wieder vorbeikommen könnte, wir seien ja noch nicht fertig.

Ich wisse vielleicht, sagte sie, als ich an einem Nachmittag im September wieder neben ihr an dem Tisch in dem Durchgangsraum saß, dass hier, in dieser Stadt, vor gerade mal 250 Jahren Ignacy Krasicki gelebt habe, ein Dichter, der zugleich Fürstbischof von Ermland, Erzbischof von Gniezno und Primas von Polen war und dazu noch adelig, aus dem Geschlecht der Rogal stammend, geboren in Warmia-Masuren. Zu der Zeit, als Friedrich II. in Preußen regierte, sagte sie, und kurz bevor die polnische Adelsrepublik zwischen Preußen, Russland und Österreich aufgeteilt wurde, habe dieser Bischof und Dichter – er habe unter anderem den ersten polnischen Roman mit dem Titel *Die Begebenheiten des Mikołaj Doświadczyński* verfasst und die Ideen der Aufklärung vertreten – hier über zwanzig Jahre lang gewohnt, und er sei Mitglied der hiesigen Akademie der Wissenschaften gewesen. Vieles sei er gewesen in seinem Leben: Bischof von Warmia, Erzbischof von Gniezno, Sambijischer Prinz, Graf des Heiligen Römischen Reiches, Präsident des Haupttribunals der Krone in Lublin, Maltaer Kavalier und Träger des Kreuzes Devotionis, Primas von Polen sowie schließlich regelmäßig zu Gast bei den berühmten Donnerstags-Mittagessen bei König Stanisław II. August Poniatowski. Bevor seine Überreste nach Gniezno überführt wurden, sagte die Architektin, habe man ihn in der St.-Hedwigs-Kathedrale am heutigen Bebelplatz beigesetzt, also an einer Stelle, die ich noch heute jederzeit, wenn ich das wolle, aufsuchen könne: Sie befinde sich inmitten der Gebäude aus der preußischen Ära gegenüber dem Hauptgebäude der Humboldt-Universität.

Das habe ich nicht gewusst, sagte ich.

Das müsse man auch nicht wissen, sagte die Architektin, aber es sei nun mal so. Und wenn ich mir nur einmal überlegte, dass es erst 250 Jahre her sei, zur Zeit also der Französischen Revolution, dass diese Person hier über die Gehwege ging, an den Mauern derselben Gebäude entlang, an denen ich heute ja vermutlich auch einfach entlangginge, meinen eigenen Gedanken nachhängend, so könne das einen doch durchaus irritieren. Mehr noch: Es könne in einem ein Schwindelgefühl erzeugen, sagte sie, das einen um einen festen Punkt in der eigenen Person schwanken lasse und einem plötzlich klarmache – vielleicht jetzt, da der Herbst angebrochen sei, ganz besonders –, dass es in einem selbst eine Art Wand gebe, hinter die man niemals schauen könne, weil dort nur leerer Raum sei.

Was meinen Sie mit Wand?, fragte ich. Und was meinen Sie mit leerem Raum?

Eine unüberwindliche Grenze, sagte sie. Hinter der sich ein Raum öffnet oder eben auch schließt, in dem nichts ist, sagte sie. Nicht etwa das Nichts, sondern wirklich nichts.

Dieser Ignacy Krasicki hat, fuhr die Architektin fort, unter anderem das Langgedicht *Monachomachia* geschrieben, mit dem Untertitel *Krieg der Mönche.* Angeblich ist es auf Schloss Sanssouci in Potsdam entstanden. Denn er war nicht nur mit dem polnischen König Stanisław II. August Poniatowski, sondern auch mit der preußischen Königsfamilie befreundet und häufig bei Friedrich II. zu Gast. In dem Gedicht gehe es um eine Schlacht zwischen den Mönchen zweier Klöster, der Karmeliten und der Dominikaner. Der Krieg beginnt, sagte die Architektin, weil die Mönche jedes der beiden Klöster auf die Schönheit und den Reichtum des jeweils anderen plötzlich neidisch werden. Es entspinnt sich eine Diskussion auf der Basis aristotelischer Syllogismen darüber, welcher Orden der bessere sei, und am Ende werden Bierkrüge auf Köpfen zerbrochen, Helden sinken zu Boden wie vor Troja. Erst der Anblick eines großen Pokals, auf dem die vier Jahreszeiten und die menschlichen Tätigkeiten im Jahreslauf als Verzierungen dargestellt sind, bringt die Mönche wieder zur Vernunft.

Das alles habe ich nicht gewusst, sagte ich.

Das ist nicht schlimm, sagte die Architektin. Auch das ist im Grunde etwas, was man überhaupt nicht wissen muss. Es hat zwar alles stattgefunden, Ignacy Krasicki hat wirklich hier gelebt, wie auch wir hier heute leben, aber wie viel ist in der Zwischenzeit andererseits in dieser Stadt geschehen und hat sich auf ihr und ihren Gebäuden angehäuft. Da sind 250 Jahre wiederum auch lang.

Es ist erstaunlich, sagte die Architektin nach einer Weile, dass sich die Kindheit meiner Mutter kaum von der meinen unterscheidet. Auch wenn die Umstände ganz andere waren und 25 Jahre dazwischen liegen. Meine Mutter wuchs als Tochter eines städtischen Beamten in durchschnittlichen Verhältnissen auf. Ihre Erinnerungen bezogen sich auf die Straße, in der sie wohnte, und die Freundinnen, mit denen sie spielte. Sie war besonders gut mit einem Mädchen aus einer jüdischen Familie befreundet, dessen Vater eine Fabrik für Polstermöbel besaß. Unweit der Straße, die damals, als Stanisławów noch zu Polen gehörte, Wołczyniecka-Straße hieß, gab es einen Tennisplatz und ein Schwimmbad, wo die beiden oft zusammen spielten. Außerdem hatten sie dieselbe Französischlehrerin, eine Deutsche, die Helga hieß und nach dem Krieg in Dachau ein Heim für die Waisen der ermordeten Juden und Sinti und Roma gründete. Meine Mutter ging zur Schule, übte Klavier, ging in die Kirche und für ihre Mutter, meine Großmutter, einkaufen. In Stanisławów gab es mehrere Synagogen, einen katholischen Dom, ein paar orthodoxe Kirchen und den armenischen Dom. Es lebten dort Juden, Polen, Russen, Armenier und Ukrainer. Ich hingegen verbrachte meine Kindheit in Opole ausschließlich unter polnischen Familien – die deutschen Schlesier, die vor allem in Dörfern um Opole herum wohnten, waren für mich unsichtbar, ich erfuhr erst als Jugendliche, dass es überhaupt Menschen in Opole gab, die Deutsch als Muttersprache sprachen. Ich erinnere mich an die Aufmärsche zum 1. Mai, an Kreppbänder, die durch die Luft geschwungen wurden, an den Blumenschmuck am *plac wolnośći*, dem Platz der Freiheit, oder auf dem Platz der Roten Armee. Aber ansonsten habe ich natürlich genau dasselbe gemacht wie meine Mutter. Ich ging mit meinen Freundinnen Hania Malikowska und Krystyna Dusznik ins Schwimmbad. Wir trainierten in einer Schulauswahl Leichtathletik, ich lernte – darauf bestand meine Mutter – Klavier spielen, und ich traf mich mit meinen Freundinnen am Brunnen auf dem Pułaski Skwer, wo wir seilsprangen oder über die Jungs aus unserer Klasse diskutierten. Es ist natürlich so, dass ich sehr deutliche Erinnerungen an einmalige Ereignisse habe, zum Beispiel an einen Tag, an dem mein Vater mich in ein Freilichtmuseum am Stadtrand von Opole mitnahm, wo ein mittelalterliches Dorf nachgebaut worden war und wo ich auf einem Pony reiten durfte, was ich gar nicht wollte, sodass mein Vater es mir am Ende befahl, mich zwang, weil er unbedingt wollte, dass ich auf diesem Pony ritt. Oder an einen Nachmittag in einem Schrebergarten einer Freundin meiner Mutter, wo ich mit den zwei Söhnen dieser Freundin auf die Idee kam, unbemerkt um einen Apfelbaum herumzugraben, sodass dieser Baum plötzlich umzukippen begann und beinahe das Haus und unsere Eltern auf der Veranda unter sich begrub.

Die Architektin lachte.

Natürlich habe ich diese einzigartige Kindheit gehabt, in einer Stadt, die ganz anders war als die, aus der meine Mutter kam, an einem Ort, der völlig andere Erinnerungen in sich trug, denn die Gebäude in Opole waren von Deutschen gebaut worden, alle Fabriken, alle Bürgerhäuser am Rathausplatz stammten ja von deutschen Familien. Es gab die ehemalige deutsche Brauerei aus rotem Ziegelstein. Es gab das Zementwerk Königlich Neudorf-Bolko. Nicht weit entfernt stand das Schloss der Familie Tiele-Winckler. Aber die Erlebnisse waren doch trotz ihrer Einmaligkeit, wenn auch nicht austauschbar, so doch ähnlich. Wenn man älter wird, wird einem das bewusst. Mein Vater hatte als Architekt ein Büro in der Stadtverwaltung auf dem Gelände der alten Piastenburg, dort, wo in den 1960ern das Amphitheater gebaut wurde, in dem heute das Festival des Polnischen Liedes stattfindet – Sie kennen das Gebäude und den Turm vermutlich. Er war kurz vor dem Krieg als Kommunist in die Sowjetunion geflohen und war dort dann einer polnischen Einheit der Roten Armee beigetreten und hatte gegen die Deutschen gekämpft. Er hasste die Deutschen. Auch wenn er, wenn sie mich hier besuchten, ganz normal mit mir spazieren ging und mit Michael wohlwollend sprach und ihn sogar, wie ich glaube, mochte. Ich kenne lauter schreckliche Geschichten, über ein Dorf zum Beispiel, dessen Bewohner die Deutschen auf ihrem Rückzug einsperrten in einer Scheune, die sie dann anzündeten, nur um die heranrückende Rote Armee aufzuhalten. Oder von einem Wald mit zweiunddreißig gehenkten Bauern, durch den die Einheit meines Vaters hindurchkam. Und nun, zwanzig Jahre nach dem Krieg, hatte er ein Büro, und die Mitarbeiter redeten ihn mit «Herr Direktor» an. Ich konnte auch nicht verstehen, wie er noch immer, nach zwanzig Jahren Erfahrung mit diesem neuen Polen, so überzeugt von der kommunistischen Propaganda sein konnte – es war gerade die Zeit, als die polnische Regierung Panzer nach Prag schickte und in Polen Arbeiter und Studenten demonstrierten und der damalige Parteivorsitzende Władysław Gomułka die Lüge von der jüdischen Weltverschwörung an den Universitäten und in den Fabriken verbreiten ließ. Aber für meinen Vater waren das oberflächliche politische Fehler, die durch die Entlassung Einzelner behoben werden konnten. Er war der Ansicht, dass die Idee selbst gut war und dass die Menschen auf lange Sicht nur auf diese neue Weise friedlich und brüderlich zusammenleben konnten. Für ihn waren die Familiensiedlungen, die er baute, konkrete Beweise für die Kraft der sozialistischen Idee. Du weißt nicht, was ich gesehen habe, sagte er zu mir. Du bist jung und unerfahren. Natürlich hatte er recht. Und doch war er Teil einer menschenfeindlichen Organisationsstruktur. Es ist beachtenswert, dass der Mensch nicht lernt, mit der Ungewissheit im

Dasein umzugehen, sie zu akzeptieren und Kraft aus sich selbst zu schöpfen, sich gerade angesichts der Einsamkeit mit den anderen zu verbrüdern. Stattdessen verbreitet er Hass, gibt sich einer Ideologie hin, treibt die Welt immer wieder von neuem in den Krieg.

Wenn man sich nun überlegt, dass die Kindheit meiner Mutter für sie vermutlich ganz Gegenwart war, die keinen Beigeschmack von vergangenen Zeiten hatte wie jetzt, da wir beide über diese Zeiten sprechen, dass also für sie als Kind und als Jugendliche alles gerade eben passierte, ganz aktuell, einmalig und zum ersten Mal auf dieser Welt, und wenn man bedenkt, dass die Mutter meiner Mutter wiederum aus einem Dorf bei Brzeżany bei Stanisławów stammte, aus einer Landadelsfamilie, die nur noch ein einzelnes Haus und einen Bauernhof besaß, und wenn man bedenkt, dass der Vater meiner Mutter in Lemberg studiert hatte, an einer Universität, die viele bedeutende Gelehrte dieser Jahre hervorgebracht hatte, und dass er für die Familie ein Ferienhaus hatte bauen lassen in einem nahegelegenen Kurort in Transkarpatien, ganz aus Holz, das ich noch heute betrachten kann auf einer Fotografie aus jener Zeit, auf der die ganze Familie, meine Großmutter in einem aufwendigen Kleid, mein Großvater in Anzug und Weste und meine Mutter und ihre Schwester in weißen Sonntagskleidern aufgestellt sind, als hätte man damals nur posiert und nichts anderes getan. Und wenn man sich dann auch noch überlegt, dass meine Großeltern damals, in ihrer Zeit, genauso zum Arzt gingen wie wir heute, zur Arbeit, sich mit Freunden und Verwandten trafen, Urlaube planten oder Wochenendausflüge, mit dem Zug in die Großstadt Lemberg fuhren, um Geschäftliches zu erledigen, und dass sie Zeitung lasen und sich über Politik in Europa, Amerika und in Asien informierten und austauschten, und wenn man sich schließlich überlegt, wie normal heute wieder alles ist, dass die Menschen im Grunde genau das Gleiche machen, höchstens auf einem technisch etwas neueren Stand, und wenn man sich dann endlich auch überlegt, dass die Menschen in Athen zur Zeit des Perikles oder ein paar hundert Jahre später in Rom zur Zeit Konstantins und der ersten Christen und noch ein paar hundert Jahre später in Florenz zur Zeit Dantes oder der Medici oder in Krakau zur Zeit Jagiełłos und so weiter und so fort auch in einer für sie normalen Gegenwart lebten und Dinge taten, die gar nicht anders gemacht werden konnten – dann muss man sich doch fragen, ob die Zeit, in der wir heute leben, nicht ebenso gefährdet ist wie jede andere. Ob die Menschen heute nicht ebenso leicht wieder in Hass verfallen und in Feindschaft zueinander geraten können wie zu allen anderen Zeiten. Und ob man nicht, anstatt sich um die eigenen Bedürfnisse zu kümmern, alles dafür tun sollte, um sich mit allen heutigen Menschen zu verständigen, sich jedem einzelnen, der hier mit einem auf dem Floß über das Gewässer ohne Grund immer weiter ins Unbekannte hinein treibt, unvoreingenommen zuzuwenden, egal welche Religion er oder sie praktiziert oder aus welchem Land und aus welcher Gesellschaft er oder sie kommt.

Die Architektin hatte sich in Rage geredet. Nun lehnte sie sich zurück, lächelte beinahe verzweifelt und atmete aus. Dann rutschte sie mit dem Stuhl nach hinten, erhob sich und nahm die Wasserkaraffe vom Tablett. Entschuldigen Sie bitte, sagte sie, schon im Hinausgehen. Ich werde uns etwas zu trinken holen.

Sie hatte ein Foto auf dem Tisch liegenlassen, mit der Rückseite nach oben. Ich hob es auf und drehte es um. Es war eine Schwarzweißfotografie, mit leicht verwaschenen, wie weichgezeichnet wirkenden Konturen. Eine merkwürdige Tiefenlosigkeit herrschte auf der Aufnahme. Vier Menschen waren darauf zu sehen, sie standen unter dem Dach einer Veranda, deren Kanten mit Schnitzereien geschmückt waren, genauso wie die zu beiden Seiten sichtbaren Holzwände und Fenster und auch die Stufen zum Garten. Ich hatte das Gefühl, dass die vier Menschen und das Haus und der Rasen vor der Veranda alle in derselben Ebene existierten, als hätte die Kamera eine magische Kraft besessen über die dreidimensionale Welt, die man mit ihr einzufangen versucht hatte, sodass sie jegliche Tiefenperspektive einebnen konnte.

Die vier Personen auf der Aufnahme, eine Frau, ein Mann und zwei Mädchen, schauten genau ins Objektiv und damit mich, den Betrachter, an. In ihren Blicken lag großer Ernst. Aber es war an ihren Gesichtern nicht abzulesen, ob etwas vorgefallen war, ein Streit, ein Unfall, oder ob sie einfach nur Respekt hatten vor dem Vorgang des Fotografiertwerdens und Würde ausstrahlen wollten.

Etwas in ihren Blicken nahm mich plötzlich ganz für

die Personen ein. Die Frau im Vordergrund war zierlich. Ihr Gesicht wirkte jugendlich, ihr Haar war dunkel, ich konnte nicht sagen, welche Farbe es hatte. Es war kompliziert hochgesteckt. Ihre Augen schienen wie vor Aufregung zu leuchten. Aber sie strahlten zusätzlich noch etwas anderes aus, eine grundsätzliche Fröhlichkeit vielleicht. Ich glaubte in dem Moment, dass sie bestimmt Sinn für Humor gehabt hatte. Ich versuchte, sie mir in der Kleidung heutiger Frauen vorzustellen, in einem Mantel und einer engen Jeans, oder in Jeans, Hemd und weißen Turnschuhen. Es war für einen gespensterhaften Moment möglich, mir das vorzustellen.

Der Mann stand leicht versetzt hinter ihr. Sein Anzug schien aus robustem Stoff geschneidert. Von allen Personen auf dem Bild schaute er mit der größten Strenge drein, als trüge er zusätzlich zu der Last des Fotografiertwerdens eine noch größere, unbestimmte Verantwortung, und ich fragte mich, ob er vielleicht an Sorgen im Zusammenhang mit seinem Beruf dachte oder ganz grundsätzlich an seine Verantwortung als Ernährer der Familie, denn er war auf dem Foto ein junger Mann, bestimmt zehn Jahre jünger als ich, aber wirkte dennoch ernst und beherrscht, obwohl seine Gesichtszüge etwas Weiches hatten, etwas Friedfertiges. Vielleicht, dachte ich in diesem Augenblick, war das bei Männern so, die Töchter hatten und damit in ihrem engsten Kreis allein von Frauen umgeben waren: dass in ihnen körperlich nichts ein männliches Konkurrenzverhalten aktivierte, das zu der Zeit, wie ich glaubte, stärker ausdefiniert gewesen sein musste als heute.

Aber vielleicht auch nicht, dachte ich dann. Vielleicht war das nur die Vorstellung, die ich mir vom Männlichkeitsbild dieser Zeit damals machte.

Das sind meine Mutter und ihre Schwester, sagte die Architektin.

Sie stellte neben mir auf den Tisch ein Tablett, auf dem zwei Gläser mit einer pastellgelben Flüssigkeit standen.

Ich habe mir erlaubt, uns Kefir mit etwas Mango zu mixen, sagte sie und setzte sich wieder. Meine Mutter und ihre Schwester, die heute in Warschau lebt, sind nach der Wende ein paarmal in der Ukraine gewesen. Unter anderem besuchten sie auch diesen Kurort, aber das Haus ist leider während des Krieges abgebrannt.

Sie tippte mit dem Finger auf eines der bezopften Mädchen, die beide kerzengerade nebeneinanderstanden.

Das ist meine Mutter, sagte sie. Man sieht deutlich, dass meine Tante nach meiner Großmutter Józefa kommt. Meine Mutter kommt hingegen nach ihrem Vater, meinem Großvater Konstantin, der später im Schwarzen Wald ermordet wurde.

Ich beugte mich über das Foto, aber ich fand keine Ähnlichkeit. Die Tante der Architektin hatte, vielleicht als einziges übereinstimmendes Merkmal mit der jungen Frau auf dem Bild, dunkles Haar. Die Mutter der Architektin erschien mir plötzlich zugewandter und vertrauter. Es war ein so mächtiges Gefühl, dass ich das Foto umdrehen und meinen Blick abwenden musste, hin zur Bücherwand, um mich an die Jetztwelt, in der wir uns befanden, zu erinnern. Ich drehte es wieder um. Das Gesicht des Mädchens war das Gesicht der Architektin. Nicht in einzelnen Zügen, sondern gleich auf den ersten Blick. Die Ähnlichkeit hatte mit einem hintersinnigen Leuchten in den Augen zu tun. Etwas Jungenhaftem, Lausbübischem.

Die Architektin betrachtete die pastellgelbe Flüssigkeit in ihrem Glas, drehte das Glas in der Hand. Sie lachte.

Meine Mutter, sagte sie, hat in den Jahren vor ihrem Tod begonnen, mit Geistern zu sprechen. Die Geister waren dabei ganz alltägliche Erscheinungen der sie umgebenden Welt. Ein Klopfen in der Wohnzimmerwand, das plötzliche Rauschen des Heizkörpers oder die Hupe eines Autos vor dem Fenster. Sie wusste genau, dass es sich um alltägliche Geräusche handelte, die physikalische Ursachen hatten. Trotzdem wurde das Rauschen des Heizkörpers zu einem Schnaufen, die Hupe zu einem Ausruf meines ein paar Jahre zuvor verstorbenen Vaters, der sich der Naturgesetze bediente, um ihr zum Beispiel einen Rat zu geben in der Frage, ob sie Schnitzel oder Rindsbraten kaufen, eine Operation am Auge durchführen lassen sollte oder nicht. Das Klopfen in der Wand war Janeks, meines Bruders, Versuch, ihr zu sagen, dass er an sie denke und sie vermisse und dass sie nicht traurig sein solle über seinen Tod, wo sie doch schon bald wieder vereint sein würden in den schönsten, glückseligen Himmelssphären.

Du irrst dich, sagte meine Mutter zu mir, wenn ich sie auf den grundsätzlichen Widerspruch aufmerksam machte zwischen dem in einer Kette von Ursachen stehenden Einzelereignis und der Äußerung einer jenseitigen Instanz, die angeblich auf dieses Einzelereignis noch zusätzlich einwirkte, also unabhängig von der Beziehung von Ursache und Wirkung.

Du bist diejenige, die sich irrt, sagte ich zu ihr. Denn wenn ein Ereignis schon eine Ursache habe, dann könne es nicht noch eine weitere haben. Eine hinreichende Ursache schließe eine andere, genauso hinreichende Ursache aus, sagte ich.

Die zwei Ursachen seien, sagte meine Mutter auf einen solchen Einwand hin, ein und dieselbe, nur von unterschiedlichen Seiten betrachtet. Ein Ereignis hat eine physikalische Ursache, das stimmt, sagte sie. Aber diese physikalische Ursache ist wiederum die Art und Weise, wie die Toten sich in unserer Welt äußern.

Meine Mutter hatte sich diese Erklärung nicht etwa theoretisch zurechtgelegt, anhand irgendeines gnostischen Modells. Sie besuchte jeden Sonntag die Kirche, das schon, aber sie berief sich dabei nicht auf die Bibel oder auf das christliche Bild der Welt und des Kosmos. Für sie war die Erklärung real und lag jenseits aller Ideologie. Ich denke heute, dass ihr diese Gewissheit geblieben war aus ihren Kinderjahren in Stanisławów. Sie sprach oft davon, dass auch ihr toter Vater sie besuche. Sie lebte damals schon allein in unserer Wohnung in Opole, denn mein Vater war gestorben. Sie erzählte, dass ihr toter Vater ihr von den jüdischen Lehrern und polnischen Beamten erzählte, die mit ihm im Schwarzen Wald hingerichtet worden waren. Die Welt, sagte sie einmal zu mir, ist einem ständigen

Fortschritt unterworfen. Diese Bewegung der Wirklichkeit lässt sich nicht anhalten. Aber es ist nicht etwa die Zeit, die sich verändert und nach vorne bewegt, es sind die Moleküle selbst, die Körper und Gegenstände, es ist etwas in der Materie. Im allerkleinsten Atom ist schon die Uhr, und dass ich nun auf einmal achtzig Jahre alt bin und dein Vater nicht mehr lebt oder dass in Europa die politischen Systeme des Ostblocks zusammengebrochen sind und durch neue ersetzt wurden, die sich nun wiederum zu wandeln beginnen, ist nicht Ausdruck verstreichender Zeit, sondern es ist die Unfähigkeit der Materie stillzustehen, ohne sich umzuformen in etwas Neues. Aber möglich ist das nur, weil etwas in alldem trotzdem gleich bleibt, jenseits davon, hinter einem tiefen Graben, der für viele nicht einmal existiert. Ein Gespräch über diesen Graben hinweg ist jederzeit möglich, wenn man nur Ursachen und Wirkungen um einen herum richtig deuten kann.

Die Architektin lehnte sich zurück und nickte sich selbst zu, mit einer seltsamen Zärtlichkeit im Blick.

Meine Mutter, sagte sie. Dann nahm sie die Metallkanne und schenkte mir Espresso nach, der bestimmt schon kalt war, legte mir ein zweites Stück Kuchen auf den Teller, obwohl ich mein erstes noch gar nicht aufgegessen hatte.

Wenn man einmal anfängt, auf diese Weise zu denken, sagte sie, dann gewinnen viele Dinge einen neuen Horizont. Gehen wir nur für einen Augenblick davon aus, es gebe in allem Wandel auf dieser Welt etwas, das sich nie wandelt – man könnte es das Dasein-An-Sich nennen oder von mir aus Gott oder auch einfach nur die reine Vorstellung von der Unendlichkeit, die doch jeder einzelne Mensch wenigstens einmal in seinem Leben angedacht haben muss, die Idee der Unendlichkeit, die es doch gibt, selbst wenn die reale Unendlichkeit weder bewiesen noch widerlegt werden kann, weil sie nicht sinnlich erfahrbar ist, da das Menschenleben doch endlich ist. An dieser Vorstellung, die niemand leugnen kann – denn die Frage, woher die Welt kommt und wohin sie geht, ist nicht auflösbar, auch nicht durch physikalische Messungen und Hypothesen, die das Problem ja nur verschieben in eine Sphäre und Zeit vor dem sogenannten Urknall –, an dieser Vorstellung kommt doch kein Mensch vorbei.

Die Architektin schüttelte vehement den Kopf.

Ich frage mich oft, fuhr sie fort, was meinem Großvater Konstantin, also dem Vater meiner Mutter, in den letzten Sekunden seines Lebens durch den Kopf gegangen ist, als er dort im Schwarzen Wald vor einer Grube in einer Reihe mit den Männern aus seiner Heimatstadt stand, den letzten Menschen, die er in seinem Leben sah. Ich frage mich, wie sich sein Dasein und die Welt um ihn in diesem Wald zusammengezogen haben müssen in diesem einen Augenblick. Da wird doch genau eine Frage die einzige gewesen sein, die zählte, und möglicherweise wird sogar die Struktur des Daseins sich enthüllt haben für ihn als ebendiese eine Frage, nichts weiter: Kommt nun das Nichts, oder werde ich weiterleben? Ist die Unendlichkeit nur eine Vorstellung, dann ist dieser Kopfschuss, der den neben mir gerade traf und in den Graben hat sinken lassen, alles, was ich vom Leben noch zu erwarten habe. Und dann muss ich diesen Moment lieben. Ich muss mich an ihn klammern. Er muss so lange andauern wie nur möglich, noch bin ich nicht tot, noch lebe ich, noch bin ich da.

Die Architektin atmete aus. Sie schaute mich an, mit einem merkwürdig wehrlosen Ausdruck in den Augen. Ich lehnte mich zurück, und dieses Zurücklehnen, mit dem Gefühl des Unbehagens in mir, erinnerte mich an meinen Körper und machte mein Unbehagen noch vordergründiger. Die Wand mit den Buchrücken vor mir schien für einen Augenblick eine Wand aus Baumstämmen und aus Ästen und Blättern, eine Wand aus Unterholz zu sein. Der Durchgangsraum, in dem wir saßen, war ein Gefängnis.

Ich habe mich gegen diese Geistergespräche meiner Mutter, wie man sie nennen könnte, immer gewehrt, sagte die Architektin. Ich wurde jedes Mal wütend, wenn sie plötzlich lächelte, in ihrem Sessel sitzend, und in ihr Gesicht diese Doppeldeutigkeit trat, die ich nicht begriff. Wie wütend es mich machte, wenn ich sie lächelnd zu dem Foto meines Vaters oder meines Bruders Janek im Regal der Schränkchenwand über dem Fernseher aufblicken sah oder wenn sie beim Abschied, kurz vor meiner Rückreise, sagte: Mach dir keine Sorgen, ich bleibe ja nicht allein zurück.

Einmal war ich so fassungslos und so aufgebracht, dass ich mich nicht davon abhalten konnte zu sagen: Doch, du bleibst allein zurück, du wohnst hier jetzt alleine, finde dich endlich damit ab! Wie mich das, als ich es gesagt hatte, erschreckte. Aber sie sah mich nur verständnisvoll an, und in ihrem Blick lag eine Zuneigung zu mir, die ich von mir fortschleudern wollte.

Heute denke ich, dass es ein Fehler war, ihre Überzeugungen immer wieder in Frage zu stellen. Denn die Menschen können ohne Zuversicht nicht leben. Ohne Zuversicht beginnen sie zu hassen. Und schließlich, über kurz oder lang, fangen sie an, sich für diesen Mangel an Zuversicht zu rächen. Ihre Wut lenkt sich um: auf eine Zugverspätung, auf den Verlust der Ersparnisse, darauf, dass ihre Wohnung kleiner ist als die eines Nachbarn. Dabei ist die Zuversicht, so scheint es mir, eine Entscheidung. Jeder kann in jedem Moment von heute auf morgen entscheiden, zuversichtlich zu sein. Und damit wenigstens hier, in diesem konkreten Weltjetzt, das Schlimmste verhindern.

Aber das stimmt doch nicht, sagte ich. Wie soll man sich für die Zuversicht entscheiden können?

Man muss das eben schaffen, sagte die Architektin.

Also glauben Sie an die Geister Ihrer Mutter?, sagte ich.

Nein, sagte sie. Ich habe mich nur, könnte man sagen, entschieden, Zuversicht zu haben. Zumindest an guten Tagen, an denen eine solche Wahl überhaupt möglich ist.

Sie musterte mich mit nachdenklichem Gesicht.

Vielleicht sollten wir heute mit der Planung des Wohnungsumbaus beginnen, sagte sie. Sie müssen mir unbedingt von Ihrer Frau erzählen. Was unternehmen Sie zusammen? Fahren Sie gemeinsam in den Urlaub? Was machen Sie, wenn Sie beide in der Wohnung sind, am liebsten? Eine Wohnung ist für einen Menschen der wichtigste Ort, alles mag sich um einen selbst verändern, aber in der Wohnung sollte man sich alles genau so eingerichtet haben, wie man es braucht und gernhat. Deshalb müssen wir den Umbau mit viel Umsicht angehen. Wir müssen genau überlegen, was Sie im Leben wollen.

Ich weiß, ehrlich gesagt, nicht genau, was ich im Leben will, sagte ich.

Das ist insofern wichtig, sagte die Architektin, als Sie in Ihrem Leben zufrieden sein sollten.

Ich bin zufrieden.

Warum wollen Sie dann einen Wohnungsumbau vornehmen?

Einfach so.

Man macht nichts einfach so.

Man macht, glaube ich, vieles einfach so.

Sie sah mich interessiert an. Dann nickte sie: Vielleicht sollten wir die Wohnung also auf eine Art umbauen, wie Sie es gerade jetzt gut fänden. Ich habe eine Freundin, sie heißt Markéta und wohnt seit etwa zehn Jahren hier. Sie arbeitet an der Universität als Sprachlehrerin, wir haben uns auf einer Veranstaltung kennengelernt. Markéta behauptet, sie sei von einem Tag auf den anderen auf die Idee gekommen, aus Prag wegzuziehen und hierherzukommen. Es war damals, vor zehn Jahren, bereits jederzeit möglich, eine solche Entscheidung zu treffen und dann auch in die Tat umzusetzen, und das ist eine Errungenschaft. Eigentlich leben wir heute bereits in einer

Utopie, und jeder sollte froh darum sein. Ich fürchte nur, dass kein Mensch dauerhaft in einer Utopie leben will, es wird den Leuten schnell langweilig. Sind Sie mit Ihrer Frau glücklich?

Ja, sagte ich.

Lieben Sie sie?

Natürlich. Ich nickte.

Wollen Sie Kinder haben?

Irgendwann, ja.

Das ist gut, sagte sie und nickte auch.

Ich habe mich, fuhr sie nach einer Pause fort, damals keinen Augenblick lang gefragt, ob Michael und ich zusammenpassen. Ich dachte, er passe zu mir. Aber dass ich nicht zu ihm passen könnte, ist mir nicht in den Sinn gekommen. Ich war voll und ganz auf mich konzentriert und auf meine täglich wechselnden Überzeugungen. Ich habe nicht gesehen, dass er alles, was er tat, für mich tat. Es braucht einen Widerspruch, eine Bruchlinie, damit das menschliche Auge etwas erkennt. In der Architektur ist das ein so grundsätzliches Prinzip, dass es vielleicht sogar als das Hauptprinzip der Wahrnehmung gelten kann. Nur an der Linie zwischen zwei Flächen, am diskreten Übergang, am Widerstreit zweier Texturen, an der Grenze zwischen zwei Intensitäten oder Wellenlängen des Lichts ergibt sich überhaupt die Möglichkeit von Gestalt und Form. Aber Michael hat praktisch nie anders als in meinem Sinne gehandelt, er hat nie etwas anderes verfolgt, scheint mir. Er hat meinen Willen zu unserem gemeinsamen Willen erhoben. Es gab niemals eine Regung, die von woanders gekommen wäre als von mir. Und so dachte ich bald, es gäbe so etwas wie seine Vorstellungen überhaupt nicht, sondern sie seien stets mit den meinen identisch. Oder aber meine seien die allgemeinen Regungen, mein Wille sei die oberste Vernunft, die in unserer Ehe gelte und zur Verwirklichung gelange, indem ich sie ausspräche und er sie ausführte. Während ich mich mit seinen Freunden zu treffen begann und mit den jungen Männern, die ich in verschiedenen Zusammenhängen kennenlernte, nickte er nur und sagte, ich solle mich von ihm nicht eingesperrt fühlen, er habe mich ja nicht gekauft, sondern er habe sich in mich verliebt, und ich müsse alles tun, was ich als das Richtige für mich erachte. Er betrachte eine Ehe, sagte er, als eine Möglichkeit, einem anderen Menschen Sicherheit, aber eben auch Freiheit zu gewähren. Er hatte eine Theorie von der Ehe, die im Grunde auf Bescheidenheit beruhte. Aber dass diese Bescheidenheit ihn etwas kostete, während ich nur davon profitierte, erkannte ich damals nicht. Es war alles Teil der Philosophie, die er in seinem Institut erarbeitete, und es hatte natürlich auch alles mit seinem Vater zu tun, der mit mir flirtete, mich auf sein Schloss in Westfalen einlud, aber ansonsten sehr schweigsam blieb und, wie ich nach und nach von Michael erfuhr, grundsätzlich schweigsam war. Sein Richteramt übte er mit stoischer Schweigsamkeit aus, die keinen Rückschluss darauf zuließ, welche Beweggründe ihn wohl seine Entscheidungen treffen ließen. Michael und sein Bruder hatten Nachforschungen über ihn angestellt, aber auffällig wenig über seine Vergangenheit herausgefunden, auch ihre Mutter erzählte ihnen nichts, sie hatte der Familie den Rücken gekehrt.

Dass ausgerechnet wir beide zusammengefunden haben, sagte die Architektin, wenn man bedenkt, dass ich wiederum der Augapfel meines Vaters gewesen bin. Es ist erstaunlich, wie das eigene Leben sich im Nachhinein zu einer vollkommen logisch wirkenden Geschichte fügt, die überhaupt als die einzig mögliche erscheint. Dabei hätte sich doch alles in jedem Augenblick in jede beliebige andere Richtung entwickeln können. Die Logik, die Notwendigkeit von Ursache und Wirkung, stülpt jeder nur im Nachhinein über seine Erinnerung, um sich zu schützen, um sich zu beruhigen, um sich von der Freiheit freizusprechen. Michael traf seine Entscheidungen, und ich traf meine. Die Wirklichkeit war in jedem Augenblick zu allen Seiten offen. Wenn Würde möglich ist, dann durch die Tatsache, dass man die Verantwortung als die andere Seite der Freiheit akzeptiert ... Aber natürlich kann es sein, dass ich mir das immer nur einrede. Um mich zu beruhigen. Um mein eigenes Schuldgefühl gegenüber meinem Mann zu besänftigen.

Die Architektin erhob sich und stellte die Kaffeetassen aufs Tablett.

Ich muss leider los, sagte sie. Ich treffe mich mit ein paar Freundinnen. Wir planen eine Benefizveranstaltung für die Opfer der Überschwemmungen in Sachsen. Wir wollen einen jungen Pianisten aus Warschau einladen, Michał Szala. Kennen Sie ihn?

Nein, den kenne ich nicht, sagte ich.

Sie können gerne kommen. Ich werde Ihnen eine Einladung schicken. Ich rate Ihnen zu kommen. Szala ist sehr gut.

Und der Wohnungsumbau?, sagte ich.

Den müssen wir verschieben. Vielleicht auf nächste Woche? Entschuldigen Sie, ich habe zu viel geredet. Ich muss mich jetzt fertig machen.

Plötzlich wirkte sie nervös. Sie stellte die Teller aufs Tablett und ging damit in die Küche.

Diese Frauen kommen immer zu spät, sagte sie, als wir schon im Flur standen und ich meine Schuhe anzog. Aber ich werde es ihnen sicher nicht gleichtun. Man kommt nicht zu spät. Es ist eine Beleidigung, wenn man zu spät kommt. Umgangsformen wurden nicht umsonst erfunden. Man muss seinen Mitmenschen Respekt entgegenbringen. Wie würden sie sich fühlen, wenn ich andauernd zu spät kommen würde oder ihre seltsamen Poster nicht dabeihätte?

Gurkensuppe

Veronika und ich hatten beschlossen, ein Wochenende in Sassnitz an der Ostsee zu verbringen. Es war November, die Saison war zu Ende. Wir kamen abends mit dem Zug an, es war schon dunkel. In einem Schließfach neben der Touristeninformation im Hafen war ein Schlüssel für uns hinterlegt. Das Meer schaukelte leise in der Dunkelheit. Wir hatten einen Balkon, von dem aus man direkt aufs Wasser schauen konnte.

Am Morgen spazierten wir zwischen den Badegastvillen mit den Holzveranden und an den weißen Holzbänken im Hafen entlang. Während dieser zwei Tage musste ich immer wieder an meine Großeltern väterlicherseits denken. In ihrer Wohnung hatte es Blumentapeten und eine Glasvitrine gegeben, in der Kristallgläser und eine Suppenschüssel verwahrt wurden – ein Rest Bürgerlichkeit vom Ende des 19. Jahrhunderts. Dabei war das Land längst durch den Sozialismus runtergewirtschaftet gewesen und die Wohnung nur in meiner Erinnerung ein Hort der Geborgenheit, mit ihren Souvenirs aus einer Zeit vor dem Krieg, vor der Vernichtung der Welt und der letzten Auslöschung. Bei späteren Besuchen hatte ich ja gesehen, dass das Haus, in dem meine Großeltern lebten, ein Plattenbau aus den 60ern war, mit niedrigen Decken und einer Metzgerei im Parterre und dem Magazin für alte Reifen ihr gegenüber. Auf der anderen Seite des Hauses aber, hinter dem Innenhof und den Wellblech-Garagen, schlossen die Gärten der alten Villen in der sogenannten Generalssiedlung an. Etwas in mir wollte, wie ich auf dem Spaziergang durch Sassnitz dachte, in dieser erinnerten Welt bleiben, die für mich zeitlos war und weiter andauerte, während um mich das Zeitalter der Euphorie nach dem Zusammenbruch des Ostblocks schon wieder seinem Ende zustrebte und etwas Neues begann.

Das Gekrächze der Krähen während der Wanderung auf dem Hochweg über den Kreidefelsen katapultierte mich in den Winter auf der Insel Bolko zurück, der aber in meiner Erinnerung nicht der Winter der Toten war, sondern der eines Kindes. Damals hatten die Skelette der Bäume, die schwarz in einen grauen Himmel ragten, überhaupt nicht bedrohlich gewirkt. Der Winter war die Zeit gewesen, in der man auf der Oder Schlittschuh lief und zusteuerte auf den Nikolaustag, an dem ein kostümierter Nachbar plötzlich in die Wohnung trat und einem, nachdem man ihm versichert hatte, dass man ein braves Kind gewesen sei, ein *Kajko-i-Kokosz*-Heft überreichte – eine Variante von *Asterix und Obelix*, wie ich ein paar Jahre später in Franken, in Westeuropa, herausfinden würde. Auch gab es in dem Winter meiner Erinnerung stets Schnee, und es kam der Tag, an dem das Christkind durch ein Fenster im Wohnzimmer stieg und Geschenke unter den Weihnachtsbaum legte, ganz konkret für mich. Die Heimeligkeit der Wohnung, die noch ungebrochene Nähe und Gemeinschaft mit den Eltern und mit der Schwester – auch das war endlos, war heute noch da.

Die Spanten der Kutter quietschten, während Veronika und ich, schon in der Dunkelheit und bei einem feinen Nieselregen, durch den Hafen gingen. Das Geplärr der Möwen und Kormorane war zu hören. Das Geklimper der Drähte gegen die Masten. Das Aufheulen des Windes.

An einem der nächsten Tage zurück in der Stadt machte ich mich auf in den polnischen Lebensmittelladen, der ein paar Straßen von unserer Wohnung entfernt war. Diesen Laden hatte ich nur zwei- oder dreimal betreten, und jeweils nur mit großer Vorsicht. Er befand sich in einem Gebäude aus den 60er Jahren, wie man sie in Westdeutschland in die Lücken hineingebaut hatte, die nach dem Krieg geblieben waren. Seine gläserne Fassade ragte mit einer Art spitz zulaufendem Bug halb in die Straße hinein – ein ausgerechnet hier gelandetes Raumschiff aus einer längst vergangenen Zukunft.

Neben dem überdachten Hauseingang im Parterre lag der Eingang zum Laden, der aus nur einem Raum bestand. Es war müßig, beim Eintreten zu grüßen und darauf tatsächlich eine Erwiderung zu erwarten, aber auch an diesem Vormittag sagte ich auf Polnisch, so freundlich wie möglich, Guten Tag.

Ich war der einzige Kunde. Die Frau hinter der Theke sah mich an, als wäre mein Eintreten der entscheidende

Tropfen, der das Fass der unangenehmen Ereignisse dieses Arbeitsvormittags zum Überlaufen brachte. Hoffentlich, sagte ihr Blick, will er nichts kaufen. Dieser Blick warf mich, allen Gesetzen der Physik zum Trotz, in die Zeit zurück, in der meine Mutter oder mein Vater mit mir an der Hand durch die Geschäfte in Opole gegangen waren, nach einem Arzttermin oder einem Behördengang am Vormittag. All die Läden mit den sozialistisch halbleeren Regalen addierten sich auf einmal zu diesem einen, hier und heute. Ich konnte mich kaum um die eigene Achse drehen, da die Gläser und Verpackungen in den Regalen und hinter der Frischetheke und die Gemüsekörbe in den ohnehin schon kleinen Raum von allen Seiten hineinragten.

Haben Sie Salzgurken?, fragte ich, eingeschüchtert von dem vor mir aufgehäuften, nur durch eine Glasscheibe abgetrennten Angebot an Würsten, Fleisch und wurstartigen Gebilden, die in den Keramikschüsseln aussahen wie Salzgurken, es aber auf keinen Fall sein konnten, da sie doch in der Fleischtheke lagen. Ich hatte das Gefühl, dass ich in der Überfülle um mich herum niemals selbständig finden würde, was ich suchte, da alles aussah wie es selbst und zugleich wie etwas anderes.

Frische oder verpackte?, fragte die Frau, und in ihrem Blick lag der Vorwurf, dass man das von Anfang an hätte klarstellen müssen.

Frische, sagte ich.

Ganze oder geraspelte?

Geraspelte gibt es auch?, fragte ich, ehrlich überrascht. Und in dem Moment, da sie mich nur misstrauisch anschaute und wohl so etwas zum Ausdruck bringen wollte wie *Das hätten Sie sich auch selbst denken können, denn schließlich sind Sie nicht der erste Mensch auf der Welt, der auf die Idee kommt, Gurkensuppe zu kochen*, erfuhr die Überfülle der Einmachgläser, Kartons, Päckchen und Säckchen, Flaschen und Fläschchen, Dosen und Döschen, Körbe und Körbchen um mich herum eine Art Enthebung in eine grundsätzlichere Sphäre. Mir kam es plötzlich vor, als stünde ich hier vor der Schöpfung selbst, die einmal in der Woche erneuert wurde durch eine Lieferung aus einem weißen Sprinter mit polnischem Kennzeichen.

Ich hätte gerne geraspelte, sagte ich.

Kein Problem, sagte die Frau und erhob sich von ihrem Hocker. Und in dem Moment, da sie aufstand, verschoben sich um uns plötzlich die räumlichen Koordinaten. Der ganze Raum schien sich um sie zu drehen. Und auch mit ihr, der Verkäuferin, ging eine Verwandlung vor, als wäre Oben plötzlich zu Unten und Unten zu Oben geworden. Ein Kranz aus Strahlen umgab ihren Hinterkopf, als wäre sie eine der Heiligenfiguren an der Decke der Kirche der Leidenden Mutter und des Heiligen Wojciech am Kopernikus-Platz in Opole, an deren Heiligkeit ich, wenn ich sie dort in der Kuppel über dem Altar mit den Engeln und der in ihrer Mitte thronenden Mutter Gottes schweben sah, als Kind nicht gezweifelt hatte.

Ich gebe Ihnen die geraspelten Gurken der Firma Sołtysek, sagte die Verkäuferin, während sie sich zu einem

Kühlschrank mit Glastür in ihrem Rücken umdrehte. Die empfehle ich allen meinen Kunden. Und vielleicht kann ich Ihnen eingefrorene Petersilie anbieten? Man kann immer einen Karton im Gefrierfach gebrauchen und etwas in die Suppe kratzen, dann schmeckt sie erst richtig gut.

Warum nicht, sagte ich.

Wie wäre es mit Jagdwurst aus Lublin? Die habe ich gestern frisch bekommen. Sie wird nach einem mittelalterlichen Rezept gemacht und ist sehr würzig.

Ich nehme auch zwei von diesen Würsten, sagte ich. Für meine Frau.

Sie legte einen mit Flüssigkeit und den darin schwimmenden Gurkenraspeln gefüllten Plastikbeutel neben die Kasse sowie einen winzigen Karton mit Kräutern. Das Licht in der Glastheke ging an, und sie schnitt mit einem Messer zwei dunkle Würste von einer zu einer Krone aufgehäuften Wurstkette. Dann wog sie sie auf einer Waage neben der Kasse und wickelte sie in Papier ein.

Sie sind verheiratet?, fragte sie.

Ja, sagte ich.

Dann haben Sie auch Kinder?, sagte die Verkäuferin.

Noch nicht, sagte ich.

Sie sollten Kinder bekommen, sagte die Verkäuferin, ohne mich dabei anzuschauen.

Ich war seltsam erschlagen von der Außenwelt, als ich kurz darauf aus dem Laden auf die Straße trat, das Zukunftsgebäude aus den 60er Jahren im Rücken. Ich sah, während ich schon an den S-Bahn-Gleisen entlang und an der Kletterhalle vorbei in Richtung unserer Wohnung ging, die Verkäuferin im Zoogeschäft in Opole vor mir, bei der meine Schwester und ich uns manchmal einen neuen Fisch für unser Aquarium hatten aussuchen dürfen. Ich sah den Mittleren See in Turawa, an dem unsere Eltern mit uns die Sommerferien verbracht hatten. Ich sah mich selbst durch unsere Wohnsiedlung am Stadtrand von Opole mit meinen Freunden streifen, mit selbstgeschnitzten Maschinengewehren. Es gab noch, so dachte ich, die Siedlung meiner Kindheit, sie war nicht verloren, nicht ein für alle Mal in der Schwärze in meinem Rücken verschwunden. Es gab noch den See in Turawa. Es gab noch den Friedhof hinter unserem Block, den Sportplatz und die endlosen Augusttage. Die Zeit, so dachte ich in diesem Augenblick, ist zirkulär, faltet sich, wenn ich will, über sich selbst, sodass mein jetziges Leben in Berührung kommt mit dem schon vergangenen und gleichzeitig die Unendlichkeit in Berührung kommt mit ihrer eigenen Unmöglichkeit, während wir auf diesem Planeten, in dieser Stadt, in diesem Weltjetzt durchs Weltall fliegen.

Der Friedhof

Etwas an den Erzählungen der Architektin, so spürte ich, begann in mich einzutröpfeln. Und es erzeugte in mir eine Gegenwehr, als wenn ich mich mit einer Krankheit angesteckt hätte und mein geistiges Immunsystem plötzlich reagierte. Etwas an ihren Erzählungen fand ich unhaltbar.

Sie ist einsam, sagte Veronika. Es ist gut, dass sie mit jemandem sprechen kann.

Aber warum muss das unbedingt ich sein?, fragte ich.

Weil du es willst.

Ich will es überhaupt nicht.

Dann geh nicht mehr hin, sagte Veronika.

Ob ich per Zufall, sagte die Architektin, schon einmal auf dem Friedhof in Ruhleben gewesen sei.

Nein, dort war ich bisher noch nicht, sagte ich.

Es war Januar, die grauen Monate hatten begonnen. In der Hauptstraße unseres Viertels sah ich einen alten türkischen Mann mit einer Fellmütze in einem Schafsledermantel und Bügelfaltenhosen. Er hob seine Beine beim Gehen unnatürlich hoch, kämpfte sich vorwärts, als läge auf dem Bürgersteig Schnee. Dabei erfüllte nur der jedes Jahr wiederkehrende Nieselregen die Luft und ließ die Fahrbahn nass glänzen.

Man muss dort nicht gewesen sein, sagte die Architektin, als wir schon saßen und sie uns Espresso eingeschenkt hatte. Ich war selbst nur einmal da, kurz nach meiner Ankunft hier. Michael hat mich dorthin mitgenommen, an meinem ersten Ostern hier in der Stadt, um mir eine Freude zu machen und mein Heimweh zu lindern. Auf dem Friedhof befindet sich nämlich in Sichtweite des Müllheizkraftwerks das Grab von Arnold Słucki, einem Dichter jiddischer und polnischer Sprache, der in einer jüdischen Gemeinde im Städtchen Tyszowce in Galizien aufgewachsen ist. Kennen Sie ihn?

Nein, sagte ich.

Es ist bemerkenswert, aber es gibt Personen, in deren Leben sich ganze Jahrhunderte der Menschheitsgeschichte verdichtet haben. Wenn man an ihrem Grab steht, scheint diese Geschichte aus dem Grab heraus zu einem zu sprechen. Michael, der wegen der Auseinandersetzung mit seinem Vater beim Blick in die Vergangenheit leider immerzu nur freie Sicht hatte bis zum Krieg und zum großen Vernichtungsverbrechen der Deutschen, bemerkte das nicht. Arnold Słucki hatte schon in Jugendjahren Jahrtausende durchlebt, denn seine Eltern schickten ihn nach Warschau auf eine Rabbiner-Schule.

Es war eine große Ehre für eine Familie, wenn ein Sohn Rabbiner wurde. Als Cheder-Schüler muss Arnold Słucki, der damals noch Aron Kreiner hieß, schon in Tyszowce alles gelernt haben, was es über die Begebenheiten in Israel, Ägypten und Babylonien vor dreitausend Jahren zu wissen gab. Er las die Mishna und die Gemara und war vermutlich, wie der junge Isaak Singer, umgeben von Dibbuks und Dämonen. Die Gehenna war ihm so vertraut wie den Katholiken die Hölle. Es ist in diesem Zusammenhang übrigens interessant, dass im Polnischen das Wort *Gehenna* nicht die jüdische Hölle bezeichnet, sondern die Rastlosigkeit des Alltags, den Berufs- und Alltagsstress, wie man heute wohl sagen würde, das ständige Unterwegssein in der Welt der Erledigungen und Erniedrigungen, die Hölle des weltlichen Daseins, in das der Mensch nach dem Sündenfall vertrieben worden war.

In Warschau wurde Arnold Słucki jedenfalls – inzwischen 18 Jahre alt – zum Kommunisten und floh vor dem Zweiten Weltkrieg in die Sowjetunion, wo er sich freiwillig der Roten Armee anschloss. Aufgrund seiner schlechten Gesundheit wurde er jedoch nicht im Kampf eingesetzt, sondern musste als Lehrer in der Ukraine arbeiten. Während des Krieges wurde ein Großteil seiner Familie in den Vernichtungslagern umgebracht. In späteren Gedichten kommen immer wieder seine Mutter und seine Schwestern vor, die in Tyszowce an der Huczwa geblieben waren, im geistigen Raum seiner Kindheit. Dieses verlorene Tyszowce und die Huczwa bildeten für ihn einen Raum des Glücks, belebt von einer seltsamen Magie, dank derer seine tote Mutter und die geliebten Schwestern ein Leben lang zu ihm zu sprechen schienen, während sich in den Gedichten der Himmel über ihnen verfinsterte.

Als überzeugter Kommunist begann er nach dem Krieg eine Karriere in Warschau. Er war zum katholischen Glauben konvertiert, was eher untypisch war für einen Kommunisten dieser Zeit. Als in den 1960ern die große Hetzkampagne gegen die in Polen verbliebenen Juden begann, sah er sich solchen Anfeindungen ausgesetzt, dass er nach Israel auswanderte. Aber dort wurde er entgegen seiner großen Hoffnung nicht heimisch. Und so kehrte er einige Monate später nach Europa zurück und paradoxerweise nach Westberlin. Hier glaubte er sich so nah wie es nur ging an Polen, an seiner Heimat, dem verlorenen Paradies.

Die Architektin schüttelte den Kopf.

Das Interessante ist, sagte sie, dass Arnold Słucki, der Aron Kreiner geheißen und sich selbst polonisiert hatte, in seinen Gedichten sich nicht nur der Vergangenheit, sondern voll und ganz der Gegenwart bewusst zeigt, die für ihn aber eine Art Durchgangsort darstellte, einen Transitraum woandershin.

Sie stand auf und trat ans Regal, wo sie eine der Glaswände zur Seite schob. Sie legte ihren Kopf schief, führte das Gesicht übertrieben nah an die Buchrücken heran.

In diesem Gedicht hört man es, sagte sie, als sie sich mit einem Buch wieder neben mich gesetzt hatte. Es trägt den Titel *Apoteose* und stammt aus *Biographie eines Engels*, sagte sie und begann auf Polnisch zu lesen:

Wer öffnet uns die Zeiten und die Begriffe? Mit dem
Messer,
wie eine Konservendose des Land-Lease? Alle Khakifarben
sind schon ausgeblichen in den Steppen, die geteilt sind
durch Ozeane.

Ein atomares
Hovercraft gleitet auf der Meereswelle,
transportiert den weißen, endlosen Brief mit dem Bildnis
des Erzengels
auf der Briefmarke. Alles begrenzt sich auf das Gebiet
der Technologie: die Aktivierung der Materie am Morgen
und
das Trocknen der Tafeln am Abend.

Und so verdampft die Formel,
mit breiter Schürze verdeckt sie die Sterne und die Erde.
Wie bauen,
da so viele Beschwörungsformeln uns trennen. So viele
Ziegelsteine
auf nichttatsächlichen Plätzen, das farblose Himmels-
plankton lässt uns
schaudern.

Die Architektin lehnte sich zurück. Wie finden Sie das?, fragte sie.

Ich weiß nicht, sagte ich. Es klingt für mich nicht mehr zeitgemäß, es ist so symbolistisch, so metaphysisch.

Was meinen Sie mit metaphysisch?

Diese Tafeln könnten die Gesetzestafeln von Moses sein. Das ist mir zu religiös, ebenso das Himmelsplankton in der letzten Strophe. Ich müsste es noch einmal, für mich, lesen. Die religiösen Verweise überdecken den Sinn der Worte.

Die Architektin nickte versonnen, als denke sie drüber nach.

Ja, Sie könnten recht haben, sagte sie dann. Aber das ist vielleicht auch gerade das, was ich meine.

Der Friedhof befindet sich im sogenannten Ruhlebener Fließ, einer sumpfartigen Fläche, fuhr sie fort. Der Verkehr von der Stadtautobahn ist dort als ständiges Rauschen zu hören. Man kann die hellen, bauklotzartigen Gebäude des Müllheizkraftwerks sehen, der Abdampfschlot erhebt sich über das Gelände, die Einfamilienhäuser auf der anderen Seite des Fließes scheinen gerade erst gebaut worden zu sein. Das Grab liegt vereinzelt auf einer Wiese zwischen sporadisch verstreuten anderen. Eine Inschrift auf einer überwucherten Terracotta-Kachel gibt Auskunft, dass es sich um ein Ehrengrab der Stadt Berlin handelt.

Die Architektin schüttelte wieder den Kopf. Es trat nun, bevor sie weitersprach, eine Bestimmtheit in ihre Gesichtszüge, eine mir bisher nicht bekannte Verärgerung.

Arnold Słucki hat, kurz bevor 1968 die Kampagne gegen die Juden in Polen ihren Höhepunkt erreichte, Probleme mit der Partei gehabt, sagte sie. Er hatte nämlich einen Protestbrief gegen den Parteiausschluss von Leszek Kołakowski, dem Religionsphilosophen und Schriftsteller, unterschrieben. Außerdem hatte er einen weiteren Brief unterzeichnet, gegen das Aufführungsverbot der *Totenfeier* von Adam Mickiewicz. Witold Wirpsza, sagte die Architektin, er lebte damals hier in Berlin, schrieb Appelle an die westdeutschen Behörden, er bat sie um ein Stipendium für Słucki, aber am Ende klappte es nicht. Also musste Arnold Słucki bei Freunden wohnen, er konnte keine Arbeit finden, weil er kein Deutsch sprach und seine Tuberkulose schlimmer wurde. Man muss sich das vorstellen: Er kämpfte ohne eigene Wohnung und ohne Geld um sein Leben, während von den Kommunisten in Polen die Erzählung verbreitet wurde, die polnischen Vaterlandsflüchtlinge führten im Westen ein egoistisches Luxusleben und lachten über die «besseren» Polen in der Heimat.

Die Architektin stand auf. Sie stellte das Buch zurück ins Regal, ging ein paar Schritte durch den Raum. Sie wirkte sehr aufgebracht. Durch das Fenster zum Innenhof fiel das graue Zwielicht des zur Neige gehenden Januartages. Sie schüttelte wieder den Kopf.

Die reine Logik sagt mir, dass die Deutschen im Osten wie in Frankreich, Holland oder in Belgien auf eine Bereitschaft in der zivilen Bevölkerung gestoßen sein müssen, auf bereits fortgeschrittene Ausgrenzungsprozesse und auf wenn nicht immer bereitwillige Akzeptanz, so doch zumindest auf die Willigkeit der Leute, wegzuschauen, vielleicht weil sie aus dem Augenwinkel schon auf die Besitztümer der Juden schielten. Sie haben, wie das Menschen nun mal tun, nach Sündenböcken gesucht, vielleicht haben sie wirklich geglaubt, dass sie von den Juden ausgenutzt worden seien. Sie hielten sich für die hart arbeitenden Deutschen, die hart arbeitenden Polen und Ukrainer, die hart arbeitenden Holländer – und wer konnte sich Villen, Silberbesteck und Autos leisten? Viele Menschen wollten die Juden aus dem Weg geschafft sehen. Wer heute etwas anderes behauptet, möchte sich beruhigen. Natürlich gab es Menschen, die Juden geschützt und bei sich versteckt haben. Aber die große Masse bildete eine aktiv oder passiv den Deutschen im Grunde entgegenkommende Struktur. Die Deutschen fanden eine Landschaft der Gleichgültigkeit oder der passiven Pragmatik vor, zu der sogar Inseln der aktiven Mithilfe gehörten. Wenn schon die Juden ohnehin wegmüssen, kann man die von ihnen hinterlassenen Geschäfte, Wohnungen und Gehöfte doch unter sich aufteilen. Wir opferbereiten Polen, Deutschen, Holländer nehmen dieses schwere Los auf uns, unter innerem Protest, wir fügen uns dem Schicksal.

Die Architektin schüttelte den Kopf und ging weiter durch den Raum. Ihren schnellen Schritten haftete eine mich plötzlich ärgernde Verzweiflung an. Ich spürte, wie sich in mir wieder etwas gegen ihre Erzählung auflehnte.

Es ist kaum rekonstruierbar, sagte sie, was in den hölzernen Gebetshäusern oder in den Wohnstuben und den rituellen Bädern gedacht oder diskutiert wurde.

Sie hatte aus dem Regal ein in rotes Leder gebundenes Buch von der Stärke eines Ziegelsteins herausgeholt, sie setzte sich und legte es aufgeschlagen vor sich auf den Tisch.

Der Babylonische Talmud, bestehend aus der sogenannten Mishna und Gemara, sagte sie. Von Zeit zu Zeit lese ich darin, um mir diese Welt der Dörfer und Städtchen um Stanisławów, wie sie in der Kindheit meiner Mutter noch existiert haben, oder um Tyszowce vorzustellen. Der Kern des Babylonischen Talmuds, die Mishna, ist der mündliche Teil der Offenbarung, die Moses auf dem Berg Sinai, neben dem schriftlichen Teil, den Tafeln, übermittelt worden sein soll. Dieser Teil wurde über Jahrhunderte mündlich weitergegeben und erst im 2. Jahrhundert nach Christus aufgeschrieben, unter der Redaktion von Jehuda ha-Nasi. Das kann man heute alles im Internet nachlesen, es macht aber niemand. Die Gemara ist in aramäischer Sprache verfasst und hat zahlreiche Autoren, sie ist Ergebnis jahrhundertelanger Diskussionen und Auslegungen und Kontextualisierungen auf den Gebieten der Medizin, Philosophie, Rechtswissenschaft und Geschichte. Haben Sie schon mal reingelesen in dieses Buch?

Nein, sagte ich.

Die Architektin schob das Buch ein Stück in meine Richtung. Die vor uns aufgeschlagene Seite war auffällig gestaltet. In der Mitte befand sich eine zentrale Kolumne, sie wurde von zwei Spalten flankiert und war mit dem in einen Rahmen gefassten Wort *Mishna* überschrieben. Der Anfangsbuchstabe bestand aus dem Bild eines Schwans oder Kranichs oder eines anderen langhalsigen Vogels, der, die Flügel zu beiden Seiten ausbreitend, gerade zu landen schien. Links von der zentralen Kolumne befand sich eine L-förmige Textspalte, deren Fußbalken die Kolumne von unten einschloss. Sie war mit dem schnörkellos gehaltenen Wort *Gemara* überschrieben. Rechter Hand bildete schließlich eine kürzere Spalte den zweiten Teil des Rahmens. Auf dessen beiden Seiten standen außerdem Fußnoten.

Die Gemara und die späteren Kommentare befassen sich mit konkreten lebenspraktischen Fragen, sagte die Architektin. Zum Beispiel damit, was man am Tag des Sabbats tun und nicht tun darf, welche Art von Möbeln ein Jude haben oder nicht haben darf, oder in welcher Reihenfolge die Familie das Haus betreten und verlassen soll und ob es überhaupt eine Rolle spielt. Es geht auch um die rituellen Waschungen in den Frauenbädern oder um Probleme, die sich im Händlerberuf stellen. Aber es werden auch grundsätzlichere Fragen diskutiert, zum Beispiel hier, an dieser Stelle, die Frage, wie viele Juwelen sich in der Krone Gottes befinden. Diese Krone wird in der Mishna beschrieben, aber die Angaben in der Beschreibung sind in einigen Punkten widersprüchlich. Ein Rabbiner war zum Beispiel der Ansicht, dass die göttlich glänzende Krone aus genau tausend Juwelen bestehen müsse, da es an anderer Stelle heißt, dass sich Licht tausendfach in der Krone Gottes brach und sie zum Erstrahlen brachte. Dagegen hält ein anderer Gelehrter, dass es nicht tausend sein könnten, weil es eine viel zu kleine Zahl wäre.

Die Architektin lehnte sich zurück. Sie schaute düster vor sich hin.

Es ist unaushaltbar, sagte sie, dass wir Europäer diese Welt ausgelöscht haben. Es ist unaushaltbar und nie mehr wiedergutzumachen.

Aber das stimmt doch nicht, sagte ich. Nicht die Europäer haben diese Welt ausgelöscht. Die meisten wollten sie doch retten.

Das wollen wir gerne glauben, sagte sie. Aber das aufgeklärte Europa konnte diese Welt nicht dulden. Weil sie an etwas erinnerte, das Vernunft nicht erklären kann.

An was denn?, sagte ich.

An das Nichts und das Etwas, sagte die Architektin und schob das Buch mit den drei Kolumnen in meine Richtung. An die Verlorenheit der Menschen in einem leeren All.

Ich wollte es, einem Reflex folgend, von mir wegschieben, zu ihr zurück. Aber meine Bewegung stockte auf halbem Wege, meine Hand blieb auf der Tischkante neben dem Buch liegen.

Es gibt doch Beispiele für Leute, die ihr Leben riskiert haben, sagte ich.

Die Architektin lachte auf.

Ich versuche, mir dieses Tyszowce vorzustellen, sagte sie dann. Zwischen den zwei Weltkriegen, als Aron Kreiner dort geboren wurde und während er dort aufwuchs, bestand die Hälfte der Bevölkerung aus orthodoxen Juden, die ihren eigenen Kalender und ihre Cheder-Schulen hatten. In seinen Gedichten ist die Rede von den Israeliten und den Städten Ashdalon und Jerusalem, von den mesopotamischen Städten Urduk, Ninive und Babylon. Das

Tyszowce Aron Kreiners ist dieselbe untergegangene Welt wie die Welt der *Zimtläden* von Bruno Schulz. In den Gedichten ist die Rede von der Mutter und den Schwestern, die mit langem Haar durchs Dorf gehen, dem Tod in der Gaskammer entgegen. Er ist der einzige aus seiner Familie gewesen, der den Massenmord Europas an den Juden überlebt hat, und das Schuldgefühl, als einziger verschont geblieben zu sein und also noch weiterzuexistieren, die 50er, 60er und 70er Jahre zu erleben, den simplen Fortbestand der Welt, den Alltag, die Einkehr neuer Gewohnheiten und geopolitischer Realitäten, scheint ihn, wenn man diese Gedichte ernst nimmt, nie mehr verlassen zu haben.

Es ist unvorstellbar, dass meine Mutter, die aus derselben Landschaft und Kultur stammte und ihre Kindheit wie Aron Kreiner, wie Arnold Słucki, dort verbracht und diese Welt also noch in sich aufgesogen hatte, mit einer Arche nach Opole kam, in der nur die Polen gerettet wurden, um, von einem fünftausend Jahre umfassenden Gedächtnis abgeschnitten, eine neue Zivilisation aufzubauen. Es ist das Wesen unserer Zeit, dass wir nicht wissen wollen, nicht daran erinnert werden wollen, woher der Mensch kommt. Durch den Massenmord, der uns allen in Wahrheit recht kam, ist dieses vorgebliche Unwissen ein für alle Mal ausgeräumt. Aron Kreiner alias Arnold Słucki war der letzte seiner Art. Meine Mutter war die letzte ihrer Art. Die Mutter meiner Mutter hat sich bis zu ihrem Tod geweigert, die aus Stanisławów mitgebrachten Einrichtungsgegenstände aus den Holzkisten auszupacken. Sie war davon überzeugt, dass man bald werde zurückkehren können. Aber man konnte nicht zurück. Die Erzählung von der Arche Jalta ist eine Erzählung des Fortschritts. Aus der Arche steigt, nach dem Absinken der Flut, der heutige Westen. In den Konferenzen von Jalta und Potsdam hat die Vernunft gesiegt. Das europäische Wertesystem. Kants große Idee vom Weltbürgertum. Es ist ein Wunder, dass Aron Kreiner, inzwischen Arnold Słucki, bis ins Jahr 1972 im selben Europa weitergelebt hat. Dass er sich angepasst hat und dem polnischen Staat erst im Jahr 1968 wieder aufgefallen ist. Dass er es bis zuletzt als eine Schuld empfand, überlebt zu haben, folgt im Grunde ganz der Logik dieses neuen Westeuropas.

Die Architektin sank in sich zusammen. Sie war außer Atem. Ich fühlte, wie mir das Herz bis in den Hals schlug. Ich war wütend. Ich wollte etwas sagen, aber ich wusste nicht, was, weil alles, was sie gesagt hatte, an sich falsch war, nicht aber in sich. Wir saßen nebeneinander, in diesem Januarzwielicht, und sie starrte nur noch vor sich hin. Um uns breitete sich das Grau des draußen zu Ende gehenden Tags aus. In diesem Augenblick schien mir, dass die Welt, in der wir lebten, in einen ewigen Winter eingetreten war.

Bitte entschuldigen Sie, sagte die Architektin nach einer Weile. Ich habe schon wieder zu viel geredet.

Ich muss langsam gehen, hörte ich mich sagen. Es war schon später Nachmittag. Ich musste einkaufen. Ich musste nach Hause.

Wir müssen nicht streiten, sagte die Architektin.

Wir streiten nicht, sagte ich.

Ich stand auf und ging in den Flur. Ich zog mich an. Sie stand daneben und schaute mir zu. Wie sie mir so zuschaute, sah auch ich mich von außen, wie ich mich anzog.

Ich gab ihr die Hand, trat aus der Wohnung und ins Treppenhaus. Ich stieg die Treppe hinab und trat auf die Straße. Nur langsam verebbte der Ärger in mir, während ich an den Gärtchen vor den Wohnhäusern entlangging. Ich dachte, dass sie maßlos übertrieb. Ich dachte, dass auch ich maßlos übertrieb. Dass mich etwas wütend machte, das mich nicht wütend machen musste. Ich musste mich nicht wehren. Es waren doch nur Gespräche, die wir führten.

Kyoto

Es war zwei Tage vor Ostern, draußen hatte der Frühling begonnen, es hingen hellgrüne, gewellte Blättchen wie Locken von den Büschen, die Wolken waren leuchtend weiß und standen über den Dächern wie Luftschiffe.

Die Architektin führte mich, merkwürdig fröhlich, in ihre Küche, wo ich noch nie gewesen war. Die Küche war vollständig ausgekleidet mit Schränken und Hängeschränkchen von beiger Farbe, unterbrochen nur von einem türkisgrünen Band, das auf Taillenhöhe um den gesamten Raum lief.

Ich habe renoviert, sagte sie.

Sie erklärte, dass die Schränke vorher grau gewesen seien und dass sie schon lange etwas Farbe in ihre Küche habe bringen wollen. Jetzt, da der Frühling angefangen hat, sagte sie, hielt ich den richtigen Zeitpunkt für gekommen.

Ein Tisch, der für nicht mehr als zwei Personen Platz bot, stand unter dem Fenster. In einem Körbchen, das ausstaffiert war mit grünen Krepppapierschnipseln, lagen Eier in verschiedenen Farben; in den eingekerbten Mustern erkannte ich die Holztextur unter der Farbschicht.

Die Einladung zu diesem Besuch am Karfreitag hatte ich per E-Mail erhalten, mitsamt dem animierten Foto eines österlichen Hefekuchens in Form eines Lamms, dessen Kopf hälftig auf- und zuklappte und das Wort *zaproszenie*, Einladung, aus- und wieder einrollte.

Ich nahm das Tablett mit der Espressokanne, den Tassen und der Kuchenplatte sowie einen Teller mit roten Paprikastreifen entgegen, und wir gingen in das Durchgangszimmer mit dem Esstisch und den Buchregalen. Ich hatte wochenlang das Gefühl mit mir herumgetragen, dass ich etwas richtigzustellen hätte. Dass ich das, was die Architektin bei meinem letzten Besuch gesagt hatte, widerlegen müsste. Aber nun schien mir das obsolet geworden zu sein.

Ein schöner Tag, finden Sie nicht auch?, sagte sie. Sie lehnte sich zurück, und mir fiel erst in diesem Moment auf, dass sie sich auch äußerlich gewandelt hatte. Ihr Gesicht umgab an diesem Tag eine Aura, es zeigte eine Durchlässigkeit, so schien mir plötzlich, auf eine andere Sphäre. Und überhaupt fiel mir jetzt auf, dass in der ganzen Wohnung etwas anders war – es gab eine Art neue Bezüglichkeit, die alles aufhellte, und ich meinte, einen unauffälligen, kaum wahrnehmbaren Duft nach Blumen zu erahnen, der sich vermischte mit der frischen Luft, die durch die geöffnete Balkontür und die offen stehende Flügeltür bis zu uns in den hinteren Teil der Wohnung drang und das Piepen der Vögel von draußen mitbrachte.

Die Architektin sah mich mit einer mir bis dahin unbekannten Direktheit an, als wäre sie erst heute, zum ersten Mal seit langem, wieder ganz sie selbst, im Besitz ihrer eigentlichen, ursprünglichen Kraft, von der sie selbst überrascht war.

Mit einem meiner Verehrer, sagte sie, traf ich mich oft in einem Café in der Nähe des Kurfürstendamms, das *Budapest* hieß und von einer Frau aus Oberfranken mit Namen Gisela betrieben wurde. Dort gab es die Spezialität *Kalte Ente*, eine Art Bowle aus verschiedenen Weißweinen, die sie in einer Glasschüssel mit Strohhalm servierte. Die Wände im *Budapest* waren mit Holz verkleidet, und es lief immer klassische Musik, und das Publikum bestand aus ganz normalen Leuten. Es waren vor allem Handwerker in farbgesprenkelten Arbeitshosen und ältere Frauen und Männer, aber auch Angestellte mittleren Alters, wie man sie damals hinter Sparkassenschaltern treffen konnte, wenn man Geld auf sein Sparbuch einzahlen ging.

Mein Verehrer und ich saßen üblicherweise an einem Tisch am Fenster. In meiner Erinnerung ist es immer Winter, und draußen regnet es. Die Wolken hängen tief, und alle Hausfassaden sind suizidgrau, und alle Bäume sind kahl. Das Fenster ist beschlagen, sodass die Leute, die draußen vorbeigehen, nur als Schemen erkennbar sind. Aber das machte uns nichts. Ich war verliebt. Mein Verehrer, Wolfgang, stammte aus Berlin. Er war ein Freund von Michael. Michael und ich waren inzwischen sieben Jahre verheiratet. Mein spezifischer Neglekt war wieder da, aber in neuer Form. Jeden Morgen wachte ich auf und wusste für einen langen Moment nicht, wer ich war. Ich suchte in meinem Gedächtnis nach meinem Namen, nach Erinnerungen aus meinem Leben. Ich wollte am Leben sein. An dieses Gefühl erinnere ich mich deutlich.

Ich verliebte mich, wie man sich verliebt, wenn man zur Liebe eigentlich gar nicht fähig ist, was auch immer das heißt. Wolfgang hatte als einziger von Michaels Freunden keinen Beruf. Er arbeitete, seit er sein Jurastudium beendet hatte, als Tankwart, als Postbote oder als Koch in einem Behindertenheim. Er hatte den Kriegsdienst irgendwo in Bayern absolviert, war nach Berlin zurückgekommen und plötzlich Jurist, wollte aber nicht als Jurist arbeiten. Für das meiste andere bin ich leider schon überqualifiziert, sagte er.

Ich arbeitete, während ich zum zweiten Mal Architektur studierte, als Hilfskraft in einem Architekturbüro in Friedenau, aber ich hatte den Eindruck, dass ich die Einzige war, die wirklich Ahnung hatte von Architektur, während meine Kollegen zwar sehr nett waren, aber eigentlich immer nur von der nächsten Mittagspause sprachen. Zu Hause hatte ich wenig zu tun, weil Michael es nicht aushielt, wenn ich mich im Haushalt betätigte. Er bestand darauf, dass wir uns alles genau aufteilten, weshalb wir jeden Samstag gemeinsam putzten und einkauften. Und so blieb mir nur der Rechtsstreit mit unserem Vermieter Herrn Weyrauch, der glücklicherweise immer neue Begründungen dafür fand, uns die Miete zu erhöhen, angefangen mit einer angeblich durchgeführten Renovierung der Kellerabteile über die Erneuerung der Gegensprechanlage bis hin zum Streichen des Treppenhauses und der

Behauptung, dass dadurch unsere Lebensqualität signifikant gestiegen sei.

Michael lebt heute noch immer hier in der Stadt, wenn auch etwas am Stadtrand, nämlich am Tegeler See. Er ist verheiratet und hat drei Töchter. Seine Töchter studieren, eine Tochter lebt in Brüssel, eine andere in England, die dritte wohnt noch bei Michael und seiner Frau und studiert Architektur. Michaels Frau Susanne ist Juristin und arbeitet für die UNO, ich habe sie damals kurz kennengelernt. Sie arbeitet im Bereich der internationalen Beziehungen, vor allem zu Industrieländern wie Indien und China, aber auch zu einigen Staaten in Afrika. Sie setzt sich, laut Michael, auch für politisch Verfolgte ein. Er selber arbeitet als Professor an der Freien Universität. Etwa einmal im Jahr besucht er mich hier in unserer Wohnung. Dann gehen wir im Viertel spazieren und plaudern über die alten Zeiten, und er fragt, ob er mir irgendwie helfen kann. Aber er kann ja sehen, dass ich gut zurechtkomme. Ich lade ihn regelmäßig zu unseren Veranstaltungen ein, aber er hat verständlicherweise selten Zeit. Er leitet an seinem Lehrstuhl den Arbeitsschwerpunkt für Friedensforschung und erarbeitet Expertisen für die europäische Politik, andauernd muss er auf offizielle Empfänge oder Interviews geben oder bei Podiumsgesprächen auftreten. Aber er schaut aus wie damals, immer noch schlank und groß, immer noch eine Halbglatze, höchstens hat er einen kleinen Bauch bekommen. Dabei liegen nun schon fünfundzwanzig Jahre zwischen unserer gemeinsamen Zeit und heute. Wenn ich ihn frage, ob ich mich verändert habe, behauptet er, ich hätte mich überhaupt nicht verändert, aber das ist natürlich gelogen. Sie sehen ja, wie alt ich heute bin. Da muss man nichts schönreden.

Michael ist ein Mensch, der das Gute in einer Person sieht und nichts anderes. Ich weiß nicht, was seine Frau Susanne davon hält, dass wir uns treffen, aber ich könnte mir vorstellen, dass sie so ist wie er, zu gut für diese Welt, blind, naiv oder einfach: optimistisch. Aber vielleicht macht sie ihm zu Hause auch die Hölle heiß, und er spricht mir gegenüber nur nie darüber. Sein Vater, der Richter, ist inzwischen gestorben. Seine Mutter ist schon längere Zeit tot. Sein Bruder Lutz und er haben die Höfe und das Schloss in Ostwestfalen geerbt, aber Michael hat sich seinen Anteil ausbezahlen lassen. Von Wolfgang höre ich gar nichts mehr, er ist irgendwo in Chile verschwunden. Lars, der Segler, lebt, wie gesagt, irgendwo hier in der Stadt.

Nur Michael kommt mich noch besuchen, worüber ich mich jedes Mal so unverhältnismäßig freue, dass es mich selbst überrascht. Er besucht mich ja regelmäßig, und doch bin ich jedes Mal, wenn er hier in der Tür steht und seinen Kopf schief legen muss, um in den Flur zu treten, erstaunt und merke, dass ich darauf nicht vorbereitet war, dass ich im ersten Augenblick nicht weiß, was ich sagen soll. Aber Gott sei Dank fängt er dann sofort an, Fragen zu stellen. Wie geht es dir? Hast du alles? Kann man dir etwas kaufen oder besorgen? Kommst du mit allem zurecht? Was macht Herr Weyrauch? Es ist für ihn vermutlich anders, für ihn ist dieser Besuch eine jährliche

Routine. Aber für mich kommt er jedes Mal unversehens und bringt mich durcheinander.

Manchmal glaube ich andererseits, dass diese Besuche auch für ihn nicht ganz so leicht sind und dass sie an etwas in ihm rühren, was er in seinem alltäglichen Leben nicht präsent hat. Wer weiß.

Die Architektin schaute mich an, nickte. Sie schob den Stuhl scharrend nach hinten und erhob sich.

Kommen Sie, sagte sie. Gehen wir etwas spazieren. Es ist Frühling und Ostern, man kann sich über das gute Wetter freuen und über diese Welt, in der wir leben. Ich treffe mich später mit meinen Freundinnen in einer Pizzeria. Ich begleite Sie noch ein Stück, es ist auf dem Weg zur U-Bahn-Station.

Als wir unten auf der Straße standen und ich schon losgehen wollte, fasste sie mich am Arm. Sie blickte nach links und rechts, schien die Straße mit den darin geparkten Autos und die gerade erst grün werdenden Bäume in sich aufnehmen zu wollen.

Regelmäßig beschleiche sie, sagte sie, wenn sie hier unten vors Haus trete, ein merkwürdiges Gefühl der Aufgesetztheit von allem um sie herum, von einer Illusion, an die sich die Menschen in dieser Stadt klammerten, um nicht wieder im vollkommen Ungewissen zu landen. Das Ungewisse schaut aus jeder Ritze und jedem Eck unter der dünnen Schicht des neuen Wohlstands heraus, sagte sie. Sie spüre es ganz deutlich, wenn sie zum Beispiel zum Kaiser's am Bayrischen Platz gehe, oder am alten Busdepot vorbei und ihr eine Mutter mit Kinderwagen entgegenkomme, oder wenn sie sich im selben Augenblick zur Kreuzung vorn am Rathaus umdrehe, während dort der Bus an der Ampel anfahre mit den sitzenden und stehenden Menschen darin, die nach Hause oder anderswo hinwollen. Sie spüre dann den großen Körper, der sich unter die Erde zurückgezogen habe und dort, unter der Oberfläche, warte, über den Bäume und Gebäudezüge in größter Eile gepflanzt und Straßen gelegt worden seien, diesen Körper, über den jeder von uns täglich gehe und den jeder bei seinen täglichen Aufgaben zu vergessen versuche, mit jeder Tätigkeit und jedem Lebensprojekt von Neuem.

Sehen Sie?, fragte sie und deutete auf die Straße.

Ich sehe es, ehrlich gesagt, nicht, sagte ich.

Er ist da, glauben Sie mir, sagte sie. Aber jetzt kommt das Entscheidende. Diese dünne Schicht, der Anstrich, den die Gesellschaft, die Zivilisation darstellen, kommt mir realer vor als alles andere, er ist für mich die eigentliche Wirklichkeit geworden. Das zeigt sich zum Beispiel daran, dass das Busdepot für mich plötzlich bloß ein Gebäude aus rotem Ziegelstein ist. In diesem Gebäude haben heute junge Künstler ihre Probe- und Atelierräume. Es ist nicht etwa das Gebäude, vor dem man am 8. März 1942 eine Gruppe von 142 Menschen aus dieser meiner und vier angrenzenden Straßen zusammengetrieben hat, um sie in eine Sammelstelle in Moabit zu bringen, wo sie kategorisiert und in verschiedene andere Richtungen weitergeleitet, in unterschiedliche infrastrukturell genau definierte Kanäle eingespeist werden sollten, von denen die meisten beinahe im wörtlichen Sinn Kanäle darstellten, mit Wänden, die sie begrenzten, sodass weder ein Ausbruch nach links noch nach rechts möglich war, weil es nur eine Richtung gab und einen einzigen Ausgang. Diese Kanäle, von Mitmenschen gebaute Tunnel, bedeuteten eine Unumkehrbarkeit, deren sich jeder Einzelne von einem bestimmten Moment an zweifelsohne bewusst war, die er oder sie auf irgendeine Weise hinnehmen musste, um wenigstens so lange noch am Leben zu bleiben. In dieser Welt, in diesem Dasein, das uns nur einmal zusteht.

Ist dieses Busdepot der Ort, an dem die letzte Reise jener Menschen begann?, sagte die Architektin. Nein, es ist ein Gebäude aus rotem Ziegelstein, an dem eine Mutter mit ihrem Kinderwagen täglich entlanggeht. Es ist der Ort, an dem Menschen aus der ganzen Welt Choreographien einstudieren, gemeinsam Ideen entwickeln, sich verlieben und über all das hier Geschehene höchstens theoretisch etwas wissen – aber was ist schon theoretisches Wissen gegenüber ihrer eigenen Tätigkeit hier, in diesen Räumen, in diesem Hof, wo sie gemeinsam zu Mittag essen oder ihr Vorhaben mit allem Ernst diskutieren, weil ja tatsächlich ihre unmittelbare Zukunft voll und ganz davon abhängt, ihre gesamte Existenz sich nur darin entfalten wird. Ich bin, immer wenn mich das Erschrecken über diese dünne Schicht der Wirklichkeit heimsucht, ganz auf der Seite der Menschen, auf der Seite der jungen Mutter mit dem Kinderwagen und der Passagiere im Bus auf der Kreuzung, und mich ergreift zwar das

Gefühl, das Vergehen der Zeit nicht ertragen zu können und auch meine Eltern und meinen Bruder Janek zu vermissen, zurückzuwollen in die Jahre meiner Kindheit in der Stadt Opole, als ich das Leben für ein Abenteuer hielt und noch optimistisch war – andererseits spüre ich aber auch eine Kraft in mir, die nicht allein meine eigene ist, sondern die Kraft der Existenz vielleicht, und mit ihr eine Erleichterung, die sich dem Umstand verdankt, dass die Zeit, egal was geschieht, unumkehrbar ist und man deshalb sein Gesicht auch ganz dem Kommenden, der Wirklichkeit entgegenhalten kann.

Ja, so ist das, sagte die Architektin und ging los. Ich folgte ihr, und wir gingen eine Weile schweigend nebeneinander. Als wir den Park erreichten, setzten wir uns unweit des Eingangs auf eine Bank. Auf der Wiese spielte ein Junge mit einem Hund. Eine Frau joggte an uns vorbei.

Eines Tages sagte Michael zu mir, dass er sich von mir trennen wolle, sagte sie. Er hatte eine Forschungsstelle an der Universität von Kyoto angenommen. Ich hatte bis dahin nicht gesehen, was ich ihm antat, indem ich mich ständig in andere Männer verliebte. Er tat ja immer so, als wäre das mein gutes Recht. Ich habe ihn erst fünf Jahre später wiedergesehen. Er war zurückgekehrt, war verheiratet mit Susanne, und ihre erste Tochter Sophia war gerade geboren. Es freute ihn sehr, dass ich noch hier, in unserer Wohnung, wohnte. In jenen fünf Jahren war ich in dieser Stadt angekommen. Ich hatte gearbeitet, hatte mich über die Fehlentscheidungen meiner Chefs im Büro geärgert, Fehlentscheidungen, deren es wirklich viele gab.

Ich war vor Gericht gewesen in der Sache gegen meinen Vermieter Herrn Weyrauch, der mich mit Hilfe der Eigenbedarfsregelung herauskomplimentieren wollte. Ich fuhr alle zwei Monate nach Opole, um mich um meine Mutter zu kümmern. Als sie starb, verkaufte ich ihre Wohnung, die meine Kindheitswohnung gewesen war, und nun gab es keinen Grund mehr, nach Opole zu fahren. Zu meinen früheren Freundinnen hatte ich keinen Kontakt mehr. Es war ein geringer Betrag, den ich für die Wohnung bekam. Ich legte ihn an, er bildet ein schmales Polster. Aber wofür braucht der Mensch ein Polster. Ich lebe jetzt hier. Schaffe ich es, meine Gegenwart anzunehmen, so bin ich gefeit für die Zukunft, denn die wird sich immer wieder als Gegenwart ihrer Bedrohlichkeit von allein entledigen.

Wir erhoben uns und gingen weiter, verließen den Park. Wieder schwiegen wir, und ich überlegte die ganze Zeit, wie ich noch einmal alles, was ich ansprechen wollte, ansprechen könnte. Aber ich spürte deutlich neben mir, körperlich fast, ihre Euphorie, und das machte mich hilflos. Und dann waren wir vor der U-Bahn-Station angekommen, und sie blieb stehen.

Ich wünsche Ihnen schöne Ostertage, sagte sie. Sie lächelte, und ich gab ihr die Hand und wünschte auch ihr schöne Ostern und stieg die Treppe hinab. Ich blickte mich nochmals um und sah sie, wie sie mir zuwinkte. Dann wandte sie sich ab und ging davon. Ich blieb eine Weile ratlos stehen. Dann trat ich an einen der Automaten und kaufte mir ein Ticket. Ich stieg zum Bahnsteig hinunter, wo im gleichen Augenblick die U-Bahn einfuhr.

Herr Weyrauch

Vier Wochen später wollte ich der Architektin ein paar Stücke von dem Kuchen vorbeibringen, den Veronika mir zum Geburtstag gebacken hatte. Ich klingelte unten an der Haustür, und eine männliche Stimme fragte mich, wer ich sei. Ich antwortete, und die Tür summte. Ich ging durch den Eingangsbereich, in dem mehrere Farbeimer aufgestapelt standen sowie ein großes Holzschleifgerät, das aussah wie ein Miniaturelefant aus grauem Stahl. Die Tür im zweiten Stock stand offen, und ich trat in den Wohnungsflur.

Es stand kein Schuhschränkchen mehr neben dem Eingang. Durch die Tür zum Arbeitszimmer konnte ich sehen, dass auch der Schreibtisch und der Computer nicht mehr da waren. Im Durchgang zum Wohnzimmer blickte ich in einen hellen, leeren Raum, auf dessen Dielenboden Plastikfolie ausgelegt war. Etwas klapperte in diesem Raum, und das Geräusch hallte von den Wänden wider.

Als ich eintrat, stieg mir der scharfe Geruch frischer Farbe in die Nase. An der Wand neben dem Balkonfenster zu meiner Linken kniete ein Mann in einem gestreiften kurzärmeligen Hemd und kurzen Hosen neben der Scheuerleiste. Er hatte ein auffällig rotes Gesicht, was die weißen Haare im Kontrast ungewöhnlich hell strahlen ließ. Der Akkuschrauber in seiner Hand summte auf.

Woher kennen Sie Frau Dorota noch mal?, fragte er, nachdem er sich erhoben und mir vorgestellt hatte. Er musterte mich dabei ernst und, wie ich plötzlich zu spüren meinte, ängstlich, als hinge viel von meiner Antwort ab. Seine Vorsicht machte mir plötzlich ein mulmiges Gefühl. Etwas daran sagte mir, dass er mich für einen Verwandten hielt, vielleicht für einen ihr nahestehenden Neffen.

Wir sind Bekannte, antwortete ich.

Die Art, wie sich sein Gesicht und sein gesamter Körper entspannten, machte das Gefühl in meinem Magen noch unangenehmer. Seine Züge strahlten, anders als ich es mir bei dem Herrn Weyrauch aus den Erzählungen der Architektin vorgestellt hatte, Wohlwollen aus. Er war viel kleiner als ich, untersetzt und irgendwie standfest.

Kommen Sie, sagte er, wir setzen uns ins Nebenzimmer, da steht noch Frau Dorotas Tisch. Trinken wir ein Glas Apfelschorle.

Wir traten durch die Flügeltür in das Durchgangszimmer, in dem ich mit ihr immer gesessen hatte. Die Wände waren leer, in der Mitte standen nur der Tisch und zwei Stühle. Mir fiel erst jetzt auf, wie klein und eng der Raum war, ein schmaler Schlauch, in dem ich mir kaum Möbel vorstellen konnte. Wir setzten uns, und Herr Weyrauch füllte zwei Gläser, die schon auf dem Tisch gestanden hatten, mit Apfelschorle aus einer Flasche.

Frau Dorota hat sich umgebracht, sagte er. Sie hat sich vor zwei Wochen dort in ihrem Schlafzimmer erhängt. Die Beerdigung war vor einer Woche. Ich habe mich zusammen mit Herrn Wesemüller um alles gekümmert.

Herr Wesemüller?, sagte ich.

Michael Wesemüller, der frühere Ehemann von Frau Dorota, sagte Herr Weyrauch. Als er das sagte, klang seine Stimme fest. Er schaute geradeaus, schüttelte den Kopf.

Ich fühlte, wie meine Organe sich unter einem Anflug von Übelkeit anhoben. Als wäre eine Art Hohlraum in meinem Bauch, der nun anwuchs. Es war ein Gefühl von falscher Leichtigkeit. Ich fand es nicht glaubwürdig, dass sie sich umgebracht hatte.

Wir waren mitten in einem Gerichtsverfahren, sagte Herr Weyrauch. Ich hatte sie lange nicht gesehen.

Er stand auf und ging zum Fenster im hinteren Bereich des Raums und schaute in den Innenhof hinunter, aus dem man Kinderstimmen hören konnte. Herr Wesemüller hat die Möbel abgeholt, sagte er.

Eine Kinderstimme, dann ein metallener Schlag, als würde jemand eine Fahrradkette um einen Fahrradständer legen. Er schloss das Fenster, und die Geräusche brachen ab. Er kippte es wieder, behielt aber den Griff in der Hand.

Ich war seit sieben Jahren nicht mehr hier, sagte er. Damals haben wir Kaffee getrunken und Kuchen gegessen. Wir haben uns über Politik unterhalten.

Er kam zum Tisch zurück, füllte wieder unsere Gläser und setzte sich neben mich. Sein Blick lag auf der Wand, an der das Regal gestanden hatte. Dann blickte er zur gegenüberliegenden Wand und zur Decke hinauf, sein Blick wanderte nach unten zum Boden und an der Holzleiste entlang, die an einigen Stellen von der Wand abstand oder fehlte.

Ich weiß es nicht, sagte er.

Ich verabschiedete mich von ihm und stieg durchs Treppenhaus. Unten auf der Straße fiel mir nach ein paar Schritten ein, dass ich in meiner Tasche noch den Geburtstagskuchen für sie hatte. Ich glaubte nicht, dass sie sich umgebracht hatte. Aber der Kuchen war real, ich konnte ihn, dachte ich, jederzeit aus der Tasche nehmen.

II. Die Stadt

Sommer

Die Hitze war noch nicht da, aber es war warm geworden. Es war nun zu spüren, wie weit im Norden wir waren. Bis kurz vor Mitternacht war es taghell, und schon ab halb vier Uhr war über den Dächern im Osten wieder ein türkiser Schimmer zu sehen. Ich hatte mein Fahrrad reparieren lassen. Ich fuhr damit am liebsten nachts herum, wenn die Straßen leer waren. Einmal fuhr ich zum Potsdamer Platz. Die Lichter der Wolkenkratzer um das Sony-Center beleuchteten die Stille der nächtlichen Stadt. Ich fuhr zwischen den Wohnblöcken herum, niemand außer mir war auf der Straße, kein Auto fuhr, es war warm. Ich erreichte den Anhalter Bahnhof und bog nach rechts, Richtung Kanal. Unter der verrosteten Brücke der U1 blieb ich stehen und hörte ein paar Minuten lang dem Flöten einer Nachtigall zu, die irgendwo in einer der letzten Brachen der Stadt verborgen auf einem Ast saß und in die Stadt, in die Leere und Stille der Nacht hinein sang.

Der Friedhof

Im Juni war wieder die Miete unserer Wohnung gestiegen. Veronika und ich hatten beim Einzug einen Staffelmietvertrag unterschrieben, was bedeutete, dass unsere Miete sich automatisch jedes Jahr um acht Prozent erhöhte, für die nächsten zehn Jahre.

An einem Vormittag fuhr ich zum Friedhof in Schöneberg. Nach einer halben Stunde, in der ich die Reihen abgegangen war, fand ich den schwarz glänzenden Stein mit der weißen Inschrift, *Dorota Kamszer*. Ich stand dort eine Weile und schaute mich um, ungeduldig, weil sich keine Empfindung in mir einstellte, und ich fragte mich, warum ich hier stand, wo ich mit der Architektin nicht einmal verwandt gewesen war.

Die Erde um die Abdeckplatte war dunkel und sah feucht aus. In einer Vase vor dem Grabstein steckte ein Strauß bernsteinfarbener Blumen, von denen schon ein paar Blütenblätter den Stein um die Vase bedeckten. Es kam kein tieferes Gefühl in mir auf, und das festzustellen, während ich zwischen den Gräbern stand und mich zu den Wohnhäusern, die den Friedhof einrahmten, umschaute, löste doch eine Empfindung in mir aus, wenn auch nur in Form des Bewusstseins ihrer Abwesenheit, was mich etwas traurig machte.

Am nächsten Sonntag fuhr ich nach Ruhleben und ging durch das Fließ auf die zwei Schlote der Müllverbrennungsanlage zu und suchte das Grab von Arnold Słucki. Es lag, wie die Architektin es beschrieben hatte, vereinzelt in einer Wiese, eine Erdparzelle, die von Efeu zugewachsen war. Unter den Blättern entdeckte ich die Terrakotta-Kachel, die das Grab als städtisches Ehrengrab auswies.

Weil die Gräber in diesem Teil des Friedhofs so weit auseinanderlagen und dem Anschein nach planlos über die Wiese verteilt waren, sah es so aus, als könnte man sich hier seine Parzelle – wie auf einem Campingplatz, auf dem man einen Stellplatz fürs Zelt besetzt, der einem am besten gefällt – frei wählen, so weit wie möglich von den anderen entfernt, an der optimalen, individuellen Stelle.

Das Notizbuch

An einem Vormittag war ich in Moabit aus der U-Bahn gestiegen, ohne dass ich dort irgendein Ziel gehabt hätte. Ich stand am Ufer der Spree, die dunkel unter mir gegen die Mauer schaukelte. Das Licht hatte noch etwas Grelles und Junges, wie es da auf den feuchten Gehweg mit den Fahrradreifenspuren durch die Baumkronen fiel.

Ich setzte mich auf eine Bank und wollte etwas ins Notizbuch schreiben, einen ersten Satz für eine Erzählung vielleicht. Ich schrieb das Datum hin. Weiter fiel mir nichts ein. Früher, so erinnerte ich mich vage, hatte ich in dieses Notizbuch als Jahreszahl eine Null-Acht, eine Null-Neun geschrieben. Nun notierte ich schon zweistellige Zahlen, und es war nicht mehr vorstellbar, wie es damals gewesen war. Die zweistellige Zahl vor den Einträgen gehörte zu allem, was ich in meinem heutigen Alltag machte.

Der Junge

In einem Hinterhof in der Badstraße, in den ich getreten war, weil ich einen Durchgang zur Bibliothek im Luisenbad gesucht hatte, begegnete ich an einem Morgen einem Jungen. Wohnen Sie nicht woanders?, fragte er. Er war, wie ich feststellte, als ich mich umdrehte, aus einer Tür hinter mir getreten.

Ich glaubte, ihn schon einmal irgendwo gesehen zu haben. Ich erkannte ihn aber nicht zuerst am Aussehen wieder, sondern als Folge der Tatsache, dass er mich ansprach, als müssten wir uns kennen, und dieser Umstand verwirrte mich derart, dass ich nur antworten konnte: Ja, ich wohne woanders.

Der Junge trat an mir vorbei – er hatte einen Müllbeutel in der Hand, in dem Orangenschalen und zerknülltes Küchenpapier, Plastikverpackungen und Kaffeesatz gegen das Plastik drückten – und stand schon an der schwarzen Restmülltonne, die er mit so viel Schwung aufstieß, dass der Deckel ganz umklappte und der Knall in dem Innenhof ohrenbetäubend nachhallte.

Sie wollen wohl etwas klauen, sagte er und baute sich, nachdem er den Müllbeutel hatte hineinfallen lassen, vor mir mit nach unten abgewinkelten Armen auf, in der Pose eines Muskelprotzes, was angesichts seiner dünnen Arme und der schmalen Brust irgendwie amüsant aussah.

Was soll ich denn hier klauen?, sagte ich.

Er wandte sich ab, schaute auf dem Boden neben den Mülltonnen herum und hob einen Stock auf, den er gegen den Drahtzaun drückte. Er ging an dem Zaun hin und her und führte den Stock daran entlang, sodass das Gitter schepperte.

Dann blieb er stehen und schaute mich an, und in seinem Gesicht war Misstrauen, aber nicht so, als sei es gerade erst entstanden, sondern als sei es lediglich zurückgekehrt, als müssten die Gesichtsmuskeln sich dafür nicht anspannen, sondern eher entspannen, weil es sein üblicher, alltäglicher Gesichtsausdruck war.

Sie sind wohl Lehrer, sagte er. Er begann wieder, am Zaun entlangzugehen und das Gitter mit dem Stock scheppern zu lassen, aber halbherzig jetzt, er beobachtete mich nun.

Er hatte kurzrasiertes Haar, ich entdeckte außerdem eine kahle Stelle an seinem Hinterkopf, als wäre die Person, die ihm den Kopf geschoren hatte, abgerutscht, oder als hätte er sich an dieser Stelle früher mal den Kopf aufgeschlagen. Er sprach mit einem Akzent, mit dem die Kinder in unserem Viertel oft sprachen, ohne dass man hätte sagen können, aus welchem Land ihre Eltern eigentlich kamen.

Ich bin kein Lehrer, sagte ich.

Er ließ den Stock fallen und trat an die Mülltonne

heran. Er klappte sie zu und stellte sich neben sie, wie man sich an eine Bar stellt: indem er seinen Unterarm darauf abstützte und sich gegen sie lehnte. Er wandte mir jetzt die Seite zu und ließ den Blick über die uns einschließenden Hinterhöfe und die Rückseiten der Wohnhäuser schweifen, und sein Ausdruck war verändert, angestrengt irgendwie.

Meinen Sie auch, fragte er, dass das alles hier früher Wald gewesen ist?

Bitte?, sagte ich.

Im Stadtteilmuseum steht auf einer Zeittafel, dass hier früher nur Wald war. Ich habe den Leiter des Museums gefragt, ob das so stimmt, und er sagte, dass es stimmt.

Hier war jedenfalls nicht immer Stadt, sagte ich.

Das weiß ich, sagte er. Aber es sich vorzustellen, ist doch etwas anderes. Sich vorzustellen, dass es wirklich so gewesen ist.

Er drehte sich zu mir um und sah mich an, und in seinem Blick lagen ein merkwürdiger Ernst und eine Unsicherheit.

Ich kann es mir auch nicht vorstellen, sagte ich.

Es muss ja so gewesen sein, sagte er.

Aber man kann es sich schwer vorstellen, sagte ich.

Er nickte und wirkte zufrieden und auch erleichtert. Dann schaute er hinauf zu einem der Fenster über mir und sein Gesicht nahm wieder den misstrauischen Ausdruck an. Auch zog er den Kopf ein Stück ein.

Er stieß sich von der Tonne ab, die kurz schwankte, und ging an mir vorbei. Ich sah ihm nach, bis die Tür ins

Schloss fiel, dann blickte ich an den Fenstern über dem Hausdurchgang nach oben, aber in keines der Fenster konnte man hineinschauen, alle lagen im Schatten des Hinterhofs und spiegelten diesen oder den Himmel. Vor einigen hingen Tücher, es waren graue Tücher, eines war geschmückt mit roten, grünen und gelben Rauten und Ellipsen.

Der Nachbar

An einem Vormittag kam ich vom Einkaufen und trat in unseren Hausflur, als vor mir der alte Mann aus der Erdgeschosswohnung stand, der Vater des jungen Mannes, der sich manchmal mit seinen Freunden auf dem Bürgersteig vor dem Haus traf. Durch die offene Tür neben dem Aufzug konnte ich sehen, dass seine Enkelkinder im Hinterhof spielten. Sie bewohnten als Familie, wie er mir einmal erzählt hatte, zwei Wohnungen im Parterre, die nebeneinanderlagen, sodass eine der Eingangstüren im Seitenflügel lag. Er ärgerte sich oft über die Hausverwaltung unserer Vermietungsfirma, weil sie seit Wochen die Schließanlage im Vorderhaus zu reparieren plante, es aber nicht tat. Er ärgerte sich an diesem Tag auch über die Leute, deren Spuren sich seit ein paar Wochen in unserem Treppenhaus fanden, vorzugsweise auf der ersten Zwischenetage vor dem Fenster zum Hinterhof. Ein abgerissener Zigarettenfilter, eine in den Spalt zwischen Wand und Abschlussleiste hineingestochene Spritze. Ein faustgroßer, an seinen Rändern violett eingetrockneter Blutfleck auf dem Boden.

Ich habe schon mehrmals die Polizei angerufen, sagte

er. Mir wäre es ja egal, aber mein Sohn und meine Schwiegertochter haben kleine Kinder, die hier spielen.

Einmal habe er drei Leute, wie er mir erzählte, direkt dabei erwischt, wie sie sich dort auf der Zwischenetage hatten hinsetzen und ausbreiten wollen.

Der Verwaltung E-Mails zu schreiben, bringt nichts, verstehst du, sagte er zu mir. Wir müssten uns alle zusammentun und geschlossen eine Beschwerde einreichen.

Die Tür zu seiner Wohnung neben den Briefkästen stand auch heute einen Spaltbreit offen. Aus dem Innern der Wohnung war ein leises und unverständliches Gespräch zu hören. Einmal hatte mich die Frau des jungen Mannes darauf aufmerksam gemacht, dass sie ein Auto verkauften. Ich hatte sie vorn an der Haustür getroffen, sie hatte dort gestanden und eine Zigarette geraucht, während der Junge und das Mädchen auf dem Gehsteig mit einem Fahrrad spielten. Das Auto, ein alter schwarzer Golf, war direkt vor dem Fenster mit der heruntergelassenen Jalousie auf dem Gehsteig geparkt. Sie sei Studentin, und sie könnten sich zurzeit keine zwei Autos leisten, eines reiche vollkommen.

Sie hatte blaue Augen. Ich hatte den Eindruck, dass ihr Haar unter dem Kopftuch hell war.

Ich sagte, dass auch wir kein Auto bräuchten, da man in der Stadt sowieso besser mit öffentlichen Verkehrsmitteln unterwegs sei.

Aber wenn man zum Beispiel in Urlaub fahren will, sagte sie. Oder aus der Stadt raus. Vielleicht fällt Ihnen jemand ein, rief sie mir hinterher.

Es war ein komisches Gefühl, dass sie mich siezte, obwohl wir ungefähr im gleichen Alter waren.

Der Vater des jungen Mannes sprach mit den Kindern, die mich mit großen Augen und offenen Mündern anschauten, wenn wir uns vor den Briefkästen zufällig begegneten, während sie sich im Türrahmen oder an dem Kinderwagen daneben festhielten, in einer Sprache, die ich für Arabisch hielt. Mit mir sprach er jedoch in akzentfreiem Deutsch.

Seit fast zwei Monaten funktioniert das Licht im Treppenhaus nicht, sagte er jetzt, in der Tür zum Hinterhof stehend, die sich neben der Aufzugstür befand. Telefonisch ist bei der Vermietungsgesellschaft niemand zu erreichen, und auf E-Mails antworten sie nicht. Das Gleiche gilt für die Firma, die sie für Reparaturen engagiert oder vielleicht eher selber gegründet haben. Wir wohnen im Parterre, verstehst du, da ist das nicht so schlimm, wenn das Licht nicht geht. Aber für euch ist das doch unangenehm. Vor allem, wenn man bedenkt, was für Leute einfach von außen reinkommen können. Diese Leute wissen ganz genau, in welchen Häusern hier im Viertel sie ein ruhiges Plätzchen finden. Neulich habe ich mich mit einem von ihnen fast geschlagen. Es sind immer dieselben drei, zwei Männer und eine Frau.

Geschlagen?, sagte ich.

Sie saßen wieder da oben, sie hatten es sich gerade bequem gemacht, als ich aus dem Keller kam. Ich hörte sie über mir auf der Zwischenetage reden und forderte sie auf, das Haus zu verlassen, aber sie taten so, als verstünden sie kein Deutsch. Also bin ich die Treppe hochgestiegen, und erst da haben sie ihre Rucksäcke und Schlafsäcke gepackt und sind an mir vorbei die Treppe runter und aus dem Haus geflüchtet. Sie haben dabei aber in ihrer Fremdsprache geflucht und sich wahrscheinlich über mich beschwert.

Während er es erzählte, wirkte unser Nachbar, der graues Haar hatte, dessen Alter aber für mich schwer einzuschätzen war, nicht unbedingt verärgert. Er erzählte es mit einer Sachlichkeit, mit der man, wie ich in diesem Augenblick dachte, nun mal über Dinge spricht, die im Viertel oder im Haus passieren, in dem man zufällig zusammenwohnt und sich bei einem zufälligen Zusammentreffen vor dem Aufzug begegnet, und ich merkte daraufhin auch, dass ich die ganze Zeit schon mit der Einkaufstüte in der offenen Aufzugstür stand und die Lichtschranke mit der Hand abdeckte, was auch er bestimmt bemerkt hatte. Im Hinterhof rannten die Kinder um den Baum, der in der Grünfläche neben den Fahrradständern wuchs, und durch die angelehnte Wohnungstür neben den Briefkästen, wo der Kinderwagen stand, drangen jetzt Radiogeräusche.

Ich erzählte ihm, dass auch ich schon die Dreiergruppe auf der ersten Zwischenetage dabei ertappt hatte, wie sie gerade ihre Rucksäcke ablegten. Die Rucksäcke hätten, sagte ich, wie Reiserucksäcke ausgesehen, und überhaupt hätten die drei ausgeschaut, als wären sie Touristen, aber besonders schmutzige und abgemagerte und irgendwie seit Monaten hier im Viertel gestrandete. Ich sei, erzählte ich, über ihnen, also im ersten Stock, stehen geblieben und hätte sie lange angeschaut, und sie hätten lange zurückgeschaut, ohne etwas zu sagen. Sie hatten aber im Vorgang des sich Setzens innegehalten, als warteten sie, wie ich reagieren würde. Wir seien, erzählte ich in der Aufzugstür stehend, einfach alle dagestanden und hätten uns angeschaut. Sie hätten offenbar wirklich die Möglichkeit in Betracht gezogen, dass ich einfach an ihnen vorbeigehen und das Haus verlassen würde, dass sich also das Problem, das sich für sie mit meinem Erscheinen auf einmal ergeben hatte, von alleine lösen würde. Es sei eine Situation gewesen, die mich amüsiert, aber auch mit einem plötzlichen Mitleid erfüllt habe. In dem Moment, in dem ich mein Telefon herausholte, hatte einer von ihnen, der große, sehr dünne mit der Mütze und dem blonden Bart, die Arme gehoben und zu mir in einem Englisch mit osteuropäischem Akzent gesagt, dass es hier kein Problem gebe, dass alles in Ordnung sei. Sie nahmen ihre Sachen und stiegen die Treppe runter und durch den Flur zur Haustür und verschwanden.

Der Vater des jungen Mannes nickte.

Ich schaue inzwischen jeden Abend nach, ob sie da sind, sagte er. Aber es hat ein- oder zweimal funktioniert, deshalb kommen sie immer wieder, egal, wie oft es nicht mehr funktioniert. Ich glaube, dass das insgesamt, sagte er, etwas sehr Trauriges ist. Denn woher kommen sie, warum sind sie ausgerechnet hier, in dieser Stadt und in diesem Viertel gelandet. Einmal habe ich sie in der Grüntaler Straße gesehen, um die Ecke von dem kleinen Park.

Sie gingen zu dritt mit ihren Rucksäcken auf den Rücken in eine Richtung, ohne miteinander zu sprechen, als hätten sie ein konkretes und wichtiges Ziel. Sie sahen aus, als würden sie sich vorwärtskämpfen, als wären sie auf einem Marsch. Ich glaube nicht, dass sie gewalttätig sind. Sie würden hier im Treppenhaus niemandem etwas tun. Sie suchen nur einen ruhigen Ort, an dem sie sich ausruhen können. Aber die Spritzen, das Blut – meine Enkelkinder spielen hier, das geht nicht.

Er zuckte ratlos mit den Schultern. Einen schönen Abend, sagte er. Dann trat er in den Hof hinaus und rief seinen Enkelkindern mit erhobenem Zeigefinger etwas zu.

Die Beerdigung

Wir haben ein neues Protein entdeckt, das die Neurogenese steuert, sagte Karsten. Also, es ist zumindest daran beteiligt. Oder zumindest wird es an Tag vier der Embryonalentwicklung exprimiert.

Wir saßen in der Bar um die Ecke von seiner Wohnung. Er hatte am Telefon aufgeregt geklungen. Wir müssen uns unbedingt treffen, hatte er gesagt.

Und was bedeutet dieser Fund?, sagte ich.

So viel nun auch wieder nicht, sagte er. Es heißt nur, dass das Protein eine Rolle in der Frühentwicklung des Nervensystems spielt, da es exprimiert wird, und also irgendeine Funktion haben muss. Wir wissen noch nicht, was passiert, wenn es nicht da ist oder wenn zu viel davon da ist. Das müssen wir jetzt herausfinden.

Gratulation, sagte ich.

Wir stießen an.

Ich weiß auch nicht, wofür ich das eigentlich mache, sagte Karsten plötzlich.

Wie meinst du das?, sagte ich.

Ich beschäftige mich mit diesem Genbaukasten, mit diesen Hochdurchsatzexperimenten, ich lasse meine

Doktoranden monatelang ein einzelnes Protein untersuchen. Es kann doch nicht beim Baukasten bleiben. Ich frage mich, worauf diese Arbeit hinauslaufen soll. Und ob das wirklich ich bin, der sich mit diesen Zebrafischen und ihren Genen beschäftigt. Der Anträge schreibt, um seinen eigenen Forschungsapparat aus sieben Leuten am Laufen zu halten, weil wir alle Familien haben und in den Urlaub fahren wollen.

Die Forschung, die ihr macht, hat doch eine medizinische Bedeutung, sagte ich. Wer weiß, wie vielen Menschen sie in Zukunft helfen kann. Du bist doch an einem grundsätzlichen Fortschritt beteiligt, auch wenn du ihn vielleicht noch nicht konkret siehst.

Karsten nickte. Er schwieg eine Weile, schaute aus dem Fenster, in dem sich aber nur das Innere der Bar spiegelte. Wie ich wisse, seien seine Eltern schon lange tot, sagte er.

Ich erschrak. In diesem Augenblick erinnerte ich mich plötzlich, dass er schon in unserer Studienzeit davon gesprochen hatte, dass seine Eltern gestorben waren. Aber er hatte es immer nur beiläufig erwähnt, wie ich meinte. Er hatte gelegentlich von einer Oma erzählt, bei der er aufgewachsen war, oder vielmehr hatte diese Oma ihn, wenn ich mich richtig erinnerte, täglich besucht und für ihn gekocht und für ihn den Haushalt gemacht, während er in der Wohnung, in der er mit seinen Eltern gelebt hatte, alleine wohnen geblieben war.

Ich erinnerte mich plötzlich auch daran, dass es eine weiter entfernte Familie gegeben hatte, eine Tante und deren Mann sowie zwei Onkel, zu deren Geburtstagen Karsten gelegentlich an den Wochenenden aufbrach und deshalb nicht mit uns auf eine der Partys in einem der Wohnheime oder in einer WG mitkommen konnte. Zwischen dieser Tante und den Onkeln auf der einen und Karsten auf der anderen Seite hatte es Streitigkeiten in Bezug auf das Erbe der Großeltern mütterlicherseits gegeben. Ich erinnerte mich, dass wir ihm damals alle sagten, dass er irgendwie betrogen worden sei. Aber er hatte geantwortet, dass ihm solcherlei Dinge egal seien und dass er einfach nur seine Tante und seine Cousins weiterhin sehen wolle, weil er sonst niemanden mehr habe, den man als Familie bezeichnen könnte.

Ja, ich erinnere mich natürlich, sagte ich.

Meine Oma ist vor zwei Wochen gestorben, sagte Karsten. Ich war in Hannover zur Beerdigung, allein. Ich konnte meine eigene Familie nicht mitnehmen, es war mir einfach unmöglich. Aus irgendeinem Grund habe ich die Notwendigkeit verspürt, meine Kinder und meine Frau von der Familie in Hannover fernzuhalten. Ich wusste, dass die ganze mütterliche Seite da sein würde, und ich wollte meine Tante und meine Onkel und Cousins unbedingt sehen. Aber ich wollte nicht, dass sie meine Kinder und Lena treffen, das wäre in diesem Augenblick das Schlimmste für mich gewesen, ich hätte mir nichts Schlimmeres vorstellen können. Obwohl alle in Lena verliebt sind, und sie liebt meine Cousins, und alle lieben Janka und Karoline. Trotzdem. Ich wollte es nicht. Ich wollte es einfach nicht und konnte es nicht.

War das die Oma, mit der du aufgewachsen bist?, fragte ich.

Nein, die ist gestorben, als ich zwanzig war, das weißt du doch. Es war die mit dem vorgezogenen Erbe. Die Mutter meiner Mutter. Ich habe mich selbst darüber gewundert, dass ich allein hinwollte. Mein Onkel machte mir Vorwürfe, dass ich die Ur-Enkelinnen nicht mitgebracht hatte. Er will uns immer hier besuchen, und er wünscht sich, dass ich meine Cousins zu uns einlade. Ich fahre gerne nach Hannover, ich könnte jedes zweite Wochenende hinfahren, wenn ich die Zeit hätte und an den Wochenenden nicht so oft ins Labor müsste. Aber ich will auf keinen Fall, dass sie uns besuchen.

Weil du wütend auf sie bist?, fragte ich.

Warum sollte ich wütend auf sie sein?

Wegen des Erbes.

Wegen des Erbes? Warum denn das?

Nicht wegen des Geldes, sagte ich. Sondern weil sie dich übergangen haben.

Überhaupt nicht, sagte er. Ich weiß gar nicht, was du meinst. Ich will einfach nicht, dass sie hierherkommen. Es war sehr seltsam, diese Beerdigung. Es ist seltsam, wenn jemand stirbt und begraben wird. Eine Woche wie nicht von dieser Welt. Für zwei Tage gehen alle unter dem Kommando des Priesters herum, obwohl sie gar nicht an Gott glauben. Man begrüßt sich zum Frühstück, als hätte der Gruß eine grundsätzlichere Bedeutung. Man steht in der Kirche und hat das Gefühl, dass alle Floskeln, die dort vorn ausgesprochen werden, sich auf einmal tatsächlich auf einen selbst und auf diesen einen Todesfall beziehen. Auf diesen einen Menschen, der gestorben ist. Und das Erstaunliche war, dass ich dann am Grab stand, neben meinen beiden Onkeln und meiner Tante und den drei Cousins, und auf einmal wirklich weinen musste. Aber dieses Weinen ergab Sinn – es hatte etwas Selbstverständliches und auch Feierliches an sich. Es war der Sache angemessen. Es war meiner Oma und ihrem Leben angemessen und auch uns als ihren Familienangehörigen. Ich habe mich keinen Augenblick gefragt, was das alles soll. Als ich wieder gefahren bin, habe ich mich geschämt, dass ich die Mädchen nicht mitgebracht hatte. Ich war mir sicher, dass ich meine Onkel und meine Tante nur noch ein paarmal in meinem Leben sehen würde. Ich schämte mich, dass ich sie so selten besuchte, und ich nahm mir vor, in Zukunft häufiger hinzufahren. Aber ich will sie auf keinen Fall hierher einladen. Sie dürfen auf keinen Fall zu uns kommen, das kommt nicht in Frage.

Aber würde das eure Beziehung nicht vielleicht wieder verbessern?, sagte ich.

Nein, sagte Karsten. Ich weiß auch nicht, sagte er dann.

Auf einmal erschien es mir ausgeschlossen, dass sein Gesicht dasselbe war, das oft diesen gewollt witzigen Ausdruck annahm. Und ich fragte mich plötzlich, was mich daran eigentlich so unangenehm berührte – warum ich seine Versuche, sich mit mir auf der Ebene des Humors zu verbrüdern, nicht annehmen konnte. Es war wohl so, dachte ich in diesem Augenblick, dass ich ihn nicht witzig genug fand. Ich wähnte mich geistreicher und wollte nicht mit Karsten gleichgesetzt werden. Ich schämte mich für ihn. Das war schon in der Studienzeit so gewesen. Damals war es ihm darum gegangen, auf Partys oder in einer Kneipe unseren Mitstudentinnen gegenüber als schlagfertiger Kerl aufzutreten. Er hatte mich dafür gebraucht, als Assistenten sozusagen, um seine Schlagfertigkeit zu beglaubigen, und schien nicht zu bemerken, dass ich wortkarg blieb, nicht reagierte, mich unwohl fühlte in dieser Rolle.

Jetzt, im Nachhinein, erschien mir mein Verhalten unmöglich. Dass Karsten, wie er hier saß, mir fünfzehn Jahre später immer noch peinlich war, musste ein großer Irrtum sein. Ich war schockiert vor Scham darüber, dass das ich war, der sich so verhielt. Dass ich in der Lage war, mich ihm gegenüber so zu verhalten.

Es ist gut, dass du heute Zeit hattest, sagte er. Ich musste mit jemandem reden.

Es tut mir leid, Karsten, sagte ich.

Es war einfach nur ein schwieriges Wochenende, sagte er. Habe ich dir übrigens die neueste Geschichte von Arvind erzählt? Ich hatte ihn dir vorgestellt, erinnerst du dich, der Inder? Du weißt, dass wir einen neuen Hersteller für die Sigma-Marker ausprobieren wollten. Arvind – er ist einer meiner Doktoranden – sollte für eine Woche zu einem Kongress in San Diego fliegen. Bei der Gelegenheit sollte er die Firma besuchen, die die Kits herstellt, und ein paar Proben mitnehmen. Für den Rückflug ist er extra zwei Stunden früher am Flughafen gewesen, weil er genau weiß, was ihm wegen seiner Hautfarbe bevorsteht. Und deshalb sagt er bei der Handgepäckkontrolle auch gleich offen, dass er da etwas Merkwürdiges dabeihabe – und dazu musst du dir Arvind vorstellen, wie er dasteht und mit seinem komischen indischen Englisch und dieser Ruhe und Gelassenheit, die er ausstrahlt, dem Beamten mitteilt, dass er etwas Merkwürdiges im Handgepäck hat. Der Beamte hebt die Augenbraue und macht ein Handzeichen, Arvind solle die Tasche öffnen. Arvind öffnet die Tasche, und der Beamte fragt: Was ist das? Und Arvind sagt: Ein Marker-Kit für Sigma-Signale. Und der Beamte fragt: Für C. elegans oder für Zebrafisch? Und Arvind sagt: Für Zebrafisch. Okay, sagt der Beamte und winkt ihn durch und lässt ihn die Tasche nicht einmal auf das Förderband vor dem Scanner legen. Ist das nicht ziemlich gut?, sagte Karsten und lachte.

Das hat der Beamte wirklich gefragt?, sagte ich.

Leider hat sich herausgestellt, dass das neue Kit der größte Mist ist, sagte Karsten. Die zeitliche Auflösung ist viel zu schlecht. Eigentlich zeigt es nur an, ob etwas da ist oder nicht. Aber die Geschichte ist ziemlich gut. Am besten ist sie, wenn Arvind sie erzählt, weil er dabei so ausdruckslos bleibt und man ja schon lachen muss, wenn man ihm überhaupt nur zuhört und ihn anschaut.

Karsten lachte wieder. Ach ja, sagte er dann. Komm, wir gehen nach Hause. Ich muss früh aufstehen.

Wir traten aus der Bar auf die Straße.

Was wird denn hier gespielt? Er lachte wieder. Draußen war es Nacht, und die Fahrbahn und die Straßenbahngleise glänzten, es hatte offenbar geregnet. Die Luft war klar, sie roch frisch und gereinigt und irgendwie schön. Ich hatte, während ich Karsten vor seine Haustür begleitete, das Gefühl, dass wir beide, während wir durch die Straße gingen, von der Stadt als einer übergeordneten, uns mit dem Weltall um uns verbindenden Superstruktur eingehüllt waren. Die Sympathie, die ich für Karsten empfand, als er vor seiner Haustür: Schön, dass wir uns jetzt wieder ab und zu sehen, sagte, gab mir in diesem Moment das Gefühl, an einem guten Ort zu sein.

Zu Hause setzte ich mich an meinen Schreibtisch. Meine Frau schlief schon in ihrem Zimmer, über den Dächern vor dem Balkon meines Zimmers setzte ein Flugzeug zur Landung an. Ich sah die blinkenden Lichter in der Dunkelheit und die Schemen seines von der Stadt beleuchteten Rumpfs vor dem nachtschwarzen Himmel. Es glitt unendlich langsam dahin, fiel eher, mit dem Bauch voraus, während die roten und weißen Lichter blinkten und seine Konturen aufscheinen und wieder in der Dunkelheit verschwinden ließen.

Ich konnte nicht schlafen, also klappte ich meinen Computer auf. Ich stieß auf ein Video, das ich schon einmal angesehen hatte, es musste über ein Jahr alt sein. In diesem Video standen etwa fünfzig junge Männer in einer Schlange, das Bild war verwackelt, es fehlte der Ton. Die jungen Männer standen so ruhig hintereinander in der Schlange, als warteten sie vor einem Laden. Mit dem Unterschied, dass sie ihre Arme hinter den Köpfen verschränkt hielten, mit den Handflächen im Nacken. Sie rückten um einen Schritt vor, während neben ihnen Gestalten in hellen Kaftanen und mit schwarz vermummten Gesichtern und Maschinenpistolen im Anschlag standen. Diese Gestalten schienen irgendwie gelangweilt zu sein, gingen manchmal hin und her, es wirkte so, als sei ihre Anwesenheit nicht notwendig. Ganz hinten im Bild war ein Flussufer zu sehen. Dort, weit hinten, sah man, wenn man genau hinschaute, wie der zuvorderst in der Schlange Stehende nach vorn kippte, ins Wasser. Die Männer in der vorderen Bildebene bewegten sich einen Moment später um einen Schritt weiter. In der Ferne stand eine Gestalt, die dem nächsten jungen Mann in der Schlange eine schwarze Pistole in den Nacken hielt. Es war zu sehen, wie die Hand der Gestalt hochgerissen wurde, ohne dass ein Geräusch zu hören war. Der nächste junge Mann kippte in den Fluss, und die Schlange in der vorderen Ebene des Bildes bewegte sich einen Schritt weiter.

Die Bewegung in dem Video, die ganze leicht verwackelte Szene mit den jungen Männern und den um sie stehenden und in die Landschaft blickenden vermummten Gestalten, wirkte wie ein natürlicher Vorgang. Es sah so aus, als folgte jeder der jungen Männer in der Schlange einem Naturgesetz, wenn er einen Fuß vor den anderen setzte. Ich sah mir das Video mehrmals an, und jedes Mal zeigte es für mich etwas ganz Natürliches.

Wiedersehen

Zwei Tage später sah ich wieder den Jungen. Es war früher Vormittag, ich ging über den Gehweg auf der Rückseite des Amtsgerichts an der Panke entlang, die dort an der ehemaligen Buswerkstatt vorbeifließt. Der Junge saß unten auf einer Mauer und ließ die Beine baumeln und schnippte einen blauen Kugelschreiber in den Bach, in dem lange Gräser auf der Stelle wogten. Der Kugelschreiber trieb langsam davon und verschwand unter einem Brückchen, das eigentlich eine Kopfsteinstraße war, die über den Kanal führte. Ich stieg die Böschung hinab und stellte mich neben ihn, woraufhin er sich zu mir umdrehte. Sein Gesichtsausdruck verriet nicht, ob er mich erkannte.

Du hast wohl Ferien, sagte ich.

Ich bin krank, sagte er.

Warum bist du nicht im Bett? Und wo sind deine Eltern?

Natürlich in der Arbeit, wie alle normalen Menschen. Sie arbeiten wohl nicht.

Doch, sagte ich.

Er bedachte mich mit einem misstrauischen Blick,

dann drehte er sich wieder um und schaute aufs Wasser hinab.

Sein Vater sei zuständig für eine Maschine, die Düsen herstelle, sagte er. Düsen brauche man in so ziemlich jeder Industrie. Seine Mutter sei in derselben Firma angestellt, sie putze die Maschine, nachdem sein Vater sie benutzt habe. Im Grunde sei also alles wie zu Hause, sein Vater koche, seine Mutter putze. Er habe auch eine Schwester, aber die sei achtzehn und schon verheiratet. Sie habe zwei Kinder, streng genommen spräche ich also mit einem Onkel. Ob ich auch Onkel sei.

Bis jetzt noch nicht, sagte ich.

So toll sei das nicht. Er besuche gelegentlich die Schwester und deren Kinder, die hier im gleichen Viertel wohnten, das sei schon alles.

Er legte die Hände neben sein Gesäß und stemmte sich von der Mauer hoch, sodass er nun schräg über dem plätschernden Wasserlauf balancierte. Er wippte eine Weile mit den Füßen und setzte sich dann wieder auf die Mauer. Aus seiner Jackentasche zog er einen weiteren Kugelschreiber und ließ ihn, scheinbar ohne darüber nachzudenken, ins Wasser fallen, woraufhin auch dieser langsam davontrieb.

Brauchst du die nicht mehr?, fragte ich.

Was arbeiten Sie denn?, fragte er.

So dies und das, sagte ich.

Und wo?

Zu Hause.

Wie, zu Hause?

In meiner Wohnung.

Ist das dann überhaupt Arbeit?

Ich bekomme jedenfalls Geld dafür.

Und jetzt haben Sie Mittagspause?

Ich stand über dem Jungen, schräg hinter ihm, er ließ die Füße wieder über dem Wasser baumeln. Ich hatte plötzlich ein merkwürdiges Gefühl, als schärfte sich meine Zeitwahrnehmung. Mir wurde bewusst, dass wir uns zwischen dem Amtsgericht, das als Nachbau eines gotischen Doms über uns aufragte, und der ehemaligen Fabrik mit dem sehr hohen schlanken Schlot befanden. Die Fabrik war noch vor achtzig Jahren der Lebensmittelpunkt der im Viertel wohnenden Arbeiter gewesen.

Der Junge drehte sich zu mir um und hielt mir einen Kugelschreiber entgegen.

Nein, danke, sagte ich und trat einen Schritt zurück.

Wenn ich jetzt hier reinspränge, was würden Sie machen?

Nichts, sagte ich.

Würden Sie mich nicht retten?

Das Wasser ist ziemlich seicht.

Aber theoretisch. Wenn das Wasser tiefer wäre und wenn ich nicht schwimmen könnte.

Dann würde ich dich wohl retten.

Ich würde Sie auch retten, sagte er.

Er blickte zu mir auf, und seine Augen verengten sich, sein Gesicht zeigte wieder den Ausdruck des Misstrauens, den ich schon kannte, als fragte er sich, ob ich ihn ernstnahm. Dann stemmte er sich hoch, sprang in den Stand und ging los, an mir vorbei, den Hügel zum Gehweg hinauf. Oben angekommen, drehte er sich um.

Sie würden mich nicht retten, sagte er und ging weiter.

Was?, sagte ich. Ich kletterte die Steigung hinauf und eilte ihm hinterher. Natürlich würde ich dich retten, sagte ich.

Sie haben zuerst Nein gesagt, sagte er.

Weil das kein richtiger Fluss ist, sagte ich.

Ich habe theoretisch gefragt.

Wir waren an der Hauptstraße des Viertels angelangt, wo die Autos in ununterbrochener Kolonne stadteinwärts drängten, aber der Junge ging einfach auf die Fahrbahn, ohne auf sie zu achten. Die Autos ließen ihm wiederum auf natürliche Weise, als wäre er Teil des Verkehrs, eine Lücke, er gelangte bis auf den Grünstreifen in der Mitte, wo er über das Geländer kletterte und auf die Gegenspur und schließlich auf den Bürgersteig auf der anderen Straßenseite trat.

Ich selbst wurde vom Verkehr, da ich diese wohl eingeborene Fähigkeit, mich in ihm zu bewegen, nicht hatte, aufgehalten, und als ich es endlich auf die andere Straßenseite geschafft hatte, verschwand der Junge gerade im Durchgang des Hauses, in dessen Hinterhof ich ihn das erste Mal getroffen hatte. Ich hastete hinterher und bog in den Durchgang, in dem es kühl und so dunkel war, dass ich für einen Augenblick blind war. Als ich den Gang durchquert hatte, stand ich im Hinterhof, doch der Junge war verschwunden. Ich blickte hinauf zu den Fenstern. Ich trat an die graue Holztür, die ins Treppenhaus führte, aber sie war verschlossen. Ich stand eine Weile dort in dem Innenhof. Dann trat ich wieder in den Hausdurchgang und hinaus auf die Straße.

Eli

Es war August geworden. Die Tage waren drückend heiß. Ich fuhr nun täglich zur Bibliothek, aber ich schrieb nichts. Stattdessen blätterte ich in ein paar Büchern, die ich nach dem Zufallsprinzip aus den Regalen zog.

Ich war eingeladen worden, an einem Sonntagvormittag in einem sogenannten Salon in Charlottenburg einen Vortrag zu halten. Die Salonveranstaltungen fanden in der Privatwohnung von Tecla Martin statt, einer aus Rumänien stammenden Frau, die seit dreißig Jahren in Deutschland lebte und verheiratet war mit einem Schwaben, mit dem sie zwei erwachsene Söhne hatte. Ich kam etwas zu früh vor dem Jugendstil-Wohnhaus an, dessen weiß leuchtende Fassade offenbar erst kürzlich renoviert worden war. Die Wohnung der Martins hatte hohe Decken mit Stuck und war um mehrere Ecken um einen Innenhof herumgebaut. Es gab einen Balkon zum Innenhof, den man vom Wohnzimmer aus betreten konnte, und einen auf die ruhige Wohnstraße raus, betretbar durchs Arbeitszimmer. Die Lesung sollte im Wohnzimmer stattfinden, wo Tecla Martin an die vierzig Klappstühle aufgestellt hatte. An den Wänden hingen Gemälde, in den

Buchregalen standen vor allem Bildbände und philosophische Titel.

Die Leute, die die Lesung besuchten, schienen sich alle zu kennen. Der Ehemann von Tecla, den sie Martin nannte, als sei das sein Vorname, obwohl er ja, wie sie selbst, mit Nachnamen Martin hieß, verteilte Schälchen mit Oliven und schenkte Weißwein aus. Er habe lange ein Reisebüro geführt, sagte er, jetzt sei er in Rente. Er war fünfzehn Jahre älter als Tecla. Sie arbeitete als Übersetzerin für eine Stiftung, die Kulturreisen nach Osteuropa organisierte.

Als sich die Wohnung nach der Lesung leerte, blieb eine Gruppe von Leuten in der Sofaecke im Arbeitszimmer sitzen und schien sich, gerade als ich den Raum betrat, heftig zu streiten. Tecla gestikulierte vom Sofa aus, ich solle mich doch dazusetzen.

Ich setzte mich in einen Sessel. Der Streit war abgeklungen, und der Mann direkt neben mir, der um die fünfzig sein musste, fragte mich, mit wie viel Jahren ich Deutsch gelernt hätte.

Siehst du!, rief er einem anderen zu, nachdem ich geantwortet hatte. Wir haben hier schon seit Jahren die Diskussion, sagte er, wieder an mich gewandt, ob man eine Sprache so gut wie eine Muttersprache erlernen kann. Dieser Idiot behauptet, dass das nicht geht, nur weil er selbst, obwohl er in Rumänien aufgewachsen ist und es seine Schulsprache war, Rumänisch spricht wie ein Mann mit gebrochenen Beinen.

Wie spricht denn ein Mann mit gebrochenen Beinen

Rumänisch?, fragte der andere, der in einem grauen Jackett, die Handflächen auf den aneinandergedrückten Knien, am Ende des Sofas saß. Er war schlank und wirkte nobel und irgendwie bescheiden.

Wie ein Idiot eben, sagte der andere, der kräftig war und sich breitbeinig zurücklehnte.

Ich habe ohnehin nur mit geschriebener Sprache zu tun, sagte der im Jackett. Er erhob sich und beugte sich über den Tisch und gab mir eine weiche, schmale Hand. Ich heiße Hermann, sagte er. Ich bin, sagte er, während er sich wieder zurücksetzte, Übersetzer von, leider, nur noch Handbüchern und Reiseführern. Früher habe ich Gedichtbände übersetzt. Kennen Sie Mircea Kammerer? Den zu übersetzen habe ich zum Beispiel die große Ehre gehabt. Er hat auf Rumänisch geschrieben. Aber er sprach auch Deutsch. Er stammte aus demselben Dorf im Banat wie ich und hat mit mir in Bukarest studiert.

Die beiden streiten immer, du musst nichts darauf geben, sagte eine Frau, die sich mir als Karoline vorstellte. Sie saß neben Hermann in einem Sessel. Ihr Haar war licht und grau, und sie zwinkerte ständig, als trüge sie schlecht sitzende Kontaktlinsen.

Wir streiten nicht, wir diskutieren, sagte der Kräftige. Auch er gab mir die Hand und stellte sich als Eli vor.

Ich sage immer, dass man seine Vergangenheit nicht verschweigen soll, sagte er. Ich habe mein halbes Leben darunter gelitten, dass ich Deutsch sprach. Die zweite Hälfte über habe ich unter meinem rumänischen Akzent gelitten. Aber heute ist mir alles egal. Ich erzähle heute auch jedem, dass mein Vater ein Nazi war und gejubelt hat, als die Wehrmacht nach Kronstadt kam. Ich habe sogar ein Hörspiel darüber gemacht. Ich bin Schauspieler, ich habe schon an jedem Theater in Europa gespielt, in Marseille, in Stockholm, Prag, in Belgrad und hier, und überall anders auch. Ich weiß, wo es welche Tabus gibt, aber es ist mir egal. Du bist, was du bist, weil du kommst, woher du kommst. Und irgendwann muss es dir egal sein, du musst irgendwann lernen, darauf zu scheißen. Ich bin fünfzig, ich rauche täglich dreißig Zigaretten, ich gehe spät schlafen, ich suche mir die Regisseure, mit denen ich arbeiten will, aus, und wenn ich jemanden verlogen finde, dann kann er mich mal. Und wenn ich einen Akzent habe, dann habe ich einen Akzent. Meine zwei Söhne sind Idioten, sie wollen beide unbedingt so schnell wie möglich einen sicheren Beruf ergreifen und Familien gründen. Und dann kommen sie an und werfen mir vor, dass ich komisch rede.

Dein Akzent ist herrlich, Eli, sagte die Frau mit den schlecht sitzenden Kontaktlinsen.

Du bist halt ein Sachse aus dem 12. Jahrhundert, sagte Tecla.

Dann bin ich eben das, na und?, sagte Eli. Wenigstens bin ich kein Banater wie unser Akademiker hier, der weder Rumänisch noch Deutsch noch Ungarisch kann, weil er nur zu Hause herumsitzt.

Ich bin doch hier, sagte Hermann.

Wir sind alle hier, sagte Eli. Erklär lieber noch mal, was

der Unterschied zwischen dem Banater Deutsch und dem Siebenbürgener Deutsch ist, wenn sie angeblich so unterschiedlich sind.

Sie sind vollkommen unterschiedlich.

Und trotzdem sitzen wir hier und unterhalten uns, oder? Ich mache demnächst ein Ein-Mann-Stück über dich. Mit dem Titel *Der Übersetzer*. Es wird darin um einen einsamen Don Quichotte gehen, der die Sprachen retten will und deshalb täglich zu Hause sitzt, damit sein Dialekt ihm nicht verlorengeht.

Ich übersetze Reiseführer.

Ja eben.

Eli war mal Seemann, sagte Tecla an mich gewandt.

Das ist lange her, sagte Eli.

Aber du warst in jedem Land rund ums Schwarze Meer. Und im Mittelmeer, und sogar an der afrikanischen Küste. Das erklärt, warum du so ein Schwein bist.

Hey, ich bin kein Schwein. Ich war damals ein zarter Junge. Ich wollte die Liebe meines Lebens finden, und nach Möglichkeit nicht in Rumänien unter Ceaușescu. Und die habe ich dann ja auch gefunden. Sogar mehrfach. Hast du Kinder?

Nein, noch nicht, sagte ich.

Meine Söhne sind zwar Idioten, aber doch sind sie mir sehr lieb. Ich würde alles für sie tun, vielleicht weil ich selber ein Arschloch bin und auch ein Arschloch als Vater hatte oder zumindest einen Vater, der in vielerlei Hinsicht dumm war, oder, besser gesagt, intelligent auf eine besonders dumme Weise – was die gefährlichste Art von

Intelligenz ist. Meine Söhne sind zwar auch intelligent auf eine dumme Weise, aber was soll's, sie sind mir trotzdem lieb.

Was machen denn Ihre Söhne?, fragte ich.

Der eine ist Prokurist. Der andere hat eine Firma gegründet, die intelligente Regenschirme vertreibt, also Regenschirme, die die Luftfeuchtigkeit messen und piepen, wenn man aus dem Haus geht, weil es möglicherweise regnen wird.

Das ist doch mal was Sinnvolles, sagte die Frau mit den falschen Kontaktlinsen.

Die beiden haben halt, Gott sei Dank, auch eine Mutter, sagte Hermann.

Jetzt lasst mal meinen Eli in Ruhe, sagte Tecla.

Lacht ihr nur, sagte Eli. Ich bin froh, dass die beiden keine Obdachlosen geworden sind, das ist die Hauptsache. Das kann man der Hexe hoch anrechnen. Auch wenn sie eine dumme Kuh ist. Und auch wenn die Intelligenz bei den beiden natürlich von woanders kommt – ihre Mutter hat diese Intelligenz lediglich zurechtgestutzt.

Später stand ich zusammen mit Eli auf dem Balkon, er rauchte. Es war der Balkon zur Straße, der vom Arbeitszimmer abging, er war so klein, dass man darauf nur zu zweit Platz hatte. Eli saß auf einem Holzstuhl, ich stand an der Wand.

Ich gebe dir meine Nummer, sagte er. Und du gibst mir am besten deine. Dann können wir uns mal auf ein Bier treffen. Es gibt viel zu besprechen, ich hab viel zu erzählen.

Was denn?, fragte ich.

Na, über das Leben, was denn sonst, sagte er. Ich freue mich, dass wir uns kennengelernt haben. Was hast du bisher so erlebt, ich will alles hören, erzähl!

Nicht viel, sagte ich.

Bestimmt hast du irgendwas erlebt, sagte Eli.

Nichts Besonderes.

Na, dann erzähle ich dir, was ich erlebt habe. Ich habe eine Menge erlebt. Wir treffen uns auf ein Bier und plaudern ein bisschen, was soll man sonst machen.

Du hast recht, sagte ich. Es würde mich freuen.

Sehr gut, mich auch, sagte er.

Wir tauschten Nummern aus, und er sagte, er werde sich irgendwann melden. Vielleicht nicht bald, sagte er, denn er sei sehr beschäftigt. Aber irgendwann würde ich plötzlich von ihm hören. Wenn ich es am wenigsten erwartete.

Ich würde mich über ein Wiedersehen freuen, sagte Hermann, als ich mich von ihm und Karoline in der Küche verabschiedete.

Du kannst jederzeit bei uns vorbeikommen, sagte Tecla im Flur.

Willst du noch etwas Käse oder Oliven oder Aufstriche mitnehmen?, fragte Herr Martin, der auch mit Vornamen Martin hieß.

Ich versprach, mich zu melden. Im Runtergehen durch das Treppenhaus hatte ich das Gefühl, dass es wirklich schön wäre, sie alle wiederzusehen, vielleicht bei einem der nächsten Salons, die Tecla veranstalten würde. Ich spürte, noch als ich unten auf die Straße trat und Eli mir vom Balkon im ersten Stock aus zuwinkte, ein Gefühl der Zuneigung zu ihnen.

Die Kammer

Zwei Wochen später rief Eli mich an. Wir trafen uns in der Bar des alten Westberliner Hotels Savoy, wo man in speckigen Ledersesseln saß und, wie er sagte, gelegentlich noch die aussterbenden Vertreter der alten BRD an der Theke eine Zigarre rauchen sah – Verleger, Gattinnen von Unternehmern oder reiche Unternehmerinnen und auch die eine oder andere Schauspielerin aus der Zeit der kleinen Bühnen von Westberlin.

Ich komme hierher, weil ich in der Nähe wohne und sie guten Kaffee machen, sagte er. Ich gehe genauso in die türkischen Imbisse, wenn ich nur etwas trinken will. Oder ich setze mich vor einen Spätkauf mit einer Bierflasche. Das ist mir alles egal. Überhaupt ist mir alles egal, für mich sind alle Leute normale Leute. Ich weiß natürlich ein gutes Essen zu schätzen, und ich habe schon alles erlebt in meinem Leben, ich wurde von reichen Leuten eingeladen, ich wohnte ohne Geld in Madrid auf der Straße. Das kennst du sicher auch alles.

Ehrlich gesagt, nicht, sagte ich.

Aber du kannst es dir vorstellen, sagte er.

Während wir ein Bier tranken, sagte er, dass er mir

nun eine Geschichte erzählen werde, die sein Leben für immer geprägt und ihm überhaupt eine ganz andere Sicht auf die Dinge gegeben habe. Die Geschichte handle aber nicht von ihm selbst, sondern von einem Freund, der heute nicht mehr lebe.

Es stimmt, dass ich Seemann gewesen bin, sagte er. Nach der Schule hielt ich es in Rumänien nicht aus. Ich machte eine einjährige Ausbildung und fuhr aufs Schwarze Meer, von Tulcea aus. Ich kam von dort nach Odessa, ich war auf der Krim, ich war in Georgien und in der Türkei, und einmal fuhren wir wirklich bis nach Angola, über das Mittelmeer und die Enge von Gibraltar, die ich aus dem Roman *Die Kanonen von Navarone* kannte, und fuhren um Marokko herum und dann die halbe Küste bis nach Niger und Kongo hinunter. Aber davon handelt die Geschichte nicht. Sie beginnt viel später. Sie beginnt, als ich ungefähr fünfundzwanzig war.

Ich wohnte in Bukarest und war verheiratet, meine Söhne waren gerade geboren, der eine war zwei Jahre alt, der andere ein halbes. Ich arbeitete am Staatstheater. Ich hatte das große Glück gehabt, nach der Schauspielschule gleich angestellt zu werden. In Rumänien wurden damals, anders als in den anderen ehemals kommunistischen Ländern, kaum Leute in ihren Positionen ausgetauscht. Überall, bei der Post, in der nationalen Telekommunikationsgesellschaft, in den großen Staatsunternehmen, in der Politik sowieso und sogar in den Kirchen und auf den Friedhöfen – das Gefühl hatte man zumindest – blieben einfach dieselben Leute auf ihren Posten und waren nun hervorragende Demokraten, als wären sie nie etwas anderes gewesen. So auch am Theater. Auch wenn sich um das Theater niemand wirklich scherte – die Leute waren froh, dass endlich etwas geschah, dass sich etwas änderte und sie endlich Hoffnung schöpfen konnten für die Zukunft. Den Menschen ist es seltsamerweise gleich, ob sie im Wohlstand leben, ob sie frei sind. Sie arrangieren sich mit allem, aber sie brauchen Hoffnung für die Zukunft. Heute ist es das gleiche Problem. Die Leute sind so dämlich, sie sehen nicht, dass es nichts Schöneres gibt als dieses Leben, als dieses Dasein, das uns – egal von wem oder durch welchen kosmischen Zufall – geschenkt wurde. Aber ich kann es ihnen nicht verübeln, ich war genauso, damals war ich genauso. Ich war zynisch. Als junger Idiot ist man das. Man hat eine Frau, man hat zwei schöne Kinder und einen Beruf, um einen herum gibt es endlich eine stabile Welt, und man lacht über die Leute, man sagt sich, dass die Leute einer neuen Illusion, einem neuen Kult in die Arme gelaufen sind, um wieder Hoffnung zu empfinden auf Erlösung aus der Leere, aus der Beliebigkeit der gesellschaftlichen Konstellation, in die sie hineingeboren worden sind. So war ich damals. So dachte ich. Ich liebte meine zwei Söhne, ich fand meine Frau als Lebenspartnerin größtenteils okay. Und doch war ich zynisch und wütend. Ich hätte, wenn es auf der Tagesordnung gestanden hätte, Asylheime angezündet oder Leute in die Luft gesprengt, wer weiß schon, wozu man in der Lage ist. Man kennt ja am allerschlechtesten sich selbst.

Unser Theater jedenfalls sollte ein Gastspiel in Peru geben, in Lima, also in der peruanischen Hauptstadt. Der Direktor unseres Theaters hatte dort in den 80er Jahren eine Weile lang gelebt. Er sprach Spanisch und hatte dort Verbindungen zu den besseren Kreisen und zum Theater, und nun plante man ausgerechnet mit uns, die wir ein Jahr zuvor von der Schauspielschule gekommen waren, ein repräsentatives Großereignis in Südamerika. Für mich war das der Inbegriff der Idiotie, ich weigerte mich und wurde entlassen.

Meine Frau fragte mich, warum ich mich geweigert hatte. Ich gebe zu, es war eine vollkommen vernünftige und äußerst angebrachte Frage. Ich hatte keine Lust, sagte ich ihr. Für mich ergab das in diesem Moment ganz und gar Sinn. Ich hatte keine Lust mehr auf das alles. Wir stritten, sie warf mich raus, und für mich war das absolut annehmbar, denn in Wahrheit wollte ich frei sein.

Eine Weile wohnte ich bei Freunden, die ausgewandert waren, in ganz Europa. Ich war in Zürich und spielte dort in einem Stück von einem befreundeten Regisseur, ich war in Prag, ich war in Paris und Marseille. Ich wusste, ehrlich gesagt, nicht, was ich machen sollte. Ich wollte nur nicht zurück.

Eines Tages war ich hier, in dieser Stadt, und traf einen alten Freund aus der Schulzeit wieder. Er war unterwegs in Europa, wie ich, und war hier gestrandet und streunte den ganzen Tag herum. Es gab damals noch viel mehr Brachflächen und verlassene Fabrikgelände, heute ist alles, Gott sei Dank, renoviert, abgerissen oder umgebaut für irgendeinen sinnvollen Zweck, aber damals sah hier alles aus wie in Bukarest: Ruinen, Schutt, Metallzäune, an den Stadträndern Plattensiedlungen. Eines Tages stapfte er über so ein Fabrikgelände. Es war ein grauer Tag, und er war auf dem Höhepunkt seines Weltschmerzes – was sollte das alles, fragte er sich. Warum existierte überhaupt etwas. Und warum existierte ausgerechnet er, warum war er nicht jemand anderes geworden, sondern ausgerechnet ein so dummer, nutzloser Arsch und auch noch in Rumänien geboren, für das sich kein Mensch interessierte.

Er betrat eine der Fabrikhallen, und in einer Ecke sah er ein paar Jugendliche, die um ein violett lackiertes Auto standen und Musik hörten. Er grüßte sie, sie grüßten zurück und schauten ihm misstrauisch nach. Er verließ die Halle und ging in die nächste. Er konnte ihre Blicke in seinem Rücken spüren. Sie kamen ihm nicht gefährlich vor, es waren normale Jugendliche, sie hörten diese monotone Umpa-Umpa-Musik, die damals in Mode war, einer hatte sich seitlich Streifen in seine Frisur rasiert, ein anderer hatte sich die Haarspitzen wasserstoffblond gefärbt, ein Mädchen trug nur einen BH, kurze Hosen und Stiefel.

Er wusste nicht, was in dieser Fabrik zu DDR-Zeiten hergestellt worden war, und es war ihm egal. Er stieg eine Treppe hinab und ging durch Kellergänge, in denen Metallleisten und zerschlagenes Glas auf dem Boden lagen. Die Räume waren leer, in einem sah er eine Maschine, die aussah wie eine Pumpe, mit Dichtungen vom Durchmesser eines Menschen. Er meinte, ein Geräusch hinter sich zu hören, aber als er sich umdrehte, war nichts zu sehen.

Er trat in einen Raum, der keine Fenster hatte. Dann fiel die Tür hinter ihm ins Schloss und er stand im Dunkeln. Es war eine schwere Eisentür. Sie hatte – das hatte er beim Betreten des Raumes noch gesehen – Eisennieten, zwei Quadrate waren etwas nach innen eingesenkt. Ein an vielen Stellen abblätternder Anstrich bedeckte sie, zerbrechliche Plättchen, wie er bald mit seinen Fingerspitzen ertastete, und unter diesen Plättchen strichen seine Finger über Rost. Da, wo die Klinke hätte sein sollen, war ein Eisenblech an die Tür genietet, das sich unter der Farbe sanft wölbte.

Nach einer Weile meinte er, die Umrisse des Raumes zu erkennen. Er stellte fest, dass sich in der Decke eine Öffnung befand und dass dort eine Art Rohr durch die Decke ging, das den Raum mit der Halle über ihm verband. Durch dieses Rohr drang etwas Licht zu ihm hinunter. Der Raum war quadratisch und gerade groß genug, dass er, wenn er die Arme ausbreitete, mit den Fingerspitzen noch die Wände berühren konnte. Er bildete sich ein, über sich und hinter der Tür Geräusche zu hören. Etwas raschelte dort. Etwas schabte über den Boden. Dann meinte er, leises Gelächter zu hören. Er rief und schlug gegen die Tür. Hörte wieder leises Gelächter, und die Stimme einer Person, er konnte nicht sagen, ob männlich oder weiblich. Er hämmerte gegen die Tür, aber nichts geschah.

Der Raum war leer. Boden und Wände waren gefliest. Er wunderte sich, wie trocken es hier war. Der Raum befand sich im Kellergeschoss, trotzdem waren die Fliesen trocken, und die Fugen zwischen ihnen waren, wie er tastend feststellte, brüchig, sie bröselten unter seinen Fingerspitzen weg. Von oben kam plötzlich dumpfe Musik. Er meinte auch, das Geräusch eines Automotors zu hören. Da packte ihn ein Gefühl der Enge, der Raum war plötzlich viel zu klein, die Wände schienen sich noch zu nähern, und er begann wieder gegen die Eisentür zu schlagen.

Er wusste nicht, wie lange er so gegen die Tür geschlagen und gerufen hatte. Etwas in seinem Kopf hatte ausgesetzt. Er merkte zwar, dass er in Panik war, aber er war es auf eine merkwürdig banale Weise. Das war eben seine Lage, und er schlug gegen die Tür und schrie, aber er nahm das Ganze nicht als Ausnahmesituation wahr, es passierte einfach. Er warf sich gegen die Tür, aber es kam ihm nicht schrecklich vor. Er sah nur das eine Problem, nämlich, dass die Tür geschlossen war, und er versuchte, das Problem zu lösen, die Tür unter Körpereinsatz zu öffnen.

Nach einer Weile hörte er die Musik nicht mehr. Er stellte sich unter das Loch, aber der Durchmesser war zu klein, er konnte dort oben nichts erkennen. Jetzt kam es ihm vor, als sei der Raum ganz aus der Wirklichkeit herausgerissen. Er wusste nicht mehr sicher, was sich außerhalb der vier Wände befand. Vielleicht war er in einem Raumschiff, das durch den Weltraum flog. Er sagte sich, dass irgendwann jemand vorbeikommen würde. Er würde es hören, er würde rufen, und man würde ihm die Tür von außen öffnen. Im selben Moment hörte er von oben wieder Motorenlärm und das Knirschen von Autoreifen. Er hörte, wie Autotüren zugeschlagen wurden, er hörte Stimmen und Gelächter. Er rief und schlug gegen die Eisentür. Dann stellte er sich wieder unter das Loch und horchte hinauf.

Das Loch verdunkelte sich. Dann hellte es sich wieder auf. Und dann hörte er ein Geräusch, das ihm so fremd war, als käme es aus einer anderen, aus einer kirchlichen Zeit. Ein kurzes *Plomp*, aber darin entfalteten sich verschiedene Ebenen von Stimmen, als sänge ein Chor. Er wusste gleichzeitig, dass es nur ein kurzer, stumpfer Akkord war. Er wusste auch sofort, wodurch das Geräusch ausgelöst worden war. Es war die mehrstufige Antwort eines Materials, das über eine rohrförmige Öffnung gestülpt worden war. In diesem Augenblick war es ein ganzheitlich abschließendes Geräusch.

Er hörte kurz darauf über sich, viel dumpfer diesmal, wieder das Aufheulen des Automotors. Und dann war er bei sich wie noch nie zuvor. Sein Leben war plötzlich zu einer Einheit gerundet. Er war das Kind, das im Winkel hinter dem Häuschen der Johanni-Großeltern im Schrebergarten einen Schmetterling die Flügel entfalten sieht. Er war der Junge, der mit seinem Vater einen Ausflug auf den Tâmpa über Kronstadt macht. Er wurde von seiner Mutter an der Hand gehalten, während sie die Langgasse hinunter und auf den Platz der Schwarzen Kirche bogen, um beim Schellmann Butter und Kartoffeln zu kaufen. Er fühlte in diesem Augenblick die Kraft, die von seiner Mutter ausging und ganz aus ihr zu kommen schien, als sei sie allein die erste und letzte Ursache dieser Kraft, die ein Bollwerk war gegen das Nichts und die ihm die Angst nahm in diesen Straßen, zwischen den Menschen, auf einem Planeten, auf dem er zufällig in Kronstadt, inmitten der bewaldeten Karpaten und der Kirchtürme, auf dem europäischen Kontinent geboren worden war.

Er roch jetzt die Abgase, die sich in seinem kleinen Raum ausbreiteten. Es war ein seltsam beruhigender Gestank. Seine Lunge atmete ja weiter. Sein Brustkorb, der gar nicht zu ihm zu gehören schien, hob und senkte sich im exakt gleichen Rhythmus weiter, um unbedingt noch einen Zug Luft aus dieser Welt einzuziehen und noch einen und noch einen. Und dieser Brustkorb, der ihm so fremd vorkam, hob und senkte sich plötzlich ganz in seinem Sinne. Er gehörte auf einer höheren Ebene doch zu ihm, weil er ganz seinem Willen gehorchte, nicht etwa umgekehrt – er war es, der atmen wollte, nicht sein Körper.

Ihm kam die Welt außerhalb dieses Raums, die Welt über ihm, plötzlich wie ein einzigartiges, nur einmalig existierendes Königreich vor. Er liebte plötzlich alles in ihr. Er liebte die Vögel und die Bäume, die Wasser in sich zogen, hinauf in die schönen hellgrünen Blätter, er liebte seine Frau, die er so oft gehasst hatte, er liebte seine zwei Söhne und vermisste sie wie nichts anderes auf der Welt, und es schmerzte ihn mit einem Mal, dass es sie nur für die Dauer eines einzigen Lebens auf dieser Welt gab. Er liebte das Wasser und die frische Luft, er liebte die irrenden und verzweifelnden Menschen, all die Egoisten und Liebenden, die Mörder und die Heiligen, die Huren und Naiven, Populisten und Faschisten. Und aus dieser Liebe zur Welt schloss er, dass auch er geliebt wurde, und dass es ihm folglich bestimmt war, weiterzuleben, Teil von ihr zu bleiben. Dazu musste es ihm nur gelingen, aus diesem Raum herauszukommen – was möglich war, sogar vorbestimmt, gar nicht anders denkbar.

Er stemmte sich gegen die Tür. Er drückte seine Fingerspitzen in den Spalt zwischen Tür und Türrahmen. Er dachte, er werde seine Finger irgendwie in diesen Spalt kriegen, wenn er nur genug Kraft anwendete. Er begann, die Farbe von der Metallplatte über der Klinkenöffnung zu kratzen, um an die Nieten zu kommen. Er schob seine Fingernägel unter die abblätternden Farbplättchen. Die Nieten, so dachte er, halten ja etwas fest, und folglich ist hier auch etwas loszulösen. Die Farbplättchen schnitten ihm ins Fleisch, und er sah, dass ihm schon zwei Nägel aus den Nagelbetten gebrochen waren, dass seine Fingerkuppen bluteten, aber er wollte diese Metallplatte lösen, er wollte an das Innere des Türschlosses herankommen, denn die Welt war ja gleich hinter dieser Tür, gleich hinter diesen Wänden und über der Decke mit dem Rohr über ihm.

Es war sogar möglich, dachte er – und über diesen Gedanken, über dessen bedingungslose Überzeugungskraft wunderte er sich ganz besonders, denn es war plötzlich einleuchtend, es war voll und ganz wahr –, es war sogar möglich, sich durch eine der Wände, deren Fliesen so brüchig verfugt waren, durchzugraben. Die Wand bestand doch nur aus Backstein und Zement – alles von Menschen gemacht, dachte er. Also kroch er, weil er schon auf den Knien war, zu einer der Wände und begann, an den Fugen zu kratzen. Er stemmte sich hoch, trat in die Ecke des Raums, stellte sich auf die Zehenspitzen und nahm einen Atemzug, der ihm in der Lunge brannte, er kehrte zurück zu dem Wandstück, wo er mit ganzer Kraft weiterkratzte, um unter eine der Fliesen zu kommen, um sich durch den Zement zu graben. Er spürte, dass er tiefer in die Wand hineinkam, und das bekräftigte seine Überzeugung, dass er bald eine Öffnung freigelegt haben würde. Gleich wäre er draußen, und dann wäre er weiter am Leben, in dieser schönen Welt. Es konnte nicht anders sein, warum war er sonst überhaupt geboren worden, warum sonst hatte seine Mutter ihn geliebt, warum sonst hatte er eine Kindheit gehabt, wenn nicht, um am Leben zu sein.

Er konnte seine Fingernägel nicht mehr sehen. Er wusste, er kratzte nun mit Fingern, an deren Spitzen nur Fleisch war, denn die Fliesen waren voller Blut. Aber was sind schon Fingernägel, dachte er. Das Fleisch würde heilen. In seiner Brust dehnte sich, obwohl er keine Luft bekam, ein riesiger Ballon, als hätte er in seiner Lunge mehr Luft, als er überhaupt einatmen konnte. Er versuchte es, aber es gelang nicht, weil seine Lunge schon so voll mit Luft schien. Es müsste doch ganz einfach sein, dachte er, warum schafft meine Lunge es nicht? Sie müsste nur die Grenze zwischen meinem Körper und der Luft überwinden, zwischen den Zellen und dem Sauerstoff.

Eli schaute mich an. Er lachte.

Ich weiß nicht mehr genau, was in diesen Momenten passierte, sagte er, und das traf mich überraschend, obwohl ich es schon erwartet hatte.

Die Ärztin, die mich eine Stunde später in der Notaufnahme behandelte, sagte, ich hätte mir die Haare ausgerissen. Ich erinnere mich, dass ich auf dem Boden lag und durch die Fenster der Fabrikhalle den Himmel und das gegenüberliegende Gebäude und die grüne Krone eines Baums sehen konnte. Ich erinnere mich, dass ich dachte: Ich habe es geschafft. Ich habe mich durch die Wand nach draußen gegraben.

Meine Söhne und meine Frau wohnten inzwischen hier in der Stadt. Meine Frau hatte neu geheiratet. Sie holte mich aus dem Krankenhaus ab, und ich verbrachte zwei Wochen in ihrem Gästezimmer. Später zog ich in eine eigene Wohnung und arbeitete ein paar Jahre in Restaurantküchen und beim Aufbau von Bühnen bei Konzerten. Ich habe nie herausgefunden, wie ich aus dem Raum herausgekommen bin. Es muss so gewesen sein, dass die, die mich darin eingesperrt hatten, mich im letzten Moment herausgeholt haben. Aber ich habe keine Erinnerung daran, und so ist es zwar wahrscheinlich, aber nicht zu beweisen. An manchen Tagen will ich es unbedingt wissen, an anderen nehme ich das Rätsel hin.

Er lehnte sich zurück und hob sein Glas, er prostete mir zu. Wir hatten beide in unseren Gläsern jeweils einen letzten Schluck, den wir nun austranken. In seinem Gesicht spiegelte sich nicht die Erwartung wider, die jemand, der so geendet, der eine solche Geschichte erzählt hatte, notwendig ausstrahlen müsste. Mein Blick rutschte zu seinen Händen. Seine Fingerkuppen sahen normal aus, etwas kräftiger, klobiger vielleicht als die anderer Leute, seltsam abgerundet, aber er war insgesamt kräftig gebaut. Es konnten die Hände von jemandem sein, der in seiner Jugend körperlich gearbeitet hatte, auf einem Containerschiff zum Beispiel. Oder von jemandem, der nun mal solche Hände hatte. Ich fragte mich, warum ich die Geschichte nicht glaubte. Dabei stellte ich fest, dass ich sie in dem Moment, da ich merkte, dass ich sie nicht glaubte, plötzlich gar nicht mehr für unglaubwürdig hielt.

Du musst unbedingt Hermann kennenlernen, sagte Eli. Er ist sehr klug. Und auch seine Frau Karoline, du musst dir vorstellen, dass sie Professorin für Physik gewesen ist und am Europäischen Weltraumprogramm mitgearbeitet hat, bevor sie an Krebs erkrankte und in Frührente ging. Sie haben zusammen drei Töchter großgezogen. Und Tecla solltest du auch besser kennenlernen. Auch sie ist eine sehr kluge Person. Sie hat für die Deutschen in ihrem Stadtteil mehr getan, als man sich vorstellen kann.

Was hat sie getan?, fragte ich.

Sie organisiert seit zwanzig Jahren kulturelle Sonntagvormittage. Das ist die Religion dieser Leute. Wehe, die Deutschen verlieren den Glauben an ihre Kulturvormittage.

Eli stand auf und ging zur Theke, er kam mit zwei Gläsern Bier zurück und setzte sich wieder. Dann saß er einen Moment schweigend da. Er schaute zu einem jungen Mann, der an der Theke ein Glas Rotwein entgegennahm.

Ach, ich sage es dir, sagte er und schloss die Augen. Überall schöne junge Männer. Überall schöne junge Frauen. Überall Straßen, in denen jederzeit alles möglich ist. Man kann jederzeit aufbrechen, nach Venedig fliegen oder nach Buenos Aires. Oder nach Sri Lanka. Was will man noch mehr. Lass uns anstoßen! Er hatte die Augen wieder aufgemacht und lächelte mich an. Es ist doch ein schöner Abend.

Wir stießen an. Erzähl du mal etwas, sagte er.

Was soll ich erzählen?, sagte ich.

Irgendetwas Interessantes, sagte er. Warst du viel auf Reisen?

Nicht wirklich, sagte ich.

Bist du verheiratet?, fragte er.

Ich nickte.

Liebt ihr euch?

Ich nickte. Wir lieben uns, sagte ich.

Das ist gut. Man muss lieben! Ihr müsst Kinder bekommen. Das ist sehr wichtig.

Warum?

Weil sie zwar dumm sind, aber auch lieb.

Bestimmt bekommen wir mal Kinder.

Mensch, du bist 38 Jahre alt.

Das ist doch heutzutage anders, sagte ich.

Es ist überhaupt nicht anders, sagte er. So ein Schwachsinn. Es ist nicht anders. Natürlich nicht. Und ich habe recht. Ich habe immer recht.

Ich spürte plötzlich, dass ich wütend wurde. Ich wollte ihn schon fragen, ob er es für gerechtfertigt hielt, diesen ohnehin überfüllten Planeten noch mit weiteren Menschen zu bevölkern und ihn noch weiter zu überfüllen. Aber im selben Moment hatte ich das Gefühl, dass dieses Argument vollkommen unbedeutend war, dass es ein bloßes Klischee darstellte, etwas, das man so sagte. Dass es zwar rational betrachtet, also mathematisch, statistisch gesehen, vielleicht sogar stimmte, absolut zwingend war, aber auf einer anderen Ebene, die ähnlich relevant war, überhaupt nicht.

Du musst unbedingt zu Teclas berühmtem Abendessen bei Nacht kommen, sagte Eli. Du musst dich länger mit Hermann und Karoline unterhalten. Das Essen findet immer am Monatsende statt. Bist du übernächsten Freitagabend in der Stadt?

Ich weiß noch nicht, sagte ich.

Du musst kommen. Das ist ein fester Termin.

Vielleicht komme ich, sagte ich.

Nicht vielleicht, sagte Eli. Du musst.

Ich muss schauen, ob ich Zeit habe, sagte ich.

Du musst es dir so einrichten, sagte er.

Als wir uns verabschiedet hatten und ich in der U-Bahn nach Hause fuhr, spürte ich noch immer diesen merkwürdigen Ärger in mir, den ich mir nicht erklären konnte. Ich dachte, dass er recht hatte. Dass dies alles ein Wunder war. Dass ich hier mit der U-Bahn nach Hause fuhr. Und dass diese Stadt funktionierte. Und dass in ihr alle die Leute lebten, in all den Straßen und in all den

Stadtvierteln. Im U-Bahn-Wagen sitzend, zwischen den anderen Passagieren, dachte ich, dass ich vielleicht wirklich noch mal zu einem Treffen bei Tecla fahren würde. Wenn nicht an diesem Freitag, dann vielleicht an einem nächsten. Es hielt mich, so dachte ich, ja nichts davon ab.

Weihnachten

Veronika war ein paar Tage vor Weihnachten zu ihren Eltern gefahren. Ich lag gerade im Bett und schaute die Serie *The Unbreakable Kimmy Schmidt*, als von der Seite eine Schlagzeile ins Bild eingespielt wurde. Ein Lkw war, so konnte ich in dem Fenster, das sich für einen Moment in das Fenster mit der Serie schob, lesen, auf einem Weihnachtsmarkt in Berlin in eine Menschenmenge hineingesteuert worden. Einen Augenblick lang schaute ich die Schlagzeile an, dann verschwand sie wieder, und ich sah Kimmy Schmidt einen Hund durch eine Straße von Manhattan an der Leine führen. Aber die Serie hatte ihre Wirklichkeitsschwere verloren, ich konnte den Ereignissen nicht mehr folgen. Ich hatte plötzlich das Gefühl, irgendwo zwischen Manhattan und meinem Zimmer zu sein, in einem leeren Zwischenbereich.

Ich öffnete ein neues Fenster, klickte auf den Link zu einem Live-Ticker, der offenbar bereits eingerichtet worden war. Als ich das Fenster mit der Serie verkleinerte, ein neues öffnete und das Wort *Tagesspiegel* in die Suchleiste eintippte, als ich die Seite des Live-Tickers anklickte, spürte ich eine falsche Leichtigkeit – wie damals, als ich vom Tod der Architektin erfahren hatte. Ich lag in meinem Zimmer auf meinem Bett, sah mir einen Film an, und die Schlagzeile schien der Welt der Serie zu entstammen. Sie war aus Kimmy Schmidts New York in mein Zimmer auf den Bildschirm geschickt worden.

Auf dem Nachrichtenportal las ich, dass auf dem Berliner Breitscheidplatz, etwa acht Kilometer Luftlinie von unserer Wohnung entfernt, ein Mann einen Lkw in eine Menschenmenge gesteuert hatte. Es gab, laut der Meldung, zehn Tote und mindestens fünfzig Verletzte. Ich sah das Foto eines schwarzen Führerhauses mit zerquetschter Schnauze und hervorquellendem Metall, mit einer zersprungenen Scheibe, die kleinteilig gesplittert, aber dennoch am Stück geblieben war, als wäre sie aus Plastik. Drum herum erkannte ich den nächtlichen Himmel, Lichter im Hintergrund, Gebäude. Der halbe Kirchturm der Gedächtniskirche verortete die Stelle für mich genau, ich wusste, dass der Kirchturm sich neben dem Bahnhof Zoo befand, inmitten neuer und alter Wolkenkratzer, hier in Berlin, in derselben Wirklichkeit, der Platz befand sich nur ein paar Kilometer von unserem Viertel und der Wohnung entfernt, in der ich mich gerade aufhielt.

Bald war die Rede von einem terroristischen Anschlag. Es war neben den zehn Todesopfern auch die Rede von dem ursprünglichen Fahrer des Lkw, der sich bei seinem Spediteur offenbar schon seit 16 Uhr nicht mehr gemeldet hatte, wie dieser in einem Interview, das vielleicht per Telefon geführt worden war, sagte. Der Fahrer war mit großer Wahrscheinlichkeit vom Kidnapper des Lkw getötet worden, denn man hatte im Fahrerhaus des Lkw die Leiche eines Beifahrers entdeckt. Er war irgendwann im Verlauf des Tages nach Berlin gekommen, um seine Ladung zu löschen. Er war der Cousin des Spediteurs und stammte aus Polen, wo die Spedition ihren Sitz hatte. Bald wurde auch seine Ehefrau zitiert, auch sie hatte ihn seit 16 Uhr nicht mehr erreichen können.

Ich suchte in dem Live-Ticker nach Angaben zu den anderen Opfern, aber es stand überall nur ihre Anzahl. Ansonsten wurde, auch auf den übrigen Nachrichtenportalen, deren Seiten ich in neuen Fenstern aufrief, immer nur von dem Fahrer des Lkw berichtet. Ich stellte fest, dass er für mich dadurch zum einzigen realen Opfer des Anschlags geworden war. Er war nichts ahnend in die Stadt gekommen, hatte sich vielleicht gefreut, am Nachmittag frei zu haben und Berlin zu besichtigen, am nächsten Tag zu seiner Familie zurückzufahren. Ein paar Minuten später wurde die Zahl der Opfer mit zwölf beziffert.

Ich beantwortete die SMS von Eltern und Freunden. Ich schrieb Veronika, dass ich zu Hause sei und dass es mir gutgehe. Ich war in unserer Wohnung, in dieser plötzlich wie im Nichts schwebenden Blase, in der es mir nicht möglich war, irgendetwas zu empfinden. Das werde sich, dachte ich, ändern, sobald ich morgen aus dem Haus ginge und mich in der Stadt bewegte, zwischen den Menschen, auf den Plätzen und in den Bahnhöfen und Geschäften, ein paar Tage vor Weihnachten, im Geschenkeeinkaufsgetümmel.

Der Attentäter war nicht gefasst worden. Augenzeugen hatten, so stand es im Live-Ticker, gesehen, wie er aus dem Führerhaus gestiegen und in Richtung Tiergarten geflüchtet war. Der ursprüngliche Fahrer des Lkw sei erschossen worden. Da man die Tatwaffe im Führerhaus nicht gefunden hatte, trug der Täter sie womöglich noch bei sich. Polizisten suchten nun im Tiergarten nach ihm.

Während ich auf neueste Informationen im Live-Ticker wartete, in dieser Zwischenwelt in meinem Zimmer, das in der Dunkelheit schwebte, die hinter den Fenstern war, dachte ich, dass ich wie Tolkien einen Roman voller Liebe zum einfachen Leben in einer friedlichen, ländlichen Gegend schreiben wolle. Es wäre darin die Rede von einem Karpfenteich, von einem Dorf und seinen Bewohnern, von Wanderungen in der Umgebung. Von alten Bäumen. Vom Essen und vom Trinken. Von einer handwerklichen Tätigkeit, in die man viel Liebe steckte, auch wenn man wusste, dass nichts auf Erden bleiben würde und so auch nicht die Gegenstände, die man herstellte. Von Eltern wäre darin die Rede, von Großeltern und von den eigenen Kindern. Von einem freundlichen Mädchen, in das man verliebt war. Es gäbe die Welt außerhalb, und etwas täte sich dort, es gäbe die Andeutung einer Dunkelheit, die sich unterschwellig bemerkbar machte, die langsam näher kam, aber noch wäre diese äußere Welt weit weg, nur eine ferne Andeutung, wie eine Erinnerung an etwas, das einmal wichtig werden würde, aber heute noch nicht wichtig war.

Am nächsten Vormittag herrschte Unklarheit darüber, ob der noch in der Nacht gefasste Tatverdächtige, ein im Tiergarten, also in der Nähe des Anschlagsorts von der Polizei aufgegriffener Pakistaner, tatsächlich der Täter sei. Am frühen Nachmittag verkündete die Polizei, dass sich Zweifel an seiner Täterschaft mehrten. Das bedeutete, dass der echte Täter, mit einer selbstgebauten Pistole bewaffnet, mit der er den Fahrer des Lkw erschossen hatte, noch irgendwo in der Stadt unterwegs war.

Ich legte mich ins Bett und versuchte, die Serie weiterzuschauen. Im Internet kamen nun Rufe nach verschärften Asylgesetzen sowie die Verurteilungen solcher vorschnellen Rufe. Am Nachmittag musste ich, obwohl es mir widerstrebte, die Wohnung verlassen, da ich Geschenke für meine Eltern kaufen wollte.

Ich blieb in Jogginghose und ungeduscht und zog mir nur die Jacke und eine Mütze über. Es war, als wäre ich krank und ginge nur schnell einkaufen, um mich gleich zurück ins Bett zu legen. Die Helligkeit des Tages traf mich unten auf der Straße, obwohl es in Wahrheit ja schon wieder eindunkelte, unvorbereitet. Es war draußen in der Welt offenbar anders hell als in unserer Wohnung.

In der Stettiner Straße war alles wie immer. Es war aber noch immer so, als wäre ich krank – das Gehen fiel mir schwer, den Vormittag hatte ich im Bett verbracht und nicht gearbeitet, zum ersten Mal seit Monaten mit gutem Gewissen. Erst jetzt, da ich mich in der echten Welt bewegte, merkte ich, dass mein Körper seine Aktivität heruntergefahren hatte, jeder Schritt strengte mich an.

Der unbekannte Attentäter, der bisher nicht gefasst und noch nicht einmal identifiziert war, konnte hier überall herumlaufen. Als ich durch die belebte Hauptstraße unseres Viertels ging, traten vor mir zwei Männer aus einem Hauseingang. Ich ertappte mich, während ich auf sie zukam, dabei, dass ich, weil sie dunkelhäutig waren und miteinander Arabisch sprachen, meinen Schritt beschleunigte.

Der kleinere von beiden blieb, als er direkt vor mich auf den Gehsteig getreten war, stehen und schaute, so wie ich vorhin, in den Himmel. Nichts in seinem Gesicht ließ erahnen, ob er gestern Abend mit einem Lkw zwölf Menschen auf einem Weihnachtsmarkt getötet hatte oder nicht. Die Unmöglichkeit, aus seinem Gesicht ein Für oder ein Wider herauszulesen, irritierte mich, noch bevor ich mich für meine Gedanken schämen konnte. Der Mann stellte, gerade als ich an ihm vorbeiging, seinen Kragen auf und lachte über etwas, das der andere gesagt hatte. Dabei verzog er den Mund zu einer Seite. Das Lachen klang eine Oktave höher als erwartet. Gerade weil es so grell klang und er unnatürlich schief grinste, klang es wie ein normales Lachen. Sie gingen los, in die andere Richtung, sodass ich im Rücken spürte, wie sie sich entfernten.

Ich kam an einer Gemüseauslage vorbei, an einer Bäckerei, und mir kamen Männer und Frauen entgegen. Einige von ihnen lachten oder wirkten nachdenklich oder gingen einem bestimmten Ziel besonders schnell entgegen.

Ich fühlte mich schon fast normal. Ich näherte mich einem durch einen Bauzaun abgetrennten Teilbereich des Platzes vor dem Gesundbrunnen-Center, in dem ein Wald aus Weihnachtsbäumen stand. Vor dessen Eingang unterhielt sich ein Mann in roter Schürze und blauer Daunenjacke mit einem älteren Paar. Gerade, als ich an ihnen vorbeikam, lachte er laut über etwas, das die Dame gesagt hatte.

An der Ampel heulten die Motoren der anfahrenden Autos auf. Es erstaunte mich, aber der Attentäter war nirgends zu sehen, und auf einmal hatte ich sogar das Gefühl, dass er ruhig irgendwo hier in der Nähe sein könnte, mit der Waffe, mit der er den Lkw-Fahrer erschossen hatte, unter der Jacke. Ich war nur einer von Hunderten, die in dieser Straße unterwegs waren. Ich war zwar für mich besonders, aber nicht für ihn. Ich hatte, so dachte ich, die Statistik auf meiner Seite. Er würde auf seinem Feldzug gegen die Menschheit nicht ausgerechnet mich als nächstes Opfer auswählen.

Die Party

Es war Freitagabend, und ich wollte mit der U-Bahn in ein Viertel auf der anderen Seite der Stadt fahren. Mir kam es, als ich unten auf der Straße stand, so vor, als hätte ich ganze Wochen in der Wohnung verbracht wie in Kafkas Bau. Aber an diesem Abend hatte eine Freundin Geburtstag, und irgendwann musste ich raus. Es war der 6. Januar, Drei Könige, das Ende der sicheren Zeit zwischen den Jahren, in der man geschützt ist durch die Decke der Kindheitserinnerungen.

Noch während der letzten Tage in der Wohnung meiner Eltern hatte ich den Moment verdrängt, in dem ich zurück nach Berlin fahren würde, anders als in den Jahren zuvor, da ich es nicht hatte erwarten können zurückzukommen, die Wohnung hier bei uns im Viertel zu betreten, Freunde zu treffen. Sogar die Fahrten im unterirdischen Netz der U-Bahn hatte ich vermisst und die Weltläufigkeit der Stadt mit all ihren Menschen von überallher.

Dieses Mal wollte ich nicht zurück. Als ich doch zurück war, reichte es mir, den Tag in der Wohnung am Schreibtisch oder auf dem Sofa im Flur zu verbringen. Zweimal war ich in den vergangenen Tagen einkaufen gewesen. Aber dann hatte ich extra den Lidl gewählt und nicht Kaiser's, weil der Weg zum Lidl kürzer war und man nicht die Hauptstraße unseres Viertels passieren musste, die immer voll mit Fußgängern war, weil sich dort zahlreiche Geschäfte befanden.

Nun war aber Freitagabend, und ich fuhr zu einer Geburtstagsüberraschungsparty in einer Kneipe am Kanal in einem Viertel auf der anderen Seite der Stadt. Die U-Bahn würde an acht Stationen halten, und dann würde ich noch ein langes Stück zu Fuß gehen müssen. Ich trat unten vors Haus und ging los. Es war schon dunkel, und die Laternenlichter vervielfältigten die Dunkelheit des Abends in Dutzende Dunkelheiten – zwischen den geparkten Autos, unter den Simsen über den Hauseingängen, unter den Kapuzen oder Mützen der mir entgegenkommenden oder meinen Weg kreuzenden Viertelbewohner. Es war bekanntgeworden, dass der Attentäter für eine gewisse Zeit im letzten Herbst, zwei Monate bevor er den Lkw gekidnappt hatte, bei einem Bekannten in der Pankstraße gewohnt hatte, zwei Straßen von unserer entfernt. Er hatte hier in unserem Viertel gelebt. Er war mir vielleicht mehrere Male entgegengekommen, ohne dass ich ihn wahrgenommen hatte.

Als ich nach hundert Metern die Grüntaler Straße überquerte, dachte ich daran, dass an ihrem Ende, neben dem Fahrradladen, im Sommer ein syrischer Schnellimbiss eröffnet hatte. Ich hatte dort gleich in der ersten Woche, als noch rote, schwarze und silberne Luftballons an der Markise gehangen hatten, zu Mittag gegessen.

Vor mir gingen jetzt drei Jugendliche, einer trug eine Kapuze, zog den Kopf ein und hatte seine Hände in die Jackentaschen gesteckt. Einer war dicklich, die zwei anderen wirkten eher sportlich und muskulös. Sollte ich meinen Schritt beschleunigen und sie überholen, sollte ich langsamer gehen, sie sich von mir entfernen lassen?

Ich dachte in diesem Moment an die Meldungen, die ich in den letzten Wochen auf den Nachrichtenportalen gelesen hatte: Ein Jugendlicher hatte auf einer U-Bahn-Treppe einer zufällig an ihm vorbeigehenden Frau in den Rücken getreten, und sie war die Treppe hinuntergefallen. Mehrere Jugendliche aus Tunesien und Afghanistan hatten, offenbar aus Spaß, die Zeitungen angezündet, auf denen ein Obdachloser schlief. Ich wurde sofort viel ruhiger, als mir ein Mann mit einem Kind entgegenkam und an mir vorbeiging, kurz darauf ein Liebespaar.

Ich hatte das Gesundbrunnen-Center erreicht, einen Ort, an dem es von Menschen wimmelte, ich kam gar nicht hinterher, jeden genau anzuschauen. Als ich die lange Rolltreppe zum U-Bahn-Schacht hinter mir hatte und unten am Bahnsteig stand, hatte sich bereits ein angenehmer Effekt in mir eingestellt: Ich war so erschöpft davon, mir selber ständig Vernunftargumente entgegenzuhalten, mir zu sagen, dass schon nichts passieren werde, dass hier überall nur normale Menschen unterwegs seien – dass etwas in mir losließ und sich der Situation ergab. Ich stand hier unten, die Türen des einfahrenden Zuges öffneten sich, ich stieg in die bunte Menge der nihilistischen Mörder und ihrer Opfer ein, ich setzte mich und dachte, dass es egal war – die Situation der Situationen wäre unumkehrbar. Es würde alles automatisch ablaufen. Ich würde mich auf den Boden werfen oder mich vielleicht dem Mann mit der Waffe entgegenstellen. Ich würde mich, so dachte ich heroisch, über ein Kind legen. Gäbe es eine Explosion, würde ich herumgeschleudert werden. Aber ich würde nichts von alldem ändern können. Es wäre unumkehrbar.

An der Haustür

Am Tag nach der Party kam ich vom Einkaufen im Lidl an der Prinzenallee zurück, mit den Gedanken bei einer Szene aus einem Buch, in dem ich am Vormittag gelesen hatte, als ich kurz vor unserer Haustür aufblickte und dort eine Gruppe von vier jungen Männern stehen sah. Ich erkannte unter ihnen den jungen Mann aus der Wohnung im Erdgeschoss, deren Fenster direkt auf den Gehsteig gingen und mit einem rund um die Uhr heruntergelassenen Fensterladen aus braunen Metallstreben dauerhaft verblendet waren.

Die vier schienen in Aufruhr zu sein, sie standen direkt im Eingangsbereich, sodass ich mich an ihnen irgendwie würde vorbeizwängen müssen. Es war, wie ich, schon fast bei ihnen angekommen, feststellte, vor allem einer unter ihnen für den Aufruhr verantwortlich. Er wandte mir die Seite zu, trug eine rote Trainingshose mit weißen Streifen, hatte kurzrasiertes dunkles Haar und einen kantig gestutzten Bart. Als ich nur ein paar Schritte entfernt war, sagte er gerade und gestikulierte dabei mit den Armen: Was sind das für Freunde? Es sind Arschlöcher und keine Freunde, verstehst du? Seit ich aus dem Club raus bin, kümmert es keinen von denen, wie es mir geht.

Die Art und Weise, wie er die Silben betonte, Kraft und Wut in sie legte und dabei einen arabischen Akzent eher zu imitieren als wirklich zu haben schien, dazu die Art, wie ihm die anderen zuhörten, konzentriert und beteiligt, die Straße und den Gehsteig und damit alles, was außerhalb ihres Kreises vor sich ging, ausblendend, erzeugte in mir, der ich mitten zwischen ihnen hindurchmusste, um zur Haustür zu kommen, ein Gefühl der Beunruhigung. Dieses Gefühl löste in mir jedoch paradoxerweise einen zweiten Reflex aus. Ich blieb nicht etwa stehen oder ging, was ich kurz erwogen hatte, weiter, sondern ich trat mit ihnen zugewandtem Blick auf sie und die Haustür zu, um die Gewöhnlichkeit meines Verhaltens deutlich zu machen: Ich war jemand, der nach Hause kam.

Ich war bereit, mich allem, was diese Annäherung bei ihnen auslösen würde, zu ergeben. Und so bog ich, die letzte noch plausible Route eines unbeteiligten Passanten endgültig verlassend, ab und machte den einen Schritt in Richtung Haustür und damit in das Herz ihrer Gruppe hinein.

Der Mann in der roten Trainingshose verstummte sofort. Er drehte sich zu mir, drehte den ganzen Körper zu mir um, und ich schaute, während ich auf ihn zutrat, direkt in sein Gesicht, dessen Züge noch halb im Ärger verfangen waren, aber auch, wie ich plötzlich, noch erschrockener, feststellte, eine Reaktion auf mich zum Ausdruck brachten, die ich überhaupt nicht erwartet hatte – nämlich strahlten seine Augen, die ungewöhnlich glänzten, plötzlich Verunsicherung aus.

Hallo, sagte er und versuchte einerseits zu lächeln, schniefte dabei aber auch irgendwie erbost.

Hallo, sagte ich. Ich muss leider vorbei, Entschuldigung.

Ich nickte auch meinem Nachbarn zu, der auf dem Treppenabsatz stand und zurücknickte.

Das macht doch nichts, sagte der Mann mit der roten Trainingshose. Wir stehen hier aber auch schlecht.

Der Nachbar hatte sich schon umgedreht und stieß nun die Haustür, die nur angelehnt gewesen war, auf und trat einen Schritt zur Seite: Hallo, sagte er. Entschuldigung.

Ich trat durch eine sich nun zwischen ihnen ausbreitende Stille und hatte das Gefühl, ein Eindringling in einem nicht für mich bestimmten, zerbrechlichen Moment zu sein. Ich ging an dem Mann mit der roten Hose vorbei, von dem die Stille auszugehen schien.

Tschüs, sagte ich. Einen schönen Tag.

Dir auch, sagte er.

Ich ging durch den Flur tiefer ins Haus hinein und trat, an der angelehnten Wohnungstür des Nachbarn neben den Briefkästen vorbei, auf die Treppe, obwohl ich, wenn ich Einkäufe trug, üblicherweise den Aufzug nahm. Aber weil ich meinte, ihre Blicke im Rücken zu spüren, stieg ich weiter zur ersten Zwischenetage, ohne mich umzudrehen, als hätte ich von Anfang an nichts anderes vorgehabt.

Pigafetta

Die nächsten Wochen verbrachte ich in der Bibliothek. Ich las das Reisetagebuch von Charles Darwin über seine Fahrt auf der H. M. S. *Beagle.* Mich berührte die Vorstellung von dem jungen Engländer, der über unbewohnte Inseln im Atlantik und Pazifik wanderte und Steine klopfte. Seine Ausführungen zur Sklaverei auf den Kaffee- und Bananenplantagen in Brasilien deprimierten mich hingegen. In einer Anekdote beschrieb er, wie er während eines Ausritts über eine Plantage einem Schwarzen mit Gesten etwas zu erklären versucht. Er hob dabei die Hand, und der Sklave hielt, weil er glaubte, der weiße Europäer wolle ihn schlagen, nicht etwa die Hände vors Gesicht, um den Schlag abzuwehren, sondern ließ sie im Gegenteil fallen und senkte den Blick zu Boden, in Erwartung des Schlags als Strafe für seine Begriffsstutzigkeit. Der Mann sei zu einer Erniedrigung abgerichtet gewesen, schrieb Darwin, tiefer als das hilfloseste Tier.

Ich las auch den Bericht Antonio Pigafettas über die erste vollständige Weltumseglung unter Magellan, den er als einer der wenigen Überlebenden der Unternehmung für den spanischen König verfasst hatte. Das merkwürdige Vertrauen der Seeleute, mit dem sie – während die *Victoria* oder die *Trinidad* inmitten eines nächtlichen Sturms auf Wellenbergen emporgeschleudert wurde und in die Täler hinabstürzte – zu den Sankt-Elms-Feuern an der Spitze des Hauptmastes aufblickten, nahm mich für sie ein. Ihr kindlicher Glaube an die Heiligen und Engel und daran, dass diese sie mit Hilfe der Leuchtzeichen ihrer Leitung versichern wollten.

Aber dass dieselben Matrosen, die ihre gefährdete Existenz den Heiligen und Engeln anvertrauten, dann mit derselben Selbstverständlichkeit das Festland von Patagonien oder Feuerland betraten und die Eingeborenen abknallten, ihre Frauen auf die Schiffe verschleppten, ihnen Klingen in die Körper rammten, sie ihrerseits als Kinder, als unfertige Menschen behandelten, die keine Ahnung von Nautik und Kriegskunst hatten, weil sie noch primitive Naturgottheiten anbeteten – das ließ mir die Haare zu Berge stehen.

III. Der Arzt

Frühling

Ich hatte eine Halbtagsstelle in der Shell-Tankstelle in unserer Straße angenommen. Und immerhin lernte ich in meinem neuen Beruf Dariusz kennen.

An meinem ersten Tag befüllten wir zusammen die Regale. Einer von uns musste auf dem Boden hockend dem anderen die einzelnen Packungen von den Paletten auf dem Wagen mit den Seitengittern hinaufreichen, sodass der sie ins Regal sortieren konnte. Wir wechselten uns mit diesen Aufgaben ab, darauf bestand Dariusz, obwohl er zwei Monate zuvor einen Bandscheibenvorfall gehabt hatte und seine Körperhaltung neben dem Wagen nicht optimal aussah. Als er an der Reihe war, neben der Gitterwand des Wagens in die Hocke zu gehen, streckte er das linke Bein steif zur Seite. Seit dem Bandscheibenvorfall waren, wie er mir erzählte, die Nerven in seinem linken Unterschenkel abgestorben, sodass das Bein durch eine Schiene stabilisiert werden musste, die am Knie und am Fuß befestigt war.

Während er die Gläser mit den Pastasaucen von mir entgegennahm und ins Regal einsortierte, fragte er mich, was ich sonst machte. Er wollte zunächst nicht glauben, dass ich freiwillig hier war. Als ich sagte, dass ich meinen Beruf kurzfristig nicht mehr ausüben könne und auch nicht als Journalist oder Wissenschaftler arbeiten wolle, verstand er gleich, was ich meinte. Er sagte, er habe selbst die Erfahrung gemacht, dass ab einem bestimmten Moment im Leben die Richtung der persönlichen Entwicklung ein für alle Mal festgelegt sei, und auch wenn man nicht genau wisse, was von da an noch geschehen, wohin das Leben einen konkret noch führen werde, bevor dann endgültig das Ende allen Sich-Entwickelns erreicht sei und man endlich die einzige Ruhe finde, auf die ein Mensch wirklich zählen könne – worauf er im Grunde, wie er manchmal deutlich fühle, schon sein ganzes Leben warte –, so wisse man doch, dass es diese Vorwärtsbewegung gebe, egal wie sehr man sich von ihr abzulenken versuche. Und damit wisse man auch: Es gibt kein Zurück, weder in die Kindheit noch in die glücklichen Tage der Jugend oder die ersten Erwachsenenjahre, in denen noch alles im Leben offen schien. Alles, was geschieht oder was man aktiv tut, wofür man sich entscheidet, worin man Hoffnung investiert, ist am Ende das sich konkretisierende Gesicht ebenjener Vorwärtsbewegung. Wenn man das nicht akzeptiere, sagte er, nicht genau das als die große Schönheit des Daseins begreifen lerne, dann werde man alles verlieren. Darum solle ich diese unsere Tätigkeit hier zwischen den Regalen wertschätzen, da es wesentlich Schlimmeres gebe als das.

Wir sprachen Deutsch miteinander. Seine Aussprache hatte eine, wie ich zu erkennen meinte, bayerische Färbung. Ich fragte ihn, warum er hier sei und ob er Familie habe und was er sonst mache.

In Lublin, wo ich herkomme, sagte er, und in den ersten paar Jahren in Bayern, wo ich nach meiner Auswanderung gelebt habe mit meiner Frau und meinem Sohn, die nachzuholen mir 1984 gelungen ist, habe ich als Chirurg gearbeitet. Später arbeitete ich an einer Tankstelle in Bielefeld und in der Küche eines Vier-Sterne-Hotels in Bedford in England, wo mein Bruder lebt. Seit zehn Jahren bin ich hier in der Stadt und verspüre kein Bedürfnis mehr, irgendwoanders hinzugehen, obwohl sich manchmal in mir noch eine gewisse Euphorie regt, die ich aus meiner Jugendzeit kenne. Als junger Mann phantasierte ich nämlich davon, Australien zu bereisen oder eine Expedition in die Wüste Gobi zu machen, um herauszufinden, was für Menschen in diesen verlassenen Landschaften leben oder was aus Dschingis Khan und seinen Reitersoldaten geworden ist. Auch denke ich manchmal, dass ich Kalkutta sehen will oder Kapstadt oder Vancouver und die Wälder Kanadas. Aber dann reicht es mir, ein Buch darüber zu lesen oder eine Dokumentation anzuschauen, zumindest vorerst, für den Moment. Wer weiß, vielleicht werde ich eines Tages doch noch irgendwohin aufbrechen.

Die Art, wie Dariusz sich bewegte, wie er wegen der Schiene, die den Übergang vom Unterschenkel zum Fuß versteifte, das linke Bein vor jedem Schritt etwas zu hoch hob und seinen Oberkörper dabei verdrehte, erinnerte mich an einen Jugendfreund meiner Eltern, Jakub

Makusziński, der ein paar Jahre vor uns nach Australien ausgewandert war und uns nach unserer Auswanderung noch ein paarmal in der fränkischen Stadt, in die wir gezogen waren, besucht hatte. Dariuszs Haltung, die beim Bücken zu einem der Regale oder auch nur beim Drehen auf dem Stuhl an der Kasse Schmerzen verriet, die nicht nur mit dem Bandscheibenvorfall, sondern mit einer allgemeinen körperlichen Überlastung zu tun haben mussten – so als bewegten sich seine Gelenke nicht mehr ganz reibungslos, als wäre alles Dämpfende darin in extremen chemischen Vorgängen in seinem Stoffwechsel vernutzt worden und verschwunden für immer –, schien mir vertraut. Vor allem war es aber sein gerötetes, versteinertes Gesicht, das einen hohen Alkoholkonsum verriet, aber gleichzeitig volle Anwesenheit und ein reges Interesse zeigte an dem, was in jedem Moment geschah: worüber wir sprachen, was wir im Lager oder hinten im Hof taten, wenn er rauchte und wir die Tonnen aus dem Innenhof durch die lange Durchfahrt vor zur Straße schoben. Es blitzte manchmal in seinem Blick eine Art optimistischer Pessimismus auf, ein Amüsement über die Abgründe in dieser Welt, was mich mit einem tieferen Kern in mir verband und mich beruhigte.

Und was machen deine Frau und dein Sohn?, fragte ich.

Weiß ich nicht, sagte Dariusz. Gut getankt?, fragte er eine Frau, die an der Kasse ungeduldig Geldscheine aus ihrer übergroßen Geldbörse holte und dabei nervös durch die Glasscheibe zu ihrem Auto hinausschaute.

Gott, kennst du das?, fragte er mich, als die Frau unseren Tankstellenshop verlassen hatte, und drehte das Radio auf, weil ein Lied kam, das in den 70er Jahren populär gewesen war und das aus nur drei Gitarrenakkorden zu bestehen schien.

Nein, sagte ich.

Das musst du kennen, sagte er.

Ich hatte schon während meines Studiums in Freiburg im Breisgau in einer Tankstelle gearbeitet. Geändert hatte sich seit dieser Zeit, wie mir schon am ersten Tag auffiel, lediglich die Tatsache, dass es nun ein neues Gerät gab, das für die Auszählung, Sortierung und Rückgabe von Münzgeld zuständig war. Es handelte sich um einen hellgrauen Kasten auf der Theke, den Dariusz *die Fabrik* nannte. Die Fabrik hatte zur Kundenseite hin eine Öffnung, in die ein Fließband hineinführte. Der Kunde legte seine Münzen auf dieses Fließband, das Geld fuhr in die Maschine hinein, und bevor das Restgeld wieder herauskam, arbeitete es im Inneren des Kastens eine Weile, wobei unklar blieb, anhand welcher Kriterien im Inneren Entscheidungen getroffen wurden. Denn legte ein Kunde beispielsweise ein Zwei-Euro-Stück in die Öffnung, weil ein von ihm gewähltes Kaugummipäckchen 1,25 Euro kostete, so kamen kurz darauf über das Fließband fünfzig, zwanzig und fünf Cent heraus, und man meinte schon, dass dafür eine nach Kriterien der Logik operierende Vernunft verantwortlich war. Einige Kunden jedoch benutzten den Apparat als Wechselgeldmaschine und häuften bei einem zu zahlenden Ein-Euro-Betrag zum Beispiel zwanzig Zehn-Cent-

Münzen aufs Fließband. In einem solchen Fall kam aus dem Automaten, nach einem kurzen Augenblick, in dem er summend die eingefahrene Summe genau zu untersuchen schien, nicht etwa ein Euro-Stück als Restgeld heraus, sondern es kamen zwanzig Fünf-Cent-Münzen zurück, worüber der Kunde sich zumeist, dem Gesichtsausdruck nach zu urteilen, ärgerte. Aber niemand beschwerte sich, alle akzeptierten die Entscheidung der Maschine und nahmen demütig ihr Rückgeld vom Band.

Ob ich mal was vom Mollath-Fall gehört hätte, fragte Dariusz, während ich unter seiner Aufsicht die Kasse abrechnete. Er hatte die zwei übriggebliebenen Würstchen aus dem Metallbehälter geholt und diesen in die Spüle gestellt. Nun wischte er die Glastheke von innen.

Du hast davon nicht gehört?, fragte er und starrte mich mit einer übertrieben wirkenden Ungläubigkeit an. Liest du denn keine Nachrichten? Es gab damals mehrere große Artikel.

Er erzählte mir ein paar Einzelheiten zu dem Fall, bei dem ein angeblich psychisch Kranker, dem man vorwarf, er habe seine Ehefrau misshandelt, nach seiner Verurteilung in die Sicherheitsverwahrung in Bayreuth gebracht wurde und dort sieben Jahre lang festsaß, weil seine psychische Erkrankung immer wieder bestätigt wurde, obwohl sich nach der Wiederaufnahme des Verfahrens herausstellte, dass er im Sinne der Anklage unschuldig gewesen war.

In einem chinesischen Landstrich, sagte Dariusz, als wir nach Feierabend hinten im Hof standen, schon in Jacken, und er noch eine Zigarette rauchte, etwa hundert Kilometer von der mongolischen Grenze und gewissermaßen mitten in der Stein- und Staubwüste, wurde vor ein paar Jahren eine Stadt gebaut, mit doppelspurigen Straßen und Wolkenkratzern und mit Wohnsiedlungen, Verwaltungsgebäuden und Tankstellen, ausgelegt für drei Millionen Menschen. Es führt eine Autobahn in die Stadt hinein, von der Hunderte Kilometer entfernten chinesischen Nachbarstadt, aber sie endet dort: auf der anderen Seite führt keine Straße aus der Stadt heraus. Ansonsten leben im Umkreis von siebenhundert Kilometern nur ein paar Nomaden, die durch die Steppe ziehen mit Zelten und Geländewagen und Ziegen. Bis zur mongolischen Grenze gibt es nur Steppe. Die Straßenlaternen in dieser am Reißbrett entworfenen Stadt leuchten jede Nacht, an den Tankstellen und in den Supermärkten stehen Mitarbeiter an den Kassen – nur lebt niemand dort. Die unbewohnten Siedlungen werden seit ein paar Jahren weiterverkauft, von Investor zu Investor, schon bald sollen erste Bewohner in die Stadt ziehen, es wird, glaubt man den Bevölkerungsprognosen, jeden Augenblick passieren.

Als wir vorne an der Ampel standen, schaute er über die Kreuzung. Also dann nach Hause, sagte er. Er hob die Hand, drehte sich um und ging los, und er sah, wie er das abgestorbene Bein bei jedem Schritt etwas zu weit hob und sich dabei verdrehte und nur sehr langsam vorankam, wie jemand aus, der auf jeden Schritt achtet, der sich nur jeweils auf diesen einen nächsten Schritt konzentriert.

Mitarbeiter

Während meiner ersten Nachtschicht in der Tankstelle stand ich allein hinter der Kasse und ließ meinen Blick über die Regale und die Kühlfächer schweifen. Mir fiel auf, was ich trug. Ich trage hier, dachte ich, ein rotes Polohemd wie Dariusz, Amed, Johanna und Tobi eines tragen. Ich blickte an mir hinab und erschrak darüber, wie sich meine Brust und mein Bauch unter dem Polohemd hoben und senkten.

Ich fragte mich, während ich so dastand, als einziger Mensch in diesem Laden mit der Kasse und dem Regal mit den Schokoriegeln und der Wand aus Zigaretten- und Tabakpackungen im Rücken, ob dieses rote Polohemd mich vor diesem Raum oder den Raum vor mir schützen sollte, vor dem, der ich unter dem Polohemd war. Ich habe, dachte ich weiter, keinen Bezug zu diesem Ort. Ich will hier nichts kaufen. Ich brauche nichts. Ich fragte mich, ob ich hier gerne war, und musste nach kurzem Überlegen feststellen, dass das zutraf.

Bei unserer nächsten gemeinsamen Schicht erzählte Dariusz mir, wie er einmal, während seiner Zeit in der Hotelküche in Bedford, angeln gewesen sei und innerhalb von einer Stunde sieben Zander gefangen habe. Er habe in seiner Zeit in Bedford mit zwei jungen Ehepaaren, ebenfalls Angestellte der Hotelküche, in einem miniaturartigen zweistöckigen Reihenhaus gewohnt. Sie hätten im Prinzip den ganzen Tag gearbeitet und die Abende im Haus verbracht, weil alles andere in der Stadt zu teuer gewesen sei. Das Restaurant des Hotels sei in ganz England bekannt gewesen, aus dem ganzen Land seien Leute angereist, nur um ein kleines Gericht zu essen.

Ich sollte raten, wie viel ein Salat mit Shrimps, der im Prinzip aus ein paar grünen Salatblättern, drei bis vier Shrimps und einem Löffel Sauce bestand, gekostet habe.

Er hat siebenundzwanzig Pfund gekostet, sagte Dariusz, das sind dreißig Euro. Selbst als er noch Arzt gewesen sei, habe seine Arbeit, verglichen mit der dort beim Vorbereiten der Salate, nicht so viel gekostet.

Eines Tages bekam er Schüttelfrost und Fieber. Das Haus war leer, die beiden Ehepaare bei der Arbeit. Es regnete, aber er habe Medikamente gebraucht, also sei er mit dem Fahrrad zur Apotheke gefahren. Am nächsten Morgen sei er mit einer Lungenentzündung aufgewacht. Er rief im Hotel an und meldete sich krank, lag tagelang in seinem Zimmer in dem zweistöckigen Miniaturhäuschen. In diesen Tagen hätten die zwei Ehepaare Suppe für ihn gekocht und sich auch sonst um ihn gekümmert. Mit einem der Männer, Gienek, der mit seiner Frau in Zamość nahe der ukrainischen Grenze lebte und dort ein nicht fertig ausgebautes Einfamilienhaus besaß, sei er an freien

Tagen angeln gewesen, und einmal hätten sie eben sieben Zander aus dem Great Ouse geholt.

In England darf man nur zum Sport angeln, sagte Dariusz, man darf keine Widerhaken benutzen und muss jeden Fisch wieder freilassen. Kannst du dir vorstellen, wie wir uns gefühlt haben, als wir mit zwei Eimern voller Zander durch die Stadt nach Hause schlichen?

Ich erzählte ihm, woher ich kam und was Veronika machte. Er wollte genau wissen, wovon meine drei Erzählbände handelten. Eine Woche darauf hatte er zwei von ihnen gelesen.

Urszulin

Drei Tage später betrat ich den St.-Elisabeth-Friedhof, schon eigentlich auf dem Rückweg von einem Sonntagsspaziergang an der Panke entlang und durch Pankow, da stand er auf einmal vor mir. Er trug einen Anzug und eine Krawatte und roch nach Aftershave. Sein Gesicht sah wieder auf diese mir bekannte Art versteinert aus.

Meine Exfrau hat mir nicht verraten, wo sie unseren Sohn beerdigen ließ, ich habe es erst nach der Beerdigung herausgefunden, sagte er, als wir uns zu einem Grabstein aus schwarzem, glänzendem Marmor drehten, auf dem mit daran befestigten Metallbuchstaben der Name *Uwe Ziemke* stand, *1951–2010*.

Ich folgte ihm in einen Schotterweg hinein und ging neben ihm her, und ich meinte plötzlich, dass er, mit dem linken Bein, das er immer zu hoch hob, wie ein Dressurpferd ging.

Er ist in Urszulin begraben, sagte er. Sie wohnt inzwischen wieder dort, bei ihren Eltern. Kann man sich das vorstellen? Alles ist wieder beim Alten, als wäre nichts gewesen. Mein Bruder und ich sind, nachdem ich es herausgefunden hatte, hingefahren. Er kam extra aus England, weil ich mal wieder keinen Führerschein mehr hatte. Wir mieteten ein Auto und fuhren die ganze Nacht hindurch. Als wir frühmorgens ankamen und unter den Blicken der alten Männer und Frauen, die schon mit ihren Rechen und Gießkannen durch die Alleen und Straßen des Friedhofs marschierten wie Soldaten, nach dem Grab suchten, war mir sofort klar, dass dieser Ort nicht mehr für mich bestimmt war, dass es *ihr* Ort ist, dass er ganz ihren Eltern, die mich hassen, und ihr gehört, und dass sie sich endlich gerächt hat, wie sie es sich dreißig Jahre lang gewünscht hatte.

Gerächt wofür?, fragte ich.

Ich hörte inzwischen deutlich die leichte Ungenauigkeit seiner Aussprache, eine Art Abrundung und Verwässerung der harten deutschen Laute. Der saubere und gutsitzende schwarze Anzug, die perfekt gebundene Krawatte über dem leuchtend weißen Hemd und das offenbar gerade erst am Morgen frisch rasierte, viel zu stark parfümierte Gesicht schienen mir in diesem Moment seine Entgleisung nur deutlicher zu machen. Er musste am Vorabend getrunken haben.

Auf dem Grab lagen frische Blumen, sagte er. Eine einzelne Kerze brannte hinter dem Glastürchen einer Grablampe. Jeder, der uns beide sah, wusste, wer wir waren. Es war klar, dass uns auf diesem Friedhof jeder kannte. Wir fuhren in die Stadt zurück, nach Lublin, und gingen durchs Zentrum, das perfekt renoviert ist. Wir aßen zu Mittag in einem Restaurant unter der Burg, in der in den 80er Jahren ein Gefängnis des Sicherheitsdienstes gewesen war. Wir gingen durch die alten jüdischen Gassen. Ich wollte weder das Haus sehen, in dem wir beide bis zum Studium mit unseren Eltern gewohnt hatten, noch war ich in der Lage, deren Grab zu besuchen, sodass mein Bruder das alles alleine machte. Als wir endlich im Auto saßen und die Stadt hinter uns lag, war ich froh und wusste, dass ich nie mehr zurückkommen wollte, dass ich dort nichts mehr zu suchen hatte.

Dariusz war stehen geblieben. Ich trat neben ihn und schaute auf ein Grab hinunter, in dessen Mitte eine Plastikvase mit verdorrtem Kraut stand. Eine Schwade seines Aftershaves stieg mir in die Nase. Wie er da neben mir stand, fest und körperlich, irgendwie gewöhnlich, bedrängte mich plötzlich. Es ist Sonntag, dachte ich, und dann dachte ich, dass er vielleicht in der Kirche gewesen war. Er hatte sich einen Anzug angezogen und eine Krawatte umgebunden, wie man das macht, wenn man in die Kirche geht.

Mich bedrängte die Tatsache, dass er hier einfach so neben mir stand, auf dem Friedhof unter einem blauen Himmel, an dem gerade eine leuchtend weiße Wolke sich über uns hinwegbewegte, mit sichtbarer Geschwindigkeit über die flache Landschaft zog, die jenseits der Stadt sich in alle Richtungen erstreckte und über die wiederum sich der Himmel ungewöhnlich weit und groß spannte, über die der Wind hinwegging, tagein, tagaus, weil ihn nichts aufhielt außer ein paar Kiefern, die aus dem Sandboden wuchsen. Dariusz stand direkt neben mir, seine

Schulter war dicht neben meiner. Er war mir ein so vollkommen fremder Mensch, dass ich es kaum ertrug, so neben ihm zu stehen.

In der Gegend um Urszulin gibt es ein paar Wäldchen und kleine Seen, sagte er, ansonsten sind dort nur Felder und Weiden. Ein Niemandsland, könnte man sagen, das im Grunde über die Ukraine, den Ural und bis nach Sibirien sich mehr und mehr in eine menschenleere Steppe verwandelt. Der Bach, der durch das Dorf fließt, ist ein träger Kanal, und es stinkt aus ihm. Es stinkt nach Kuhdung, weil die Kühe des Dorfes darin baden. Aber es ist eigentlich ein angenehmer Geruch, so habe ich das früher zumindest empfunden. Mein Schwiegervater war nicht nur Landwirt, sondern auch der Dorfschmied, und ich schaute ein paarmal zu, wie er die Pferde des Dorfes in seiner Scheune beschlug. Man muss sich das vorstellen: Wir kamen aus Lublin, mit einem Auto, das gerade aus der modernen Fabrik in Bielsko-Biała gerollt war. Wir waren am Nachmittag des vorangegangenen Tages aus unserer neugebauten Siedlung für junge Familien in Richtung Zukunft aufgebrochen, hatten hundertzwanzig Kilometer über Land zurückgelegt, und plötzlich fanden wir uns in einem Landstrich wieder, in dem die alten Frauen, deren Männer im letzten Krieg gefallen oder im nahegelegenen Sobibór zusammen mit Tausenden in dieser Gegend damals lebenden Juden umgebracht worden waren, an den Sonntagen zehn Kilometer am Straßenrand zu Fuß oder auf einem Fahrrad zurücklegten, um die Messe in Urszulin zu besuchen. Ich hatte die Woche über einem künstlich durch einen Roboter beatmeten Menschen den Schädel punktgenau angebohrt und ein Gerinnsel entfernt, während ein anderer Roboter seine Vitalwerte überwacht hatte, und am Morgen darauf stand ich in einer Scheune inmitten von Dung und schaute zu, wie ein Pferd beschlagen wurde.

Dariusz setzte sich wieder in Bewegung, und ich folgte ihm. Die Gräber um uns herum lagen, anders als ich es von den katholischen Friedhöfen in Polen, in Bayern, Spanien oder in Italien kannte, ungewöhnlich weit auseinander, wie auf dem Friedhof, auf dem sich das Grab von Arnold Słucki befand. Es gab hier zwischen den sich hoch erhebenden Bäumen viele freie Rasenflächen, in die man hineinschauen konnte wie in leere, weite Zimmer.

Am Eingang zum Sophien-Kirchhof-II stand an einer Gabelung in einem Kreis von Buchsbaumhecken ein Stein mit dem Luther-Zitat *Gott ist unseres Todes Tod.* Die Kapelle und die Aufbahrungshalle, eine von zweien auf diesem aus zwei eigenständigen Friedhöfen zusammengewachsenen Friedhof, waren aus gelben Ziegeln gemauert. Direkt daneben kamen wir an einem Mausoleum mit eingeschlagenen Seitenfenstern vorbei.

Ungefähr eine Woche später habe ich, sagte Dariusz, einen Brief von der Friedhofsverwaltung der Gemeinde Urszulin bekommen mit einer Rechnung über die Grabplatzgebühren für die nächsten zwanzig Jahre sowie über weitere Leistungen im Rahmen der Pflege der Friedhofsanlage – für etwaige Renovierungsarbeiten am Mauerwerk oder an den Wegen – sowie eine einmalige Gebühr für die Bestattung und die Totenmesse, zu überweisen innerhalb der nächsten dreißig Tage auf das unten angegebene Konto, unterzeichnet von der Sachbearbeiterin Frau Justyna Wiktorowicz, die ich bei Rückfragen unter der ebenfalls unten angegebenen Nummer jederzeit erreichen könne und die mir nochmals ihr herzliches Beileid aussprach und freundliche Grüße sandte. Ich habe den Betrag überwiesen, und zwei Wochen später kam eine Eingangsbestätigung, und nun bin ich Mieter eines Grabes in der Gemeinde Urszulin bei Lublin, wo mein Sohn bestattet ist. Ich stehe also immerhin noch in einer gewissen Beziehung zu ihm.

Dariusz lachte. Wir waren an einer freien Fläche stehen geblieben, neben einem Baumstamm, an dem ein weißes Schild hing mit der Aufschrift *Abteilung E15*. Auf dem Rasen waren in regelmäßigen Abständen und in einem Dutzend Reihen, die sich bis zur roten Backsteinmauer des Friedhofs erstreckten, Steintafeln eingelassen, leicht schräg, sodass sie sich kaum sichtbar dem Besucher entgegenhoben. In der an den Gehweg direkt angrenzenden Reihe konnte ich den Namen *Philipp Siebert* lesen, **23.1.1902 †11.06.1944*. Auf einer Steintafel, die frontal vor uns aufgerichtet war und mir etwa bis zur Brust reichte, stand *Zu Ehren der Toten des Krieges*, was in mir, wie jedes Mal, wenn ich irgendwo ein Denkmal für die deutschen Kriegsopfer sah, einen unangenehmen, aus tieferen Schichten meines Selbst kommenden Unmut aufkommen ließ, während ich mir gleichzeitig sagte, dass auch diese Personen ja gelitten hatten und gestorben waren und dass ich nichts über sie wusste.

Auf der anderen Seite der Friedhofsmauer erhob sich die unverputzte Seitenwand eines Wohnhauses. Es sah aus, als wäre die angrenzende Häuserzeile an dieser Stelle einfach abgeschnitten worden, mitsamt Innenhof, Hinterhaus und Gartenhaus, als sei der Sophien-Kirchhof-II den Leuten hier hineingebaut worden in ihre Leben, die sie direkt hinter der unverputzten Wand im Wohnzimmer, der Küche oder im Badezimmer im dritten Stock führten.

Bald konnte ich allerdings nicht mehr mit Sicherheit sagen, sagte Dariusz, welcher Natur diese Beziehung zu meinem Sohn eigentlich ist – innerer oder vielleicht äußerer Natur. Und ob das, was ich für eine innerliche Verbundenheit gehalten hatte, nicht vielleicht nur die Illusion einer solchen Verbundenheit gewesen war, erzeugt durch die äußerliche Verbindung – ähnlich dem Konzept des freien menschlichen Willens, wie einige Gehirnwissenschaftler es vor ein paar Jahren vorgebracht haben. Diesem Konzept zufolge ist das Gefühl, ja die Überzeugung, sich für oder wider etwas frei zu entscheiden, nur eine Einbildung, die von der auf äußere Zusammenhänge reagierenden Aktivität bestimmter Neuronen im präfrontalen Cortex erzeugt wird. Dabei muss man nur einmal über einen Friedhof gehen, zum Beispiel über diesen hier, und ein einziges Grab für ein paar Minuten betrachten, sich die Zeit nehmen und es genau anschauen, um zu wissen, mit Sicherheit zu wissen, dass der Mensch darin kein Automat gewesen ist, dass all das, dieses Leben, in dem man selbst noch steht und agiert, atmet, denkt und hofft, die Wirklichkeit darstellt, so wie das Leben dieser einen Person hier in dem Grab eine Wirklichkeit dargestellt hat. Sie ist wirklich da gewesen. Sie hatte Wünsche, Ängste, Vorstellungen und Hoffnungen.

Dariusz war ein paar Schritte gegangen, jetzt hielt er an einer Kiesfläche, aus der fünf Marmorsäulen ragten, die zu einem Kreis angeordnet waren. Ich trat näher heran, bis ich auf einer der Säulen zwei Plättchen mit den Namen *Ariane Seidel* und *Anna Kutschke* lesen konnte, dahinter Daten aus dem Jahr 2016. Erst da verstand ich, dass die im Kies jeweils in Schrittentfernung eingelassenen Steinplatten nicht etwa zum Begehen der Installation, sondern zur Abdeckung von Urnen dienten.

Dariusz schaute durch die Installation hindurch und sagte eine Weile nichts, sodass ich mir des entfernten, um uns herum nun deutlich hörbaren Grundrauschens bewusst wurde, in einer Weise, dass ich meinte, die Stadt habe nur darauf gewartet, dass Dariusz eine Pause einlegte. Und tatsächlich war genau in diesem Moment direkt über uns der Bauch eines Flugzeugs mit dem roten Logo einer Fluggesellschaft aufgetaucht, und der Lärm schluckte alle anderen Geräusche, und für einen Augenblick gab es nur diesen Stahl- und Kunststoffkörper über uns, der behäbig, unendlich langsam über uns hinweg eigentlich eher -fiel als -flog, sich kaum am

Himmel halten konnte und gleich die Dächer der Vorder- und Hinterhäuser und der zwei Blöcke auf der anderen Seite der Wollankstraße rammen und das oberste Stockwerk mit den weißen Eternitplatten mit sich reißen würde.

Als der Lärm abgeklungen war, sagte Dariusz, als habe er in der Zwischenzeit über alles Gesagte nochmals nachgedacht: Das eigentlich Schlimme war etwas, vor dem meine Eltern und mein Bruder mich schon von Anfang an gewarnt hatten. Ich denke oft darüber nach, wie es möglich ist, dass ich einen Menschen so sehr hassen konnte und noch immer hassen kann. Wie es möglich ist, dass mich ein so starkes Gefühl über Jahre und auch heute noch, wenn ich aus Albträumen aufwache, in denen mir das Gesicht unseres Sohnes vor Augen steht, vollkommen in Beschlag nehmen kann. Dass ich imstande bin, alles Schlechte dieser Welt einer einzigen Person zuzuschreiben, ihr allein die Schuld am Tod unseres Sohnes zu geben.

Ich habe mir früher oft gewünscht, ich könnte sie umbringen, wirklich umbringen, sagte Dariusz, während wir in einen Weg bogen, an dessen Ende plötzlich der Friedhofsausgang sichtbar wurde. Es ist doch seltsam, dass die Sprachen einen Konjunktiv aufweisen, sagte er. Dass der Mensch zu dieser Reise in der Lage, sich aber der Nutzlosigkeit einer solchen Reise bewusst ist.

Wir standen vor dem Ausgang.

Was für ein Glück, dass morgen die sogenannte Werkwoche beginnt, sagte Dariusz. Er gab mir die Hand. Ich muss jetzt ein bisschen schlafen. Bis morgen, in alter Frische, rief er und drehte sich um, noch bevor auch ich mich verabschieden konnte.

Vater

Am nächsten Tag telefonierte ich nach dem Mittagessen mit meinem Vater. Er rief mich vom Büro aus an. Seine Stimme klang dünn, und tatsächlich gab er zu, seit mehreren Wochen einen Virus mit sich herumzuschleppen, der immer wieder kurzzeitig zu verschwinden scheine, um ihn dann in der Nacht wieder mit Fieberschüben heimzusuchen, während derer er derart schwitze, dass er den Pyjama bei Anbruch des Morgens beinahe auswringen könne.

Ich kann ihn auswringen wie ein Handtuch, sagte er, irgendwie ungläubig.

Ich fragte ihn, ob es nicht besser wäre, ein paar Tage zu Hause zu bleiben. Ich erinnerte mich, auf einmal sehr besorgt, an die letzten drei Jahre, da er immer um die gleiche Zeit unvermittelt über stechende Schmerzen im Rücken geklagt hatte, für die sich wochenlang keine Ursache finden ließ, obwohl er jedes Mal etwa zehn Kilo abnahm und kaum mehr die Kraft hatte, auch nur ein paar Meter zu gehen. Bis zuletzt hatte er gearbeitet, auch noch, als meine Mutter, wegen seiner nächtlichen Fieber- und Schüttelfrostschübe in Sorge, kurz davorstand, ihn ins

Klinikum zu bringen, mitten in der Nacht, aus Angst, dass er gleich sterben werde.

Ich weiß, ich erinnere mich, sagte mein Vater. So schlimm ist es aber diesmal nicht. Ich kann außerdem nicht zu Hause bleiben, hier hängt alles von mir ab – ich muss Entscheidungen treffen, so kurz vor dem Urlaub müssen noch viele Prozesse abgeschlossen, Verhandlungen mit dem Kultusministerium zu Ende gebracht und interne Abrechnungen abgewickelt werden. Es ist unmöglich, dass ich nicht im Büro bin.

Ich hatte in diesem Moment, obwohl ich wusste, dass mein Vater schon immer so gewesen war, dass es im Grunde überhaupt unverzichtbar war für sein psychisches Überleben, stets zu arbeiten, Sport zu treiben, in Bewegung zu sein und dabei an einen guten Ausgang aller Dinge zu glauben und daran, dass die sich ihm in den Weg stellenden Hürden bloße Lappalien darstellten, die mit genügend Willenskraft überwunden werden könnten – trotz dieses Wissens oder eigentlich gerade deswegen hatte ich plötzlich Angst um ihn.

Seit einiger Zeit hatte er außerdem einen geheimnisvollen Knieschmerz, und er behauptete, dass es sich dabei, laut dem Arzt, den er regelmäßig zu konsultieren vorgab, um eine kurzzeitige Entzündung des Gelenks handle, die nach einer Cortison-Spritze stets wieder aus der Welt geschafft war. Auch jetzt spürte er diesen Knieschmerz und konnte kaum Treppen steigen, wie ich aus einem Telefonat vor zwei Wochen wusste. Dazu noch verunmöglichte ihm dieser Knieschmerz den Sport, was ihn sehr bekümmerte, da er es liebte, vom Büro aus mit dem Auto in den Wald zu seiner Laufstrecke zu fahren.

Wie geht es deinem Knie?, fragte ich.

Wie soll es gehen, sagte er. Ich habe es bisher nicht geschafft, zum Arzt zu gehen. Übermorgen habe ich aber nur drei Termine und mittags eine Stunde frei, vielleicht schaffe ich es dann.

Er fragte mich, wie es mir gehe, und ich sagte, gut, und auch Veronika gehe es gut, es gebe nichts Neues.

Es freute ihn, ich konnte hören, dass etwas in seiner Stimme zu neuem Leben kam. Daran, dass du am 20. kommst, ändert sich nichts, fragte er.

Nein, daran ändert sich nichts, sagte ich.

Das freut mich sehr, sagte er. Bis dahin geht es mir bestimmt wieder besser. Vielleicht können wir dann zusammen einen Lauf machen, am Kanal oder im Wald.

Als ich auflegte, freute ich mich plötzlich auf meinen Besuch. Ich freute mich auf das Geburtstagsfest meines Vaters. Es gelang mir sogar, den Gedanken von mir wegzuschieben, dass die Anzahl meiner nächsten Besuche und unserer künftigen Treffen nicht unendlich, sondern im Gegenteil begrenzt, wenn auch noch nicht konkret zu beziffern war. Solche Gedanken waren nicht hilfreich, reine Zeitverschwendung.

Marzena

Mein größter Wunsch ist es immer gewesen, sagte Dariusz, unabhängig zu sein. Freiheit, das war für mich das Wichtigste. Für uns Jugendliche und Studenten am Ende der 1960er Jahre, während der Proteste in Europa und Amerika, ist das noch einfach gewesen. Man musste nur ein Zelt und eine Decke einpacken, sich am letzten Schultag mit den Eltern streiten und für zwei Monate abhauen, zu Fuß, zuerst zur Ausfallstraße nach Kraśnik und dann wohin man mitgenommen wurde, als Duo oder Trio, immer der Nase nach, sozusagen, in die Beskiden und ins Unterkarpatische oder in die andere Richtung, nach Masuren, und dort von See zu See trampen oder wandern oder paddeln. Man konnte sein Zelt einfach an einem Strand oder auf einer Wiese aufschlagen oder im Stadtpark von Olsztyn oder auf dem Fußballplatz eines Dorfes, immer so, dass sich ein Bauer oder Stadtbewohner beschweren würde, damit man ihm entgegenrufen konnte, dass er ja, wenn er wolle, die Miliz rufen könne, dass man aber auf sein Recht auf Freiheit nicht verzichten werde, weil der Mensch frei sei, er werde frei geboren und er sterbe frei.

Wir sammelten gerade die Eimer mit dem Scheibenputzwasser zwischen den Zapfsäulen ein und trugen sie in den Hof.

Das war eine gute Zeit, um frei zu sein, sagte Dariusz, während er den letzten Eimer in das Gitter auf dem Boden der Autowaschanlage kippte, aus deren immerfeuchtem Tunnel uns ein erdiger, brackiger Duft entgegenstieg. Weil nichts erlaubt war, sagte er. Und wenn nichts erlaubt ist, ist jede Handlung ein Akt des Protests und der Befreiung. Weshalb er sich damals noch ohne großen Aufwand und ohne einen hohen Preis zahlen zu müssen frei gefühlt habe. Und sogar noch als er Marzena geheiratet habe, habe er sich frei gefühlt. Das habe möglicherweise auch daran gelegen, dass seine Eltern und sein Bruder ihm von Anfang an und bis zuletzt davon abgeraten hätten, sie zu heiraten, am Ende sogar in Form eines maschinengeschriebenen Briefs, den er immer noch besitze, in dem sie ihm mitteilten, ihn als *geliebter Sohn* anredend, dass eine Ehe etwas Ernsthaftes sei und er, nur weil er diese Frau schwanger gemacht habe, sie womöglich noch lange nicht liebe. Nur weil alle seine Freunde nun Kinder bekämen und heirateten, sei er noch lange nicht verpflichtet, dasselbe zu tun, da es sich offenbar – für alle sei es sichtbar – um eine Beziehung zwischen zwei zu unterschiedlichen Menschen handle, von denen nun leider ein Kind gezeugt worden sei.

Ich habe selbst gewusst, dass Marzena und ich nicht zusammenpassten, sagte Dariusz. Ich weiß heute, dass ich nicht einmal in sie verliebt gewesen bin. Ich war lediglich froh, dass etwas Neues passierte, ich war erleichtert und dadurch euphorisiert, und dieses Gefühl verwechselte ich mit dem Gefühl des Verliebtseins. Ich war froh, dass mein Leben sich jetzt, nachdem mein Studium abgeschlossen und ich dabei war, ins Berufsleben einzutreten, auf etwas Unbekanntes und Unvorhersehbares hin öffnete. Dass mir ein weiteres Mal innerhalb der Gefängnismauern meines Lebens die große Freiheit möglich würde, die zwar irgendwann später Unfreiheit mit sich bringen mochte, aber jetzt noch nicht. Im Gegenteil, nun standen mir, so habe ich damals gedacht und es auch empfunden, verschiedene Projekte offen: das Suchen einer Wohnung, das Einrichten eines Familienzuhauses, Urlaube mit gemeinsamen Freunden, die ebenfalls Kinder bekamen – alles Vorhaben, die umgeben waren von einer Ahnung des vollkommen Neuen, bisher noch nicht Erlebten. Und diese Ahnung, diese Aura, übertrug sich für mich auf Marzena, die Krankenschwester aus Urszulin, die ich bei einer Party im Schwesternwohnheim kennengelernt hatte, wie man bei einem Saufabend in diesen damaligen trostlos grauen Jahren eben eine Frau kennenlernte, auf Verzweiflungspartys in einer Welt, in der die Gebäude und die Kleidung und folglich auch die Menschen grau und stumpf waren und man jede Gelegenheit nutzte, Spaß zu haben und einen Witz zu hören.

Ich habe diese Illusion eines sich für einen Augenblick öffnenden Horizonts in meinem Leben fälschlicherweise für Verliebtheit gehalten. Ich war so davon abhängig, dass ich mich mit meinen Eltern überwarf und selbst mit meinem Bruder wochenlang nicht sprach. Ich habe mich so beleidigt gefühlt, dass ich die gesamte zukünftige Beziehung zu meinem Bruder und meinen Eltern davon abhängig machte, ob sie zu unserer Hochzeit kommen würden. Was sie natürlich taten, denn warum hätten sie nicht kommen sollen – sie meinten es ja nur gut, keinesfalls wollten sie mir etwas missgönnen. Genau das unterstellte ich ihnen aber: Ich war davon überzeugt, dass sie mir mein Glück nicht gönnten, dass sie es mir schlechtreden wollten. Und Marzena bestätigte mir diese Einschätzung, sie unterstützte meine Überzeugung, weil sie die Vorbehalte meiner Eltern und meines Bruders gegen sich spürte. Weil sie spürte, dass sie wenig von ihr hielten, sie zwar als Mensch akzeptierten, aber nicht für mich, für einen werdenden Arzt aus Lublin. Sie hielten sie für einen wurstigen Dorfmenschen, einen Knecht aus grauer Vorzeit, dessen geistiger Horizont nur bis zu dem nächsten von Urszulin aus sichtbaren Waldrand reichte.

Wir standen am Eingang zur Autowaschanlage, mit den leeren Eimern in der Hand. Dariusz schaute auf die Fahrbahn und zu den Leuten rüber, die auf der anderen Seite an den Tischen des Döner-Imbisses saßen.

Marzena begann schon damals, sagte er, das sehe ich heute ganz deutlich, meine Eltern und meinen Bruder – und in Wahrheit auch mich, auch damals schon mich und alles, was mit mir zu tun hatte – zu hassen. Weshalb sie mich in der Wut auf meine Eltern und meinen Bruder immer wieder bestärkte. Ich frage mich heute, ob ich das

Land später, als sich mir die Möglichkeit bot, verlassen habe, weil ich die beruflichen Verhältnisse nicht mehr ertrug, wie ich mir das damals eingeredet hatte, oder ob es dabei in Wahrheit gerade um das Leben als junge Familie ging. Wir wohnten in einer Zweizimmerwohnung im neunten Stock der Familiensiedlung Rury. Nur zwei Jahre nach der Geburt von Artur hatte sich der Horizont geschlossen, und es öffnete sich der Blick auf eine unendlich scheinende Anzahl von Tagen mit Marzena an meiner Seite und mit Urlauben an den immer gleichen Orten und mit den schon vorgeschriebenen Stationen meiner Karriere im Woiwodschaftskrankenhaus. Ich sah in eine mir schon bekannte Zukunft, die von nun an mein Leben sein würde.

Ich kann mich genau an den Morgen nach der Nachtschicht erinnern, als man mich holen kam. Ich hatte einen Monat zuvor einen Brief erhalten mit der Aufforderung, mich nun, nach meinem Studium, das mir die polnische Gesellschaft ermöglicht habe und für das ich freundlicherweise vom dreijährigen Wehrdienst befreit worden sei, bei der Stabsstelle in der Regionalkaserne zu melden, um den derzeitigen Mangel an Militärärzten auszugleichen. Ich erhielte hiermit, stand in dem Brief, die Möglichkeit, die von der Gemeinschaft geleistete Investition in mich im Namen ebenjener Gemeinschaft zurückzuzahlen.

Da ich auf den Brief nicht reagiert hatte, waren zwei Beamte bereits auf meiner Station gewesen, an einem Tag allerdings, an dem ich meinen Dienst mit einer Kollegin, deren zweite Tochter getauft werden sollte, getauscht hatte, weshalb sie mich nicht angetroffen hatten.

Etwa eine Woche später kam ich früh am Morgen von der Bushaltestelle und ging auf unseren Wohnblock zu. Die Leute brachen gerade zur Arbeit auf, und ich sah vor unserem Haus schon von weitem den Nysa-Transporter mit den verblendeten hinteren Seitenfenstern, grau wie die Uniformen der Volksmiliz – aber ich brachte das überhaupt nicht mit mir in Verbindung, diese Transporter standen oft irgendwo herum. Ich war nach der Nachtschicht müde, mit den Gedanken schon im Bett, schon mit dem Kopf auf dem Kissen, bei verdunkeltem Fenster, und so stieg ich in den Aufzug und fuhr in den neunten Stock hinauf. Aber irgendwie hatte sich der Anblick der Nysa in mir festgesetzt, denn ich fühlte mich plötzlich merkwürdig wach, daran erinnere ich mich sehr deutlich. Noch heute habe ich die vier Wände des Aufzugs aus hellem Holzimitat um mich herum und die leuchtenden runden Plastikknöpfe der Stockwerkanzeige genau vor Augen. Ich sehe den Knopf für das Stockwerk Nr. 9, der wohl von einem Jugendlichen mit Hilfe eines Feuerzeugs angeschmolzen worden war – ein Loch mit verkohltem Rand aus nach innen zerflossenem Plastik –, der als einziger in der Reihe nicht aufleuchtete, als der Aufzug mit einem Ruck zum Stehen kam.

Diese ewigen Wochenenden in Urszulin mit den Eltern von Marzena – ich hielt das nicht länger aus. Der Vater trank keinen Alkohol, war sparsam bis auf den Grosz. Er lief den ganzen Tag in seinem graublauen Zweiteiler herum, aus dem schon das Futter aus künstlicher, irgendwo in der Mongolei oder in Kasachstan hergestellter Watte herausquoll, und in den schwarzen Gummistiefeln, die mit dem verkrusteten Dung seiner Felder bespritzt waren. Er zog diese Arbeitskleidung nur am Sonntag aus und tauschte sie gegen Anzug, Hemd und Krawatte, um mit seiner Frau – einer oberflächlich freundlichen und doch von einem tiefsitzenden Neid auf alle Menschen, die nicht in Urszulin und in diesem Dung lebten, erfüllten fettleibigen Frau – in die Kirche zu gehen. Marzena hatte einen Bruder gehabt, der mit siebzehn bei einem Autounfall gestorben war, und so gingen die beiden am Sonntag in die Kirche und danach zum Friedhof, und danach, wenn wir aus der Stadt gekommen waren, die Marzenas Mutter mit dem Krankenhaus, mit in den Nächten violett durch die Geräte aus dem Westen erleuchteten Zimmern assoziierte, in denen gestorben wurde, saßen wir in ihrem Garten, den Blick zum Waldrand und gen Osten gerichtet, und der Vater sprach über seine zwei Felder, die er vom Staat übertragen bekommen hatte, und er zeigte auf das Nachbarfeld, in dessen Mitte in einiger Entfernung eine Bauminsel stand, bestehend aus ein paar Kiefern, zwischen denen ein Mann in Anzug und Krawatte herumging, torkelte, hinfiel, wieder aufstand und weitertorkelte, und dann hieß es, der Mensch hier unten habe die Pflicht, das, was Gott ihm gegeben habe, zu pflegen und wertzuschätzen und nicht mehr zu wollen als das, weshalb die westliche Welt dem Untergang geweiht sei, nur der Sozialismus könne den menschlichen Egoismus besiegen, denn der Sozialismus sei nichts anderes als die Verwirklichung der christlichen Selbstlosigkeit im Hier und Jetzt.

Marzena begann jedes Mal mit ihrem Vater zu streiten. Sie fragte, ob er den Dreck nicht sehen könne, in dem Urszulin versinke. Er solle in die Kneipe im Ort gehen, er solle darüber nachdenken, was Millionen von verhungernden chinesischen und ukrainischen Bauern zu seiner Idee sagten. Aber wenn wir wieder zu Hause waren in unserer Siedlung in Lublin und ich mich am Abend mit einem Kollegen treffen wollte, dann ging es mit den Anschuldigungen los. Sie warf mir vor, ich gäbe unser ganzes Geld für Partys aus, während sie zu Hause bleiben und sich um Artur kümmern müsse. Und wenn ich an einem Freitag vorschlug, wir könnten mit unseren Freunden nach Masuren an den Nidzkie-See fahren und ein Segelboot ausleihen, dann legte sie mir ein Heft vor, in das sie unsere Ein- und Ausgaben notierte. Sie sagte, dass wir genauso gut nach Urszulin fahren könnten, wo man Spaziergänge in den Wäldern machen und im Wytyckie-See baden könne, damit sich ihre Eltern nicht so alleingelassen fühlten und etwas von ihrem Enkelkind hätten, das sie so selten zu Gesicht bekämen, weil wir immer nur meine Eltern besuchten, niemals aber ihre, die ich nicht leiden könne.

Sie können uns jederzeit hier besuchen, sagte ich.

Wir haben nur diese zwei Zimmer, entgegnete sie. Wo sollen sie schlafen?

Wir können sie in einem Hotel unterbringen, sagte ich.

Das ist zu teuer, sagte sie.

Ich hasste es, dass sie den Humor meiner Freunde nicht verstand. Ich hasste es, wenn sie mich fragte, wie mein Tag gewesen sei. Nach nur ein paar Monaten unserer Ehe ekelte ich mich davor, wenn sie sich im Wohnzimmer die Zehennägel lackierte. Wir waren wie von zwei verschiedenen Sternen. Reicht dir das hier?, fragte ich sie.

Was meinst du?, fragte sie.

Das alles hier, sagte ich.

Ich hasste sie, obwohl sie nichts Hassenswertes tat, ich hasste sie einfach.

Ich hörte die Beamten schon, als ich eine halbe Treppe unter ihnen aus dem Aufzug trat. Sie sprachen gerade mit Marzena. Ich sprang in den Aufzug zurück und versteckte mich unten. Als sie weg waren, fuhr ich wieder hoch und packte meine Sachen. Ich hatte vor ein paar Wochen von meiner Tante eine Einladung nach Landshut bekommen, und die Stadtverwaltung hatte mir schon ein Jahr zuvor, für eine andere Reise, meinen Pass ausgehändigt, denn da ich Frau und Kind hatte, vertraute man darauf, dass ich wiederkommen würde. Ich hatte den Pass noch, obwohl ich inzwischen gesucht wurde.

Lange habe ich mich nicht getraut, es so zu denken, aber das erste Jahr in Bayern war das schönste Jahr in meinem Leben. Als im Durchgangslager in Friedland alles geklärt und ich in Landshut bei meiner Tante war, als ich – in einem Klassenzimmer mit Türken und Russen – einen Sprachkurs begann und mir mein erstes Auto kaufte – einen schwarzen Golf –, da fühlte ich plötzlich, dass alles möglich war. Ich war so glücklich, weil ich Marzena und Artur mit einem Mal vermisste. Ich fuhr jeden zweiten Abend mit dem Fahrrad vom Haus meiner Tante zur Schönbrunner Straße runter, stellte mich in die Telefonzelle und wartete, bis ich durchgestellt wurde. Damals musste man ein Telefongespräch nach Polen mehrere Stunden vorher anmelden. Endlich klingelte es und meine Mutter ging ran und reichte den Hörer gleich an Marzena weiter, manchmal auch direkt an Artur.

Ich hatte immer eine zweite Telefonkarte dabei, für alle Fälle, ich hatte monatlich nur die hundert Mark vom Amt und das, was meine Tante mir zusteckte, und ich gab das meiste Geld für die abendlichen Telefongespräche aus. Das Auto hatte ich mit Hilfe eines Kredits gekauft, den ich dank einer Bürgschaft meiner Tante von der Bank bekommen hatte. Den Rest verwendete ich für die Ausflüge mit der Ehefrau meines Cousins, die tagsüber nichts zu tun hatte. Die beiden hatten keine Kinder, Klaus war oft in Amerika oder in China, er war Unternehmer. Ihre Ehe schien ähnlich wie meine zu sein, sie hatte ihn, wie sie mir erzählte, nur geheiratet, weil sie von zu Hause hatte ausziehen wollen. Ihr Vater war ein alter bayerischer Nazi, der noch immer, im Jahr 1983, Reden darüber hielt, dass in Amerika viele Juden lebten und dass Deutschland sich vereinigen müsse, um dem Einfluss des amerikanischen Kapitals etwas entgegensetzen zu können.

Für mich, den unzivilisierten Polen, waren diese Fahrten aufs Land mit Ursula oder Ursel, wie sie von allen idiotischerweise genannt wurde, ein Kulturschock. Wir fuhren in ihrem Porsche mit offenem Verdeck und laut aufgedrehtem Radio, zur Musik von Falco oder Münchener Freiheit. Sie lud mich auf ein Bier in diesem oder jenem Biergarten ein. Sie hatte oft Koks oder Amphetamine dabei. Während meines Studiums hatte ich zusammen mit meinen Kommilitonen Amphetamine genommen, um auch nachts lernen zu können, und ich hatte Schlaftabletten genommen, Relanium oder Lexotan, die ich eigentlich für meine Mutter besorgt hatte und dann selber nahm, auf ihre Anweisung hin, nachdem ich ihr erzählt hatte, dass ich Angstzustände hätte und nachts nicht schlafen könne. Ursula kannte einen Kardiologen im Universitätsklinikum in München. Ich nahm kein Koks, aber ich bat sie, mir Lexotan zu besorgen, nur für den Fall, dass ich wieder Schlafstörungen bekäme.

Morgens ging ich zum Sprachunterricht in Landshut, am Nachmittag fuhren wir zusammen raus, und ich übte, was ich gelernt hatte – sie wollte unbedingt, dass ich so schnell wie möglich wieder als Arzt arbeiten konnte. Bei unseren Fahrten übers Land trank sie sehr viel und verschwand gelegentlich auf der Toilette, und auf dem Heimweg fuhr, wer auch immer von uns beiden weniger betrunken war, und das war meistens ich, denn ich wurde damals kaum betrunken, ich spürte den Alkohol nicht, eine günstige körperliche Toleranz, wie ich damals glaubte. Ich merkte nicht, dass ich mich täuschte.

Dariusz stellte den Eimer mit dem frischen Wasser neben die Zapfsäule Nummer 3 und schaute über die Kreuzung, in die eine gelbe Straßenbahn einfuhr.

Es war eine ganz andere Zeit in meinem Leben, sagte er. Ich war ein anderer Mensch. Mein Körper und mein Geist hielten noch zusammen, ich war dabei, ein neues Leben zu beginnen, ich war, so meine ich zumindest heute, glücklich.

Er lächelte, und ich glaubte, dass ich ihn zum ersten Mal so sah. Er wirkte gelöst und irgendwie befreit.

Ach ja, sagte er und nickte. So ist das.

Fátima

Ob ich je, fragte Dariusz mich bei unserer ersten Schicht nach meiner Rückkehr vom Geburtstag meines Vaters, von den drei Offenbarungen von Fátima gehört hätte.

Nein, habe ich nicht, sagte ich.

Am Vortag war ich zum Hackeschen Markt gefahren und zum Gomrich-Gebäude und den Fildingerhöfen gegangen. Im Parterre des langgezogenen Gomrich-Baus hatten Leute hinter den Scheiben eines spanischen Lokals gesessen. Ich hatte mich vor das Hotel mit der schwarz verglasten, regelmäßig abknickenden Fassade gestellt. Auf dem Dach waren wieder Menschen zu sehen gewesen, die runterschauten. Ich hatte versucht, mich an das Gesicht der Architektin zu erinnern. Oder an ihre Stimme. Aber es war mir unmöglich gewesen. Die anderen Gebäude um den Platz, die Art, wie mein Blick an ihren Fassaden, die Baustile verschiedener Epochen imitierten, obwohl sie innerhalb der letzten zwanzig Jahre gebaut worden waren, abglitt und die Unmöglichkeit, mir ihr Inneres vorzustellen, hatten mich für Minuten merkwürdig orientierungslos gemacht.

Diese drei Offenbarungen, sagte Dariusz, sind Botschaften der Jungfrau Maria. Drei Kinder bekamen sie in der Nähe des portugiesischen Ortes Fátima, während sie eigentlich Schafe hüten sollten, in einer Höhle übermittelt, an drei kurz aufeinanderfolgenden Tagen im Jahr 1916. Die erste Offenbarung geht ungefähr so, sagte er und stützte sich dabei mit dem Ellbogen auf dem Regal mit den Chips und Erdnussflips ab: Unsere Liebe Frau zeigte uns ein großes Feuermeer, das in der Tiefe der Erde zu liegen schien. Eingetaucht in dieses Feuer sahen wir die Teufel und die Seelen, als seien es durchsichtige, schwarz oder braun glühende Kohlen in menschlicher Gestalt. Sie trieben im Feuer dahin, wurden emporgeworfen von dem Rauch und den Flammen, die aus ihnen selbst hervorbrachen. Sie stoben nach allen Richtungen, wie Funken bei gewaltigen Bränden, ohne Schwere und Gewicht, unter Schmerzensgeheul und Verzweiflungsschreien.

Was soll das bedeuten?, sagte ich. Was willst du mir damit sagen?

So viel zur ersten Offenbarung, sagte Dariusz. Und nun die zweite: Ihr habt die Hölle gesehen, wohin die Seelen der armen Sünder kommen. Um sie zu retten, will Gott in der Welt eine Andacht für mein unbeflecktes Herz abhalten. Wenn man tut, was ich euch sage, werden viele Seelen gerettet werden, und es wird Friede sein. Wenn man aber nicht aufhört, Gott zu beleidigen, wird unter dem Pontifikat von Papst Pius XI. ein anderer, schlimmerer Krieg beginnen.

Was hat das mit irgendwas zu tun?, fragte ich.

Alles hat mit allem zu tun, sagte Dariusz.

Ich schüttelte den Kopf. Ich spürte Ärger in mir hochsteigen.

Dariusz hob einen der Bierkästen, die zu einem Turm gestapelt waren, und stellte ihn auf einen Nachbarturm. Er nahm aus dem Kasten darunter drei Flaschen und sortierte sie, mit dem ganzen Arm im Kühlregal verschwindend, in die vorgesehene Reihe ein.

Im antiken Karthago stand auf einem zentralen Platz der Stadt eine riesige Statue aus Bronze, sagte er. In ihrem Bauch wurde rund um die Uhr ein Feuer unterhalten. Es war das Bildnis des Fruchtbarkeitsgottes Baal, dem im Grunde für alle Schöpfung, auch für die jährliche Ernte auf den Feldern, gehuldigt wurde. Die Figur stand mit erhobenen Armen, ihre Handflächen waren zum Himmel gerichtet. Aber Baal konnte, der Überlieferung zufolge, neben der menschlichen Gestalt auch die Gestalt eines Stieres annehmen, und wenn es donnerte, dann glaubten die Karthager, dass es Baal sei, der galoppierte, und auch der Regen war für sie ein Beweis für die Gewaltigkeit des riesigen Himmelsstiers.

In den Handflächen der Statue befand sich je eine Rinne, die über die Unterarme in den Leib und in den Magen der Konstruktion führte, wo das ewige Feuer brannte. Einmal im Monat wurde dem Gott ein Säugling in die Hände gelegt, als Opfergabe, um ihn gütig zu stimmen. Das Baby rutschte langsam über die auf Hunderte Grad erhitzte Rinne in den Körper des Gottes und in seinen Magen, wo es bei lebendigem Leib verbrannte.

Das ist furchtbar, sagte ich.
Eben, sagte Dariusz.

Die Wohnung

Zwei Wochen später war Dariusz nicht zu seiner Schicht erschienen, und er ging nicht ans Telefon. Ich hatte die Kasse an Johanna übergeben und machte mich auf den Weg zu seiner Wohnung, von der er mir erzählt hatte, dass sie genau gegenüber einem Kiosk lag, an einer Straßenecke, die ich kannte. Ich fand seinen Namen auf der Klingel neben der Haustür, klingelte mehrmals und wollte schon wieder gehen, als es in der Gegensprechanlage knackte und der Schließmechanismus summte.

Durch den Hauseingang gelangte ich in den Hinterhof und durch diesen zum Gartenhaus, wo eine Treppe zu einer Souterrainwohnung hinabführte, deren Tür offen stand.

Hinter der Tür öffnete sich ein dunkler, enger Wohnungsflur. Dariusz saß am Ende dieses Flurs in der Küche. Oder vielmehr saß er nicht, sondern er hing halb auf dem Stuhl, halb rutschte er hinunter, während er sich an der Tischplatte festhielt.

Nur keine Aufregung, sagte er. Ich habe mir freigenommen, das wird man doch noch dürfen.

Ich musste über mehrere leere Töpfe auf dem Boden

steigen, um zum Tisch zu gelangen. Durchs Fenster, das unter der Decke eingelassen war, konnte ich die Hosenbeine einer Frau sehen, die bei der Mülltonne stand und einen Müllbeutel in der Hand hielt. Ich hörte den Deckel der Mülltonne zufallen und sah, wie die Frau den Hof durch den Hausdurchgang verließ.

Fräulein Breitmeyer, sagte Dariusz. Studentin der Romanistik. Ein wunderschönes Kind.

Er trug ein Pyjamaoberteil, ein gelbes mit grünem Seitenstreifen, dazu nur Unterhose und Socken. Der Geruch, der in der Küche hing, kam – so schien es mir jetzt – nicht aus den Töpfen auf dem Boden und auch nicht von den benutzten Tellern, die in der Spüle und auf der Arbeitsfläche standen. Ich hatte das Gefühl, dass er von hinter dem Herd hervorstieg, dem die Verkleidung fehlte, sodass die Armaturen offen lagen. Er kam von hinter dem Waschbecken, von hinter den Hängeschränken, die irgendwie lose von der Wand abstanden und nach vorn gekippt hingen, er schien zwischen der Küchenwand und den Rückseiten der Schränke zu sitzen, in einem Eck, das seit Jahren von diesen Möbeln verdeckt wurde, die nachlässig zusammengebaut wirkten, von Wohnung zu Wohnung mitgeschleppt, in der ersten noch neu und auf dem höchsten technischen Stand, heute nur eine Erinnerung an diese Zeit.

Es ist ja nicht so, dass irgendwer auf eine konkrete, direkte Weise schuldig wäre, sagte Dariusz mit weinerlicher Stimme und zog sich am Tisch wieder halb hoch.

Sein Gesicht war wie an dem Tag, als ich ihn auf dem

Friedhof getroffen hatte, verquollen und versteinert, als wäre er zusammengeschlagen worden. Im Licht der Glühbirne über dem Küchentisch, die den Raum kaum beleuchtete, wirkte er der Welt der normalen, arbeitstätigen Menschen enthoben. Ich kam mir vor, als säßen wir in der Kajüte eines Schiffs.

Ist ja kloar, sagte er in stärker als sonst hörbarem bairischen Dialekt, der für mich auf einmal klang wie eine Imitation, wie die Parodie einer Sprachfärbung aus dem Süden, die er aber nicht mit Absicht oder gar aus Spaß aufzuführen schien, sondern in die er, dem ernsthaften und angestrengten Ausdruck seiner Augen nach zu urteilen, eher verfiel. Es war, wie ich dachte, dasjenige Deutsch, das er sich nach seiner Ankunft in Deutschland angeeignet hatte, die Ur-Imitation, die nun, da er betrunken war, wieder an die Oberfläche kam.

Ist ja kloar, dass niemand schuld ist, sagte er.

Woran?, fragte ich.

Es kann ja auch keiner schuld sein, sagte er. Aber man kann sich schon fragen, und man muss sich das sogar fragen, wenn man die Muße und die Eier dazu hat, hier in meinem Alterssitz, Casa Dariusae, warum er überhaupt dort gewesen ist, in Bolivien, am anderen Ende der Welt, was er dort wollte.

In Bolivien?, sagte ich.

Dariusz fasste mich ins Auge. Erst jetzt schien er sich der Situation und meiner Anwesenheit hier bewusst zu werden, und er streckte den Rücken durch, griff nach der Tischkante. Ich stand auf und nahm ein Glas von der

Spüle, in das ich Wasser aus dem Hahn füllte. Ich reichte es ihm, und er trank es in einem Zug aus.

Man muss sich fragen, was ihn dazu gebracht hat, sein Leben hier abzubrechen, sagte er nach einer Weile, als hätte er schon wieder vergessen, dass ich da war. Sein Studium auszusetzen und sich ein Ticket nach Amerika zu kaufen, um zwei Jahre lang an der Küste entlang nach Süden zu reisen und schließlich in Bolivien zu entscheiden, dass er dort heiraten, Kinder bekommen und für immer bleiben will. Diese Frage kann man sich stellen, sagte Dariusz mit Tränen in den Augen und in weinerlichem Ton. Dieser Ton berührte mich so unangenehm, erfüllte mich mit einem solchen Widerwillen, dass ich das Bedürfnis verspürte, die Wohnung zu verlassen und sofort in die helle Welt an der Oberfläche zu fliehen.

Ich habe seinen Kopf gehalten, am 27. Mai 1983 im Woiwodschaftskrankenhaus in Lublin, um 7 Uhr 13 am Morgen, sagte Dariusz. Ich hatte extra meine Schicht getauscht und eine Nachtschicht direkt nach einer Spätschicht gemacht, um dabeizusein. Und dann habe ich in meiner Hand diesen viel zu kleinen Kopf gehalten, und er hat mich angeschaut, schockiert, aber auch gespannt darauf, was das alles bedeutete, was er nun von mir zu erwarten hätte, und ich habe sofort gewusst, dass ich ihn nur enttäuschen kann, dass die Hoffnung, die in diesem Blick liegt, nicht zu erfüllen ist, weil ich sein Vater bin, nicht jemand anderes, sondern ich.

Und nun muss man sich vorstellen, wie er untertaucht und durch eine Kraft, der er nicht genug entgegensetzen kann, nach unten gezogen wird, durch einen Sog, der stärker ist als er, stärker als die Kräfte, die er zu mobilisieren imstande ist – wie es ihn im ersten Moment vermutlich sogar erstaunt, dass er nicht mehr Herr der Lage ist. Wenn ich mir das vorstelle, dann will ich goar net mehr.

Er schniefte, richtete sich wieder auf, öffnete die Augen und schnitt mit der Hand durch die Luft, wie um sich selbst wachzuhalten.

Was weiß ich, sagte er und winkte ab. Dabei rutschte ihm das Kinn, das er hatte in die Hand stützen wollen, zur Seite weg. Ist doch egal, sagte er und lachte.

Ich kenne einen gewissen Jürgen, sagte er dann. Der weiß genau, wohin man fahren und wen man treffen müsste an einem Ort in Tschechien, und schon hätte man eine Pistole. Eine schöne Walther, eine schöne Makarov. Nachts aufwachen, mit dem Druck auf der Lunge, keine Luft bekommen, ersticken. Und dann einfach nach rechts greifen, zum Nachtschränkchen, und die schöne Pistole in die Hand nehmen, meine ganz persönliche schöne glatte schwarze Pistole, und sie mir an die Schläfe halten, um ohne nachzudenken abzudrücken, zack, du ekelhafter Wichser, weg mit dir, du ekelhaftes Nichts, endlich Ende, Dreck du, du Abfall.

Er stemmte sich hoch, stieß sich vom Tisch ab und machte einen Schritt auf Arbeitsplatte und Spüle zu. Seine Hand griff in die offen stehende Besteckschublade, in der die Messer klirrten, aber bevor ich überhaupt reagieren konnte, polterte es metallisch – er war über einen der Töpfe gestürzt und riss im Fallen die Schublade mit sich, sodass ihr Inhalt sich scheppernd über ihm ausleerte.

Arschloch, wimmerte er dort auf dem Boden, schniefte. Dann drehte er sich auf alle viere. Ein Speichelfaden lief ihm aus dem Mund auf seinen linken Handrücken.

Du darfst dich doch nicht umbringen, sagte ich und wunderte mich, wie hohl und unglaubhaft das klang.

Warum nicht?, fragte er dort unten auf dem Boden. Warum sollte ich hierbleiben?, fragte er und begann wieder zu weinen, und mir schien es plötzlich, als genügten ihm diese Frage und seine Tränen vollauf, als genieße er in Wahrheit seine eigene körperliche Reaktion, dieses Herumkriechen auf dem Boden. Meine Gegenwehr, dachte ich, hat lediglich auf die von ihm ersehnte Art genau die richtige Schleuse geöffnet, sodass er nun durchgeschüttelt werden kann, dort unter mir, sein Körper endlich für ihn schluchzt und nicht er für seinen Körper, dass sein Körper ihm mit jeder Entladung der darin aufgestauten Energie ein wenig mehr Genugtuung und Befriedigung verschaffen, ihn noch tiefer ins Selbstmitleid hineinziehen und ihn dadurch erleichtern kann.

Ich fragte mich, was ich hier eigentlich suchte. Was machte ich hier mit einem Wildfremden, mit dem mich nichts verband, außer dass wir in derselben Tankstelle arbeiteten. Was interessierte mich das alles überhaupt? In mir wuchs eine Verärgerung, die ich mir nicht erklären konnte. Ich war wütend auf mich selbst.

Du hast gar nichts zu erwarten, sagte ich. Niemand hat etwas zu erwarten. Die Leute sterben zufällig, so zufällig, wie sie geboren werden. Egal, was du machst, dein Sohn ist tot und wird tot bleiben. Es gibt nichts, was noch kommen könnte. Und selbst wenn – auch dieses letzte Gute am Ende würde nichts bedeuten, es läuft auf nichts hinaus als auf die Leere, auf die totale Abwesenheit von Sinn.

Dariusz hatte aufgehört zu wimmern. Ich stand über ihm, er war überraschend ruhig geworden. Er rappelte sich auf, zog sich am Randstück der Küchenablage hoch und blieb, nur leicht schwankend, genau unter der Glühbirne stehen, die den Scheitel seines Kopfes berührte.

Ja, sagte er. So ist das wirklich.

Seine Schultern waren nach vorn gefallen. Sein Gesicht sah immer noch grau und verbraucht aus, aber ich meinte eine Regung darin zu entdecken.

Ja, sagte er und klang nicht mehr betrunken, er klang überraschend klar.

Ich schämte mich für meinen idiotischen Ausbruch und wollte etwas sagen, das einen Ausblick eröffnen könnte, aber mir fiel nichts ein. In diesem Augenblick schien mir nicht nur sein Leben ausweglos leer und jeder Perspektive beraubt, sondern auch mein eigenes, denn meine Eltern würden sterben, meine Schwester würde sterben, Veronika und ich würden sterben. Aber er stand nur da, blickte mich an und sagte: Ja, du hast recht.

Ich ging gestern, sagte er dann und wirkte auf einmal erheitert, als wäre ihm ein Witz eingefallen, durch die

Badstraße, ich war schon fast am Gesundbrunnen-Center.

Er drehte sich zum Kühlschrank, holte einen Tetrapak mit Apfelsaft heraus und begann mit zitternden Händen zwei Gläser einzuschenken, die er von der Spüle genommen und auf die Arbeitsfläche gestellt hatte.

Dort sah ich, sagte er, zwischen zwei Säulen an einer verrußten Wand einen Mann, der neben sich mehrere Taschen und einen großen blauen Plastiksack von IKEA aufgeschichtet hatte. Vor sich hatte er, mitten auf dem Gehsteig, einen kleinen Hocker und darauf eine Blechdose abgestellt, in der ein paar Münzen lagen. Hinter ihm an der Wand lehnte ein silbernes Treckingrad mit zwei Satteltaschen von einer hochwertigen Marke. Der Mann lehnte an der Wand zwischen den zwei Säulen, nippte an einem Pappbecher und rauchte eine Zigarette, alles in allem wirkte er gutgelaunt. Er sprach mit einem anderen, dicklichen Mann, der ein grünes Barett und eine passende Tarnjacke trug, dazu kurze Hosen und Sandalen mit bis zu den Knien hochgerollten Strümpfen. Aber auch dieser Mann wirkte nicht arm, im Gegenteil. Beider Kleidung, Frisuren und Bärte waren gepflegt.

Ob ihm überhaupt jemals jemand etwas in seine Dose hineinlege, fragte ich den zwischen den Säulen. Er sagte:

Das kommt mit einer angenehmen Regelmäßigkeit vor. Warum fragen Sie?

Weil Sie mir nicht besonders bedürftig vorkommen, sagte ich und er:

Woran ich das abzulesen meine?

An dem teuren Fahrrad, zum Beispiel, sagte ich.

Und da sagt er zu mir, dass er sich das Fahrrad auch von einem Freund geliehen haben könnte.

Oder es ist gemietet, sagte der andere, der gar keine Jacke trug, wie mir in diesem Moment auffiel, sondern eine Tarnweste mit Militärmuster; die Ärmel gehörten zu einem langärmeligen Hemd darunter, das dasselbe Militärmuster hatte.

Genau, ich könnte es gemietet haben, sagte der an der Wand. Habe ich aber nicht. Ich habe Geld gespart und es mir gekauft. Es ist doch meine Sache, was ich mit meinem Geld mache, oder?

Dariusz lachte. Kannst du dir das vorstellen?, sagte er. Ich meine, irgendwie hat er ja recht.

Er hatte die zwei Gläser mit Mineralwasser aufgefüllt, reichte mir eines und nahm einen Schluck aus dem anderen. Das schmeckt gut, sagte er und wischte sich über den Mund. Gott, schmeckt das gut. Findest du nicht auch?

Ja, finde ich auch, sagte ich.

Es ist das beste Getränk, das es gibt. Ein Hoch auf die Deutschen.

Ich muss langsam nach Hause, sagte ich.

Okay, sagte er. Ich könnte dir eine neue CD vorspielen, wir könnten uns noch kurz ins Wohnzimmer setzen.

Ich muss leider los, sagte ich. Nächstes Mal vielleicht.

Okay, sagte er und nickte.

Ich stellte mein Glas auf die Ablage, ging an Dariusz vorbei und trat in den Wohnungsflur. Bis bald, sagte ich, während ich schon die Tür öffnete.

Du hast gar nicht ausgetrunken, sagte Dariusz.

Ich hatte keinen Durst, sagte ich. Ich muss leider los.

Mich überflutete ein Gefühl der Erleichterung, als ich endlich den Hof überquert hatte und durch den Hausflur des Vorderhauses auf die Straße trat. Ich überquerte die Fahrbahn. Zwei Männer, die mir entgegenkamen, sprachen lachend miteinander. Die Ordnung der an der Ampel gereihten Autos, jeweils von einer Person gesteuert, bunt, glänzend, ihr geregeltes Anfahren und die klare kalte Luft, das grelle Licht – alles erschien mir plötzlich so einmalig, so fröhlich.

Ertrinken

Am Wochenende machten Veronika und ich eine Wanderung entlang des Zeuthener Sees. Die Blätter an den Zweigen hatten sich fast vollständig entfaltet, es war die Zeit im Jahr, da das Grün der Bäume am hellsten war. Wir aßen zu Mittag in einer Gaststätte, in der die Servietten zu Hütchen aufgestellt standen. Wir waren die einzigen Gäste. Das Licht, das vom See kam, ließ das weiße Tischtuch strahlen, es blendete. Auf dem See waren Segelboote zu sehen, die sich sehr langsam bewegten, es gab fast keinen Wind. Sie folgten einander in einer Linie, die eine Acht beschrieb, um zwei orangefarbene Bojen, und die Gestalten, die an den Seilen hantierten und den Baum ruckartig von einer Seite zur anderen zogen, schwankten und waren sich im Weg.

Dariusz hatte sich offenbar für zwei Wochen krank gemeldet. Ich besuchte ihn nach einer Morgenschicht in seiner Wohnung. Es war Mittag, als ich klingelte.

Gut, dich zu sehen, sagte er. Ich möchte mich für meine Entgleisung entschuldigen. Ich hoffe, du bist mir nicht böse.

Seiner Aussprache war keine Abglättung anzuhören,

seine Gesichtszüge wirkten beweglich, sein Blick intelligent. Wieder schenkte er uns in der Küche Apfelsaft und Wasser ein, und ich folgte ihm in den Nebenraum, wo ein durchgesessener Polsterstuhl aus grünem, rissigem Leder stand und dazu, an der Wand unter dem Fenster, ein Sofa mit rotem Samtbezug. Mein Blick wanderte über das Regal neben dem Sessel, und ich entdeckte zwischen den Buchrücken und ein paar Papierstapeln drei Fotos, die dort in einem Halbkreis aufgestellt waren. Sie zeigten jeweils einen Mann, eine Frau und einen Jugendlichen. Davor brannte ein Teelicht in einem Halter aus grünem, blasengefüllten Glas.

Dariusz schob mit einem Fuß die CD-Hüllen auf dem Dielenboden zur Seite, und ich setzte mich auf das Sofa. Er ließ sich in den Sessel sinken, lehnte sich zurück und streckte das Bein mit der Schiene aus.

Wie geht es dir? Wie läuft es in der Tankstelle? Vermisst ihr mich schon?, fragte er.

Dein Name ist ein paarmal gefallen, sagte ich.

Ich schaute die Fotos im Regal an. Zwei von ihnen zeigten offenbar Dariuszs Eltern in Schwarzweiß, noch in jungen Jahren. Sein Vater hatte dunkles Haar, seine Mutter sah hell und mädchenhaft aus. Der Jugendliche auf dem dritten Foto hatte, anders als Dariusz, leuchtend schwarzes Haar und dichte schwarze Augenbrauen. Er sah Dariusz auf den ersten Blick nicht ähnlich, aber doch meinte ich etwas in seinen Augen zu entdecken, das ihn mit Dariusz verband. Er hatte eingefallene Wangen, blickte aber sanft und optimistisch drein.

Dariusz balancierte die Hülle einer CD auf seinen Knien und ordnete darauf Tabak in ein Blättchen. Er hob das Blättchen mehrmals an, wobei ihm der Tabak verrutschte und auf die CD-Hülle hing und dann ganz rausfiel. Mehrmals legte er den Tabak ins Blättchen zurück und ordnete ihn mit den Fingern, in denen er offenbar überhaupt kein Gefühl hatte. Er gab jedoch nicht auf und schaffte es schließlich, das Blättchen zum Mund zu führen, es anzulecken und das viel zu voll gestopfte Gebilde zuzukleben. Er lehnte sich zurück und kramte zwischen zwei überfüllten Aschenbechern auf dem Glastisch neben sich ein Feuerzeug hervor und zündete die Zigarette an.

Übrigens, sagte er und schnellte ruckartig aus seinem Sessel hoch und setzte sich vor mir auf den Boden. Er beugte sich vor, die CD-Hüllen klackerten, als er sie auf den Dielen verschob. Über dem Bund seiner violetten Jogginghose konnte ich die Unterhose sehen.

Du musst dir meine Lieblingsmädels anhören. Das ist jetzt genau das Richtige. Kennst du sie?

Wen denn?, fragte ich.

Wen denn, rief er. Du Blödmann. Natürlich die Göttinnen!

Er warf mir, nachdem er die CD herausgeholt hatte, die leere Hülle zu, die ich gerade noch so auffing.

Es gibt Gott, das ist Johann Sebastian Bach, sagte er. Und es gibt diese drei Mädels.

Auf dem Cover waren drei junge Frauen zu sehen vor einer Wand aus einer Art Plastikmagma mit pastellgrün darin aufscheinenden Einschlüssen. Die Mädchen, alle drei mit dunkler Hautfarbe und akribisch geflochtenen Zöpfen und Zöpfchen, standen eng beieinander und hielten sich an den Schultern umschlungen.

Habe ich für 1,99 Euro im Media Markt gekauft, sie lag auf einem der Wühltische, sagte Dariusz.

Er beugte sich zur Stereoanlage, und die Schublade mit der silbern glänzenden CD fuhr ins Gerät zurück. Kurz darauf erklang das Lied mit einem wogenden und durch Blechbläser unterstützten mystisch-melodischen Refrain. Eine Frauenstimme besang den Wasserfall, dem man nicht hinterherjagen solle. Dann übernahm eine rau rappende zweite Frauenstimme, die irgendwie lebensfroh und engagiert klang und mit einer Zeile endete, in der ich zu verstehen meinte: «Believe in yourself, the rest is up to me and you.»

Ja, ja, sagte Dariusz, stand auf und setzte sich zurück in den Sessel, und wir hörten dem Lied zu. Er lächelte dabei verträumt, er schien es wirklich zu mögen. Auch ich kannte das Lied. Es erinnerte mich an die 90er Jahre, an meine Jugendzeit, in der, wie ich dann dachte, auch Dariuszs Sohn jung gewesen sein musste.

Gestern, spätnachts, habe ich zufällig in einen Film reingeschaltet, sagte Dariusz. Vielleicht kennst du ihn, ich habe mir leider den Titel nicht gemerkt. Es ging um drei Brüder, die im Süden der USA während der Prohibition einen Alkoholhandel organisieren und immer wieder Probleme mit einem Agenten der Regierung haben. Einer der Brüder, der aus dem Krieg zurückgekommen und seitdem sehr schweigsam ist, nimmt eine ehemalige Prostituierte aus Chicago bei sich auf, die vor ihrem Zuhälter bis in den Süden geflohen ist. Dieser Bruder gibt ihr in einer seiner Bars eine Stelle als Kellnerin. Besonders schön fand ich die Beziehung zwischen den beiden. Es herrschte so eine Art gegenseitiges Verständnis zwischen ihnen, obwohl sie sich niemals körperlich näher kamen. Und weil diese Beziehung so zart und traurig war, erschienen mir auch diese südlichen Landschaften im Film schön, obwohl es dort nur Sümpfe und staubige Straßen gab. Aber sie waren trotzdem schön.

Artur

Dariusz hatte versucht, etwas über die Umstände herauszufinden, in denen sein Sohn in Bolivien gestorben war. Endlich hatte er einen seiner Freunde ausfindig gemacht, Thomas, mit dem sein Sohn während der Schulzeit in einer Band gespielt und der ihn offenbar in Bolivien besucht hatte. Dieser Freund erzählte Dariusz, Artur habe an einem See in einem selbstgebauten Haus gelebt. Die Elektrizität solle er ohne Genehmigung aus dem nahegelegenen Dorf abgezapft haben. Ein Haus aus Holz, an jenem See, in dem man Artur, nachdem er von einer Party im Dorf nachts allein aufgebrochen war, am nächsten Morgen gefunden hatte. Der Ort hieß Mikojeni, er lag zwischen Hügeln, südwestlich von Santa Cruz.

Ich wollte von Anfang an dorthin reisen, sagte Dariusz, aber es dauerte eine Weile, bis mir das gelang.

Einmal in meinem Leben habe ich etwas vielleicht Vergleichbares erlebt, während eines Urlaubs am Atlantik, in der Nähe von Brest in der Bretagne. Es kam eine Flut, eine sogenannte *rip tide*, die im Französischen, wie ich vom Bademeister danach erfahren habe, als *baïne* bezeichnet wird. Eine solche Flut kann in der Nähe von

Sandbänken durch das kanalisierte Abfließen von parallel zum Strand strömendem Meereswasser entstehen, bei bestimmten Windrichtungen und quer zum Strand verlaufenden Wellengängen. Damals wurde sofort der Strand gesperrt, was ich jedoch ignorierte, weil ich das Gerede von diesen starken Strömungen, die angeblich alles und jeden mit sich hinaus aufs Meer ziehen, für bloße Märchen hielt. Ich hatte Glück, dass am Strand zwei Rettungsschwimmer waren, die mich mit einem Scooter rechtzeitig herausfischten.

Der Sog der *baïne* machte mich innerhalb von einer halben Minute so kraftlos, dass ich mich nicht mehr wehren konnte. Meine Muskeln waren vollkommen erschöpft, sie taten nicht mehr, was ich wollte. Ich stand bis zum Hals im Wasser und wurde hinausgezogen, weg vom Strand. Ich versuchte, die Füße gerade noch so auf dem Sandboden, dagegen anzukämpfen und auf den Strand zuzugehen. Aber es war nicht möglich – die Kraft, die von hinten an mir zog und mich ins Meer saugte, war stärker. Ich begriff zum ersten Mal in meinem Leben, dass ich nichts tun konnte, dass ich hilflos war. So wie diesen Sog stelle ich mir den Sog vor, der ihn nach unten zog und seine Gegenwehr erschöpfte und vor dem ihn, anders als in meinem Fall, niemand retten konnte.

Ja, sagte Dariusz, in seinem Sessel sitzend. So muss man sich das wohl vorstellen. Was weiß denn ich, was ihm in dem Moment durch den Kopf ging. Dass nun alles entschieden ist, seine Existenz, das Leben bis zu diesem

Moment, von der Geburt bis zu dieser Reise und den zwei letzten glücklichen Jahren mit einer Frau, die er liebte, an dem Ort, der Mikojeni heißt, zu Ende? Er beschließt vielleicht trotz dieser Einsicht, nicht aufzugeben, den Mund nicht zu öffnen, nicht einzuatmen, der wachsenden Forderung seiner Lungen nicht nachzugeben, sondern gegen den Sog anzukämpfen, sich gegen die Kraft zu stemmen, zu versuchen, doch noch nach oben zu kommen.

Und dann Wasser in den Alveolen. Hypoxämie, der Sauerstoffpartialdruck im Blut sinkt, Hypoxie.

Ich wache manchmal nachts auf, nicht mehr so häufig, aber es kommt noch vor, und dann durchlebe ich den Augenblick, in dem er aufgibt, in dem er einatmet und sich seine Lunge mit Wasser füllt. Sein Bewusstsein setzt aus, weil sein Gehirn keine Aktivität mehr produziert. Es ist dieser Moment, der letzte Moment, bevor Artur nicht mehr da ist. Mein Herz rast. Ich steige aus dem Bett, gehe im Zimmer umher, greife nach der Lehne des Stuhls, nach der Schranktür, ich will es verhindern. Aber ich kann nicht, es ist geschehen, man kann es nicht rückgängig machen. Der Augenblick ist unumkehrbar vergangen, er ist fort, für immer aus der Welt verschwunden. Und so stehe ich nur im Zimmer und starre in die Dunkelheit. Aber das Schlimmste ist, dass alles nur in meiner Vorstellung stattfindet. Wie es für Artur in diesem Moment wirklich war, liegt außerhalb meiner Vorstellungskraft, ich kann es bei keinem Mal greifen, ich kann es nicht sehen, nicht fühlen, ich kann nicht dort sein, bei ihm, in diesem Augenblick, in dem es passiert, ich kann nicht er sein.

Wir saßen schweigend da. Dariusz rauchte. Die CD war zu Ende, Stille breitete sich aus.

Ich muss das alles nicht übertreiben, sagte er. Ich bin nicht der erste Mensch auf der Welt, dessen Ehe nicht funktioniert hat. Schon eine Woche nachdem wir in unsere erste Wohnung bei Landshut gezogen waren, in die Nähe des Krankenhauses, in dem ich eine Stelle als Assistenzarzt bekommen hatte, hielt ich es mit ihr nicht mehr aus. Mit ihr als Person – ich begriff nun, dass ich sie nicht liebte. Ein Gespräch mit ihr, egal ob über Musik, Literatur oder über Artur und wie wir ihn erziehen sollten, trieb mich zur Verzweiflung, löste Panikattacken bei mir aus. Die Aussicht, dass dies nun mein Leben sein würde, für die nächsten fünfzig Jahre und bis ans Ende, war nicht auszuhalten. Meine Stelle am Allgemeinen Krankenhaus in Lampertsheim hatte ich Ursulas Bemühungen zu verdanken, die den Chefarzt, Dr. Kolanko, kannte. Aber selbst diesen Bereich wollte sie vollständig kontrollieren. Sie wusste, dass ich Ursula mochte. Sie rief fast täglich in der Klinik an, um in Erfahrung zu bringen, ob ich angekommen war und ob ich an diesem Tag wirklich Dienst hatte. Einmal versteckte sie meine Autoschlüssel, weil sie nicht glaubte, dass ich zur Arbeit fahren wollte, und ich musste den Bus nehmen. Es ist für mich heute schwer zu sagen, ob meine Angstzustände damals begannen, weil ich die Dienste im OP und den Terror zu Hause nicht mehr aushielt, oder ob ich Angstzustände und Panikattacken bekam und daraufhin dem Druck im OP und dem Terror zu Hause nicht mehr standhielt.

Die einzigen Momente, in denen ich damals glücklich war, waren die bei Klaus und Ursula zu Hause oder wenn Ursula und ich an einem meiner freien Tage einen Ausflug machten und ich ihr meine Sorgen erzählen konnte. Dass mir das guttat, verstand Marzena nicht.

Der Arzt, zu dem ich gehen musste, nachdem ich betrunken in eine Verkehrskontrolle geraten war, hat später behauptet, er könne Ursache und Wirkung ganz eindeutig bestimmen. Ich hätte Angstzustände und Panikattacken aufgrund einer angeborenen Disposition, auch attestierte er mir einen gestörten Alkohol-Metabolismus, der durch den Konsum von Schlafmitteln und Antidepressiva zusätzlich aus dem Gleichgewicht gekommen war. Deshalb, sagte er, vertrüge ich keinen Stress und bräuchte immer mehr Alkohol, mehr Schlaftabletten und mehr Antidepressiva. Er war der Ansicht, dass meine Familie die einzige Struktur darstellte, die mir Halt gab, und dass ich unbedingt alles daransetzen müsse, mir dieses stabilisierende familiäre Umfeld zu erhalten.

Diese Jahre waren schlimm. Ich konnte an nichts anderes denken als an andere Menschen, an andere Leben, die ich leben wollte. Ich erinnere mich an einen Nachmittag im Englischen Garten in München, wo ich eine Prüfung vor der Ärztekammer ablegen sollte, für eine Spezialisierung im Rahmen meiner Facharztausbildung. Nach der Prüfung, die sehr gut gelaufen war, ging ich spazieren. Der Frühling war vorzeitig angebrochen, der warme Föhn wehte von den Alpen. Ich war vor der Prüfung sehr aufgeregt gewesen, hatte nicht schlafen können und im Geiste stundenlang deutschsprachige Formulierungen wiederholt. Aber danach, sobald ich aus dem Gebäude zwischen all den Jugendstilvillen, von denen man sich gut vorstellen kann, dass sie einst von hochrangigen Nazis und deren Familien bewohnt worden sind, in den Nachmittag getreten war, überfiel mich ein Gefühl der Leere, das mir den Magen zuschnürte.

Ich überquerte die Isar und setzte mich auf eine Bank an der großen Wiese, direkt hinter einem Biergartenkiosk und einem Kinderspielplatz. Ich schaute mir die Leute an, die dort auf Decken lagen oder Frisbee spielten. Ich konnte kaum glauben, dass es wieder warm geworden war. Dass in den Baumkronen wieder stattfand, was während der letzten drei grauen Monate unmöglich erschienen war, dass es sich aus einem Keim, fast aus dem Nichts entfaltete in Form von Pieplauten, Tschilpen, Trällern und der Geburt der ersten Mückchen und kleinsten Fliegen. Und mich ergriff, während ich über die Wiese schaute, eine große Sehnsucht. Ich wollte mich, während ich eine Frau, ein paar Jahre jünger als ich, beim Fangen einer Frisbee-Scheibe beobachtete, sofort in sie verlieben und mit ihr schlafen. Ich wollte eine andere, die in schwarzen Jeans und einem schwarzen T-Shirt auf einer Decke sich gerade von einer Seite zur anderen drehte, sodass ihr Becken sich in einer hügelartigen Rundung hob, mit meinem Schoß von hinten bedrängen. Ich wollte in diesem Augenblick unbedingt in sie verliebt sein und in sie eindringen, und zwar ungeschützt. Ich wollte sie schwängern. Ich wollte, so fühlte ich, all diese Frauen schwängern. Dann aber dachte ich, dass der Moment schnell vorbei wäre, dass ich das Gefühl der Befriedigung nur sehr kurz verspüren würde. Danach hätte ich es mit der konkreten Person zu tun, mit einem Menschen, in dessen Leben ich eingetreten wäre. Ich würde erfahren, was diesem Menschen wichtig war, wie er dachte, welche Beziehung zu seinen Eltern, welche Gewohnheiten, welche Ängste, welche Vorstellungen von der Zukunft und welche Hoffnungen er hatte.

So, wie ich mich, da ich mit Marzena schon seit über sieben Jahren nicht mehr geschlafen hatte, nutzlos und leer fühlte, so kam mir die Aussicht auf jede folgende Beziehung zu einem echten Menschen nutzlos und leer vor, nur in der Vorstellung interessant. Denn was war Verliebtheit anderes als eine Illusion, so dachte ich. Ich dachte es, und im selben Moment entdeckte ich eine kleine, aber doch faktische Erleichterung in mir. Ich sitze hier, dachte ich, auf dieser Bank, hinter mir einen Biergartenkiosk und einen Spielplatz, alles fängt wieder aus dem Nichts und von vorne an. Und doch bin ich selbst ein Jahr älter. Soll ich wirklich eine Annäherung an einen neuen Menschen auf mich nehmen? Soll ich all die anstrengenden Phasen, die das mit sich bringen wird, aufs Neue durchlaufen? Oder soll ich nicht lieber die Schwere der sich ansammelnden Jahre annehmen und mich dieser Schwere fügen?

Mir kam Marzena auf einmal sehr einsam vor. So einsam wie ich. Und grundsätzlich liebenswert als Mensch aus Urszulin, als Mensch aus dem Dreck, aus dem Schweinestall, von den Feldern, aus der Kirche mit den Prozessionen zu Mariä Himmelfahrt, aus der ewigen Ödnis der Provinz, aus der Bedeutungslosigkeit einer Welt, aus der auch ich letztlich kam. Sie kam mir einsam vor in ihrer Ungeschütztheit gegenüber dem ewigen Kreis der Wiederholungen, der eines Tages dann für uns beide unterbrochen werden würde. Insofern Marzena und ich in einer Sackgasse waren, so waren wir es immerhin zusammen.

Es ist doch komisch, dass jemand, der eine glückliche Kindheit und gute Eltern gehabt hat, der sich gern an seine eigenen Eltern erinnert, selbst kein guter Vater ist. Das ist doch erstaunlich. Gerade in letzter Zeit muss ich oft an meine Mutter und meinen Vater denken. Ich erinnere mich an gemeinsame Sonntagsspaziergänge in den Sachsenpark, darüber der «Luftkrieg der Tauben», wie mein Vater es nannte. Ich erinnere mich an Spaziergänge durch die Altstadt nach dem Kirchenbesuch am Sonntag, bevor es das von meiner Mutter am Morgen vorbereitete Mittagessen gab. Oder an die Ausflüge zum Zemborzycki-See. In diesen Erinnerungen ist immer Frühling, die Weidenkätzchen treiben aus den Zweigen, erste Vögel singen.

Ich durfte, sagte er nach einer Pause, Artur mehrere Jahre lang nicht sehen. Marzena hatte, trotz ihrer mangelnden Deutschkenntnisse und ihrem mangelnden Interesse an Musik, Literatur, an überhaupt allem aus der Welt außerhalb unseres sogenannten Zuhauses, eine erstaunliche Befähigung entwickelt, sich in behördlichen Bereichen zurechtzufinden, und ihr Scheidungsanwalt,

Dr. Rieser, schaffte es tatsächlich, mich als psychisch labil und unzuverlässig darzustellen.

Später, als Artur schon älter war, durfte ich ihn wieder sehen, aber nachdem ich an zweien seiner Geburtstage, weil ich so aufgeregt gewesen war, angetrunken aufgetaucht war, entschied er, den Kontakt zu mir abzubrechen. Er war schon selbst, wie seine Mutter, ganz gegen mich eingestellt. Er wiederholte ihre Floskeln, nannte mich egoistisch, womit er natürlich recht hatte, aber er wiederholte nur, was seine Mutter ihm täglich eingeflüstert hatte, er konnte nicht wissen, dass es wirklich stimmte.

Einmal begegnete ich ihm zufällig in der Stadt. Ich sah ihn schon von weitem mit einem Mädchen in seinem Alter an der Hand auf mich zukommen. Ich spürte plötzlich das Herz bis zum Hals schlagen. Aber dann wechselten sie die Straßenseite, und er sprach auf sie ein und gestikulierte, als müsste er ihr dort in einem Schaufenster etwas besonders Interessantes zeigen, und ich war mir nicht sicher, ob er mich überhaupt gesehen und erkannt hatte. Ich traute mich nicht, nach ihm zu rufen, und so ging ich weiter und tat so, als hätte auch ich ihn nicht gesehen.

Einmal ging ich zu einem Handballspiel seines Vereins. Gott, ihn so zu sehen, konzentriert und ernst, hochgewachsen und schlank, mit dem schwarzen Haar seiner Mutter – er war ein normaler junger Mann, der mit seinen Freunden scherzte, der sich so verhielt, wie sie: nach einem Tor mit seinen Mitspielern einschlug, einem der Freunde auf die Schulter klopfte, weil er einen Strafwurf erzwungen hatte. Ich wohnte damals seit kurzer Zeit wieder in Lampertsheim. Ein paar Jahre zuvor hatte ich meine Approbation verloren, weil ich mehrmals angetrunken in den OP gekommen war, und ich hatte ein paar Monate im Gefängnis in Deggendorf zugebracht, weil ich dabei erwischt worden war, wie ich ein gefälschtes Rezept einlöste. In der Apotheke stellte einer der Beamten zu allem Überfluss mein gutes Schweizer Taschenmesser sicher, das ich immer bei mir trug, zum Öffnen einer Bierflasche oder für andere Notwendigkeiten. Der Apothekenbesuch war damit offiziell ein bewaffneter Raubüberfall.

Danach war ich, wie gesagt, ein halbes Jahr in Bedford bei meinem Bruder und arbeitete in der Küche des Luxushotels, aber ich hielt es dort nicht aus, denn ich wollte in der Nähe meines Sohnes und Marzenas wohnen. Auf einmal erschien mir meine Familie wie das eigentliche Glück im Leben, das ich verspielt hatte. Und so kam ich zurück und suchte mir in Lampertsheim eine Stelle in einer Restaurantküche.

Als ich Artur auf diesem Spielfeld sah, war ich tief getroffen, weil er aussah wie ein wirklich guter Junge. Er studierte damals in Regensburg, wohnte aber in Lampertsheim bei seiner Mutter. Als Kind war er sehr ruhig gewesen, aufmerksam, er hatte selten geweint oder seinen Widerwillen gegenüber äußeren Unannehmlichkeiten bekundet, als hätte er schon damals gemerkt, dass er an den Streitigkeiten zwischen seiner Mutter und mir niemals etwas würde ändern können. War das Mädchen, mit dem ich ihn gesehen hatte, seine Freundin? Spielte er noch Schlagzeug? Ich wusste nichts über ihn. Ich meinte, gehört zu haben, vielleicht von meiner Tante oder von Klaus oder Ursula, dass er ein guter Student war und einen Nebenjob an der Universität bekommen hatte. Aber ob das wirklich stimmte, wusste ich nicht. Ich suchte in seinen Zügen, im Publikum sitzend, nach einer Ähnlichkeit mit mir selbst, und ich bildete mir ein, dass ich sie deutlich sehen konnte in seinen Augen und Augenbrauen, in der breiten Stirn. Auch kam mir plötzlich die lebhafte Art und Weise, wie er seine Mitspieler anlachte, bekannt vor. Ich erkannte in ihr eine Form der überbewussten Lockerheit, die auch ich in meiner Jugend an den Tag gelegt zu haben glaubte – eine bestimmte Art, um die eigene Wirkung auf andere zu wissen, sich aber ganz unbeeindruckt zu geben, niemals zum Zuschauerrang hinaufzuschauen und sich doch bei jeder Körperbewegung der Blicke von dort oben bewusst zu sein.

Später habe ich begonnen, mich mit der mythologischen Literatur zu befassen. Ich las, dass Osiris anfangs kein vollständiger Mensch gewesen sei. Erst nachdem Seth dem Sohn des Osiris, Horus, ein Auge ausstach und es dem Vater übergab, konnte Osiris eine Seele bekommen. In Neuguinea gibt es ein Volk mit dem Namen Kukukuku, das seine Toten zunächst tagelang an ein Bambusgestell gebunden über einem Feuer trocknet und mumifiziert, um dafür zu sorgen, dass die bösen Geister in dem toten Körper verbleiben und nicht ins Dorf entweichen, was gewährleistet ist, wenn der Leichnam sich schwarz verfärbt. Dann wird er in einer mehrstündigen Prozession einen Berg hinaufgetragen, über gefährliche Steilwände bis zu einem Plateau am Gipfel, wo er neben die anderen Toten auf eine Bank gesetzt wird, damit er, den Felsen im Rücken, zusammen mit den dort aufgereihten Ahnen übers Land schauen kann. In ägyptischen Grabmalereien, wie ich sie einmal im Ägyptischen Museum auf einem Mosaik neben einer sogenannten Scheintür in der Grabkammer eines Beamten gesehen habe, wird die Seele des Menschen als Reiher dargestellt. Die griechischen Seelen schwirren als Fledermäuse über das Asphodelos-Feld im Hades. Und die jüdischen, christlichen und islamischen Engel sind auch nichts anderes als Vögel oder Fledermäuse, die über den Feldern der Europäer und Araber in der Luft stehen, das große geflügelte Unbekannte, das irgendwann einfach aufsteigt und davonfliegt.

Im Grunde aber war mir nichts wichtiger, als mich von diesen idiotischen Phantasien zu lösen, die nichts mit mir zu tun hatten. Ich wollte, bevor ich dort unten ankommen würde, an dem Ort, an dem er ertrunken war, so lange wie möglich in der normalen, heutigen Welt sein, die mit diesem Ort nichts zu tun hatte. Das ist der Grund, warum ich nicht direkt nach La Paz flog, sondern nach San Francisco, der ersten Station der Reise, die Artur drei Jahre zuvor unternommen hatte. Ich flog nach San Francisco und mietete am Flughafen ein Auto. Ich hatte mein ganzes, in einer Fabrik der Firma Bosch verdientes Geld auf ein dafür eingerichtetes Konto überwiesen, ich wollte die Route abfahren, die er genommen hatte, um zu sehen, was er gesehen hatte.

Dariusz beugte sich vor, stützte sich auf die Lehnen und drückte sich umständlich, das Bein mit der Schiene steif zur Seite drehend, aus dem Sessel.

Du bist hingeflogen?, sagte ich.

Ja, aber das ist eine andere Geschichte, sagte er. Ich will dich nicht länger aufhalten. Es ist schon spät.

In der Wohnung war es düster geworden. Dariusz knipste die Stehlampe neben dem Sessel an, obwohl man durch das Fenster unter der Decke sehen konnte, dass es draußen noch hell war.

Du hältst mich nicht auf, sagte ich.

Ich muss noch einkaufen gehen, sagte er und trat plötzlich von einem Bein aufs andere. Ich hab noch ein paar Sachen zu erledigen, sagte er und mied dabei meinen Blick. Weil er nun über mir stand, erhob ich mich.

Ich kann mit dir mitkommen, sagte ich.

Ich muss noch duschen, sagte er. Während er sprach, ging er schon in den Flur und wartete, dass ich nachkäme. Es war Punkt vier Uhr, wie ich mit einem Blick auf mein Telefon feststellte. Ich hatte den Eindruck, dass seine Nervosität auf die Minute genau eingesetzt hatte.

Wir sehen uns hoffentlich bald, sagte er an der Wohnungstür. In alter Frische.

Wann wirst du wieder arbeiten?, fragte ich.

Ich weiß nicht, ich fühle mich noch krank, sagte er, wieder ohne mir in die Augen zu schauen. Bis bald, sagte er und drehte sich nach hinten um, zur Küche, als wartete dort jemand auf ihn.

Bis bald, sagte ich. Bevor ich noch etwas anfügen

konnte, hatte er schon die Tür zugedrückt, und ich hörte, wie er sie von innen verschloss. Irritiert stand ich auf der Treppe im Innenhof. Schließlich wandte ich mich zum Gehen. Auch wenn ich zu wissen glaubte, was er so dringend zu erledigen hatte, war ich für einen Augenblick verwirrt ob seiner plötzlichen Nervosität, die mir eine körperliche Unruhe zu sein schien, eine rein körperliche Reaktion.

Amerika

In den nächsten Tagen wachte ich früh auf. Ich war unruhig und konnte nicht lesen, ich konnte mich auf nichts konzentrieren. Ich war froh, wenn meine Schicht in der Tankstelle begann. Das Bedienen der Kasse und das Einsortieren der Verpackungen in die Regale und das Putzen der Glastheke beruhigten mich. Nach der Arbeit ging ich in den Park und beobachtete die alten rumänischen Männer, die auf der Hauptwiese Boccia spielten und diskutierten. Einmal ging ich in das Viertel jenseits der Wollankstraße, wo vor den Automatenkasinos, den Spätkaufkiosks und den Kulturtreffs schwarze Männer standen, aber einzeln, jeder für sich, als würden sie auf etwas warten.

Nach einer Mittagsschicht rief ich Dariusz an. Er lud mich zu sich ein.

Wir haben ja mittendrin aufgehört beim letzten Mal, sagte er, als wir bei eingeschalteter Stehlampe in seinem Wohnzimmer unter den schmalen Fenstern zum Hof saßen. Er drehte sich eine Zigarette. Der Tabak rutschte vom Blättchen. Dariusz legte ihn wieder hinein, mit einer mir unbegreiflichen Geduld, obwohl ihm das Gebilde wieder mehrmals entglitt und auf die CD-Hülle auf seinen Knien fiel.

Als ich aus dem Glasgebäude des San Francisco Airport auf den Parkplatz getreten war und neben meinem Mietwagen stand, sagte er, habe ich als Erstes den blauen Himmel gesehen, der im Osten von roten Bergzügen begrenzt wurde. Ich meinte, den Pazifik riechen zu können, und ich begriff, dass sich in meinem Rücken ein riesiger Kontinent befand, den ich nicht kannte. In diesem Moment habe ich endlich wirklich verstanden, dass ich nicht religiös bin. Dass ich nicht an den Gott des Alten oder des Neuen Testaments und an Moses oder Noah oder Hiob glaube, dass ich den jüdischen und christlichen Erzählungen höchstens eine allegorische Relevanz zubillige. Niemals hat es Nimrod und den Turmbau zu Babel gegeben, und auch nicht Kain, der Abel erschlug, und auch hat Christus die Menschen nicht erlöst, indem er für sie starb. Das alles sind Märchen, das habe ich in diesem Moment deutlich und zum ersten Mal sicher gewusst, obwohl ich es natürlich vorher schon oft gedacht hatte, wie du ja wahrscheinlich auch, wie jeder. Die vielen Toten im Mittelalter, die Opfer der Kreuzzüge, die Toten der zwei Weltkriege, meine Eltern, meine Großeltern, meine Urgroßeltern und auch ich selbst – all diese Leben sind umsonst gelebt worden und werden umsonst gelebt, sie endeten und enden ohne höheren Sinn.

Aber das zählte jetzt ohnehin nichts. Wichtig war nur die Tatsache, dass ich dort stand, zwischen den in der Hitze knisternden Karosserien, unter diesem blauen kalifornischen Himmel, in diesem ganz anderen, bernsteinfarbenen Licht, das die Berge rot färbte, inmitten flacher Häuser aus Glas und Stahl, über deren Dächer sich die Haarbüschel der Palmen hoben. Nur das gab es in diesem Moment. Mir war bewusst, dass ich einen Monat vor mir hatte, zehntausend Kilometer, und zwischen dem Ort, an dem ich mich befand, und dem Ort, an dem ich am Ende ankommen würde, lagen zwei Halbkontinente, Hunderte von Orten, an denen Hunderttausende, wenn nicht Millionen von Menschen lebten, die ich nicht kannte und die mich nicht kannten. Das war in diesem Augenblick nicht schlimm, nicht erschreckend, sondern im Gegenteil hatte ich plötzlich das Gefühl, dass ich vor einer Weite stand, in der tatsächlich, wie man das ja über dieses Land sagt, alles möglich war.

Kein Land ist einem vertrauter als die USA – das war die nächste Erkenntnis, als ich im Mietwagen vom Parkplatz auf die Straße bog und die erste Tankstelle, das erste Motel und die ersten Bungalows mit Vorgärten an mir vorbeizogen. Die filmische Wirklichkeit, in der ich mich plötzlich wiederfand, schien mir zunächst ganz natürlich und unentrinnbar. Jedes Stückchen Gehsteig, jedes Eckchen blauen Himmels glaubte ich schon einmal gesehen und sogar als Held irgendeines Films über und unter mir nicht nur gesehen, sondern gespürt zu haben. Aber schon bald hatte sich das Gefühl, durch eine vertraute, ja geradezu metaphysisch heimische Kulisse zu fahren, wieder verflüchtigt. Kaum war ich auf die Autobahn, den sogenannten Freeway, gebogen und hatte die Stadt in südlicher Richtung verlassen, fand ich mich in einer Landschaft wieder, zu der ich überhaupt keinen Bezug hatte. Mit einem Schlag kam es mir so vor, als hätte ich mich in einer Umgebung verloren, die fremder, leerer und menschenfeindlicher nicht sein konnte.

Dutzende von Kilometern fuhr ich zwischen staubigen, grauen Hügeln, und auf gleicher Höhe schwebten, merkwürdig verlangsamt, Karosserien mir nicht vertrauter japanischer oder amerikanischer Marken. Keines der Autos überholte mich, und keines habe ich überholt, weil wir alle bereits mit dieser lächerlich niedrigen Höchstgeschwindigkeit fuhren, und so bewegten wir uns alle hintereinander durch diese aus Geröll und Wüstenkraut und braunem Staub bestehende Landschaft, die immer gleichblieb und nur gelegentlich von einem Wäldchen aus rotstämmigen Nadelbäumen zerschnitten wurde.

Etwa hundert Kilometer vor Los Angeles, im Ort Pismo Beach, übernachtete ich bei einer Frau, die in ihrem Haus ein ehemaliges Kinderzimmer vermietete. Sie war Sozialarbeiterin im Jugendgefängnis in Oxnard gewesen und hatte außerdem mehrere Jahre in Uruguay als Entwicklungshelferin gearbeitet. Nun lebte sie allein mit einem jungen Hund namens Comet, den sie zum Blindenhund ausbilden lassen wollte, weil er, wie sie sagte, zu intelligent war, um für immer nutzlos mit einer alten Frau zu leben.

Am nächsten Tag bog ich bald von der Autobahn ab. Ich fuhr durch eine Gegend mit grünen Weinbergen etwas abseits der Küste, über die alte Westernstadt Los

Alamos mit den roten Holzscheunen, deren Türen weiß gestrichen waren, und an einem Stausee vorbei, durch die Berge nach Santa Barbara. In Santa Barbara standen angeblich die Wochenendhäuser der Stars, aber ich entdeckte keinen einzigen mir bekannten Filmstar auf der Strandpromenade. Stattdessen sah ich ein junges Paar, das am Strand Traumfänger verkaufte, und mehrere Männer, die wie Obdachlose aussahen, aber Fahrräder mit Sattel- und Lenkertaschen schoben. Ich trank keinen Tropfen Alkohol, obwohl ich die angeblich guten kalifornischen Weine gerne probiert hätte. In dem Motel, in dem ich übernachtete, gab es einen Kaffeeautomaten, und der Kaffee in den hautfarbenen Plastikbechern war umsonst, also trank ich Unmengen davon und dazu Mineralwasser.

Am nächsten Morgen fuhr ich an der Küste entlang nach Los Angeles. Ich war vollkommen klar im Kopf. Die Häuser an den Hängen zu meiner Linken und der blaue Himmel und die mexikanischen Männer und Frauen, die am Straßenrand auf etwas warteten oder mich auf der Ladefläche eines Transporters überholten, prägten sich in mein Gedächtnis ein. Noch heute sehe ich sie manchmal vor mir. Ich staunte darüber, wie normal alles aussah, trotz der Palmen und des unwirklichen, weichen Lichts und der mir unbekannten Automarken und der zeitlupenartigen Geschwindigkeit auf den Freeways.

In der dritten Nacht mietete ich wieder ein Motelzimmer. Auf der Strandpromenade in Venice Beach kam mir am nächsten Morgen im Strom der Passanten eine Frau mit dunkler Haut entgegen. Sie war ungefähr in meinem

Alter und trug ein schwarzes T-Shirt mit einem Schriftzug der Gruppe Guns N' Roses, die Artur als Jugendlicher gemocht hatte. Ich war mit ihm und einem seiner Schulfreunde, dessen Namen ich vergessen habe, auf einem Konzert im Münchener Olympia-Stadion gewesen, er war damals ungefähr vierzehn Jahre alt. Die Frau, die mir entgegenkam, bewegte sich so anmutig, und sie hatte etwas so Schönes und Ernsthaftes in ihren Gesichtszügen, dass ich mich plötzlich in sie verliebte. Ich fühlte mich so schüchtern auf einmal, als wäre ich in meine eigene Schulzeit zurückgeworfen worden. Ich blieb stehen und drehte mich nach ihr um. Ich dachte, dass ich ihr folgen und sie ansprechen könnte. Ich stellte mir vor, wie wir ins Gespräch kommen, wie wir den Nachmittag zusammen am Strand verbringen würden. Ich sagte mir, du gehst einen Kilometer weiter, dann drehst du um, vielleicht wird sie am Ende der Promenade auch umkehren, und wenn sie dir dann noch einmal entgegenkommt, ist es ein Zeichen, und du musst sie ansprechen, sie zu etwas einladen.

Ich ging weiter, kehrte am Ende der Promenade um und suchte ihr Gesicht und ihr T-Shirt in der Menge der mir Entgegenkommenden, aber sie war nicht unter ihnen, und so stellte ich mich an den Rand einer künstlichen Landschaft aus Beton, in deren Hügeln und Tälern Skateboard-Fahrer ihre Kunststücke übten, und schaute einem blonden Jugendlichen bei seinen Sprüngen und Drehungen eine Weile zu, während ich darauf wartete, dass die Frau vielleicht doch plötzlich neben mir stehen würde, denn auch das hätte ich als ein Zeichen akzeptiert.

Ich verbrachte mehrere Tage in dieser Stadt, in dieser Landschaft aus betonierten Autobahnauffahrten, Rampen, Hochtrassen und Tunneln. Gelegentlich fuhr ich von der Autobahn ab, um die Seitenstraßen eines Industriegebiets zu erkunden. Ich irrte im Schritttempo zwischen flachen Betonquadern umher, hielt an einem Imbiss und trank Kaffee oder aß einen Hamburger. Ich fuhr weiter, durch andere Industriegebiete oder zwischen einstöckigen Häuschen mit Vorgarten, oder ich hielt auf dem Parkplatz vor einem Einkaufszentrum und ließ meinen Blick über die Berge am Horizont wandern. Ich hatte eine vage Vorstellung von den Himmelsrichtungen, ich wusste, dass dort, am Fuß der Berge, die bekannten Gemeinden Bel Air oder Hollywood lagen. Aber ich verspürte kein Interesse, mich dorthin aufzumachen, und auch zog mich das eigentliche Zentrum nicht an, das von ein paar wie zufällig beieinanderstehenden Wolkenkratzern markiert wurde, die sich während meiner Fahrten immer neu gruppierten vor den Bergen.

Ich hatte keine Ahnung, was Artur hier gemacht und wen er getroffen hatte. Es gab keine Möglichkeit, es herauszufinden. Vielleicht hatte er meiner Exfrau geschrieben, aber sie würde es mir niemals verraten.

Am dritten Tag in Los Angeles fuhr ich von der Autobahn ab, die nach Süden führte, und bog auf einen Parkplatz, um zu wenden, als ich in einem Rasenstück direkt vor meiner Motorhaube ein Stück Zementwand aufragen sah, mit Metallstreben darin und mit einem Graffiti-Fragment, ein Stück einer Wand, die mir sofort bekannt vorkam. Ich stieg aus und stand vor einem zweistöckigen, eher unscheinbaren Flachgebäude aus Stahl und Glas, vor dessen Eingangstür ich, im ersten Moment im Glauben, ich müsste mich täuschen, ein altes, gelb lackiertes Auto aus Spielzeugzinn entdeckte, dass sich auf den zweiten Blick als ein Trabant entpuppte.

Es stellte sich heraus, dass sich in diesem Gebäude das *Museum of the Wende* befand, und das Schild neben dem Eingang unter der Klingel besagte zwar, dass ein Besuch nur nach telefonischer Anmeldung möglich sei, aber die Tür summte sofort, als ich klingelte. Ein junger Mann kam auf mich zu und reichte mir lächelnd die Hand. Er stellte sich als Dr. Justinian Jampol vor, und nachdem er mich willkommen geheißen hatte, führte er mich durch Räume, an deren Wänden Keramikteller mit Porträts von Lenin, Marx und Engels oder von Ulbricht hingen. Er zeigte mir Vitrinen, voll mit Toastern, Fernsehern und Radios, mit Spielzeug oder Besteck. Er habe, erklärte er mir, in den 90er Jahren einige Forschungssemester in Berlin absolviert und auf den Flohmärkten der Stadt eines Tages begriffen, dass gerade gewissermaßen ein ganzes Land ausgetauscht wurde gegen ein anderes. Auf den Flohmärkten wurden die Mützen von Volkspolizisten, Besteckkästen, Gemälde, Sessel und Küchengeräte für Pfennigbeträge angeboten. So habe er Alltagsgegenstände der verschwindenden DDR zu sammeln begonnen: in dem Gefühl, dass jemand die Ästhetik dieser Epoche, dieses Systems und seiner Hervorbringungen, bewahren müsse.

Er führte mich in den Keller, wo in Dutzenden von Regalen weitere Uniformen, Poster, Schuhe, Keramik, Bügeleisen, Lampen, Sofas, Zeitschriften und Industriemaschinen gelagert waren, die er später systematisch aufgekauft hatte, und es amüsiert mich noch heute, was er mir dann – nachdem er mir ein paar Mitarbeiterinnen und Gastwissenschaftlerinnen, die dort unten vor ihren Computern oder vor Leuchtkästen saßen, vorgestellt hatte – zeigte. Es war ein Regal von etwa zehn Metern Länge, darin die Bücher und Zeitschriften einer einzigen Person, nämlich des letzten Parteivorsitzenden der DDR, Erich Honecker. Honeckers Privatbibliothek wäre, so erzählte mir Justinian Jampol, wenn er sie nicht gerettet hätte, auf einem Flohmarkt in Berlin einfach Teil für Teil verschachert worden oder sogar auf dem Müll gelandet. Niemand habe sich damals, in den 90er Jahren, für die Bücher von in der ehemaligen DDR lebenden Personen interessiert, ganz gleich, wer diese Personen gewesen waren.

Ich fragte ihn, was er damit vorhabe. Er sagte: Ich weiß es nicht. Für eine schöne Ausstellung eignen sich Bücher leider nicht.

Als ich eine Stunde später aus dem Gebäude trat und in mein Mietauto stieg, als ich durch die Scheiben auf den Parkplatz und die ihn überragenden Palmen starrte, auf diesen blauen Himmel über mir, den blauesten Himmel, den ich je gesehen hatte, kam mir mein Besuch in dem Museum schon vor wie ein Traum. Für einen kurzen Moment hatte ich den Gedanken, dass die Zeit zirkulär sei, dass nichts aufhörte und aus dieser Welt verschwand, dass alles irgendwo weiterexistierte.

Am nächsten Tag gab ich das Auto ab und flog nach Mexico City. Im Flugzeug, zehntausend Meter über der Erde, ergriff mich eine unangenehme Unruhe. Auch auf dem Weg mit dem Taxi vom Flughafen in Richtung Mexiko City, waren mir die staubigen Landschaften und die weiß und pastellgrün getünchten Häuschen, an denen das Taxi entlangfuhr, zuwider. Ich wollte, wie ich in diesem Augenblick erkannte, überhaupt nichts über die Menschen hier wissen. Überhaupt schockierte es mich, zu sehen, wie viele Häuser, wie viele Vorgärten es gab, wie viele Querstraßen kurz hinter der Scheibe des Taxis zu beiden Seiten der Autobahn auftauchten und hinter uns zurückblieben. In einer dieser Querstraßen sah ich ein Kind mit seiner Mutter, ich sah eine Gruppe von Frauen, ich sah zwei junge Männer an einer Straßenecke. Sie verschwanden in meinem Rücken. Wir überholten ein Auto nach dem anderen, darin einzelne oder mehrere Personen, wir wurden von einem Auto nach dem anderen überholt.

Mich packte das Grauen, wie viele Menschen es waren, die ich niemals kennenlernen würde und auch nicht kennenlernen wollte. Ich spürte für einen Moment den naturgegebenen Interessenkonflikt zwischen den Menschen auf dieser Erde, deren Begrenztheit sie notwendig in ein Konkurrenzverhältnis setzte. Gleichzeitig sahen die Leute in den Autos und in den Querstraßen ganz normal aus. Sie schienen keine feindlichen Absichten zu hegen.

Sie standen herum, sie redeten, gingen irgendwelchen Pflichten nach. Alles wirkte normal, die Autobahn funktionierte wie in jedem europäischen Land.

Ich habe seit einigen Jahren kurz nach dem Aufwachen eine wiederkehrende traumartige Vorstellung, sagte Dariusz. Ich sehe vor mir, wie sich die Stern- und Planetensysteme im frühen Kosmos, kurz nach dessen Expansion, aus sich selbst heraus zu vermehren beginnen. Diese Vermehrung sieht aus wie die Teilung einer Zelle während der Mitose. Ich sehe es jedes Mal sehr deutlich, denn ich liege zwar im Dämmerlicht des Morgens, aber ich bin auch dort, in diesen frühen Sekunden nach der Entstehung der Materie. Ich kann eine einzelne Galaxie, eine Verdichtung aus Licht und Staub sehen, die sich wie eine Seifenblase in die Länge zieht, sich ein- und schließlich abschnürt, sodass aus einer Blase bald zwei geworden sind.

Ich habe irgendwo im Internet gelesen, dass in einem Labor an der University of Washington mit Hilfe von Lasern Atome, also Masse mit Gewicht und Dichte und Ausdehnung, in negative Masse umgewandelt wurden. Das geschah bei Temperaturen nahe dem sogenannten absoluten Nullpunkt. Bei dieser Temperatur liegt Materie in fester Form vor, auch Gase. Ich kann mir, ehrlich gesagt, nicht vorstellen, was negative Masse sein soll. In dem Artikel wurde aber der Versuch unternommen, den Unterschied zu normaler Masse zu erklären. Normale Materie, ein Ball, zum Beispiel, strebt, wie es in dem Artikel hieß, einmal angestoßen, in dieselbe Richtung wie die einwirkende Kraft. Negative Masse bewegt sich jedoch in die genau entgegengesetzte Richtung. Beschießt man sie mit einem Laserpuls, bewegt sie sich nicht von der Laserquelle weg, sondern auf diese zu. Das Verhältnis von Kraft und Bewegung verkehrt sich, etwas im Kern der Materie verwandelt sich in sein Gegenteil.

Während der Tage, die ich in Mexico City verbrachte, gingen mir solcherlei Gedanken durch den Kopf. Ich lief durch die Straßen um das Hotel, zog immer größere Kreise durch die verschiedenen Viertel. Alles erschien mir vollkommen normal, obwohl ich kein Wort von dem verstand, was um mich herum gesprochen wurde. Vor einer Kneipe meinem Hotel gegenüber standen einmal vier Jugendliche mit Bierflaschen und rauchten. Sie trugen schwarze Lederjacken mit aufgenähten Schriftzügen, mir unbekannte Symbole, die für mich irgendwelche phantastischen Dinge zu bezeichnen schienen. Einer der Jugendlichen hatte einen neongrün gefärbten Irokesen.

Ich ging in ein Internet-Café, weil ich das Gefühl hatte, dass mir jemand geschrieben haben könnte, und weil man so etwas, wie ich dachte, auf der anderen Erdhalbkugel eben tat. Aber niemand hatte mir geschrieben, und so ließ ich nur meinen Bruder wissen, dass es mir gutging. In einer Seitenstraße meines Hotels stand eine Kirche, die ich besichtigte. Es war eine Kirche im spanischen Kolonialstil, mit gelb getünchten Wänden. Im Inneren war sie mit Blumen und Gold überladen, aber da waren der Altar und die Heiligen auf den Fensterbildern, wie in jeder anderen Kirche, was mich überraschte, denn ich hatte erwartet, dass sie anders aussehen würde als die Kirchen in Europa, auf irgendeine Weise fremd.

Am nächsten Morgen wachte ich mit einem mulmigen Gefühl im Magen auf. Als ich mich ans Fenster stellte und runter auf die Straße schaute, war ich mir sicher, dass Artur hier gewesen war, entweder allein oder mit jemandem, den er hier oder schon in Los Angeles kennengelernt hatte. Ich nahm die Straßenecke dort unter mir plötzlich in all ihren Einzelheiten wahr und zugleich in einer irgendwie abgeschlossenen Ganzheitlichkeit: Ich sah den Hauseingang gegenüber, direkt neben der Kneipe, die Marienstatue im hellblauen Umhang auf einem Sockel in einer Nische über der Tür. Ich sah das hohe Fenster im ersten Stock des Nebenhauses und das Geländer und dahinter die Schemen eines Zimmers. Ich sah das Fußende eines Doppelbetts mit Holzkasten und schneeweißen Laken. Mitten auf dem Gehsteig hatte jemand eine Vase mit Blumen aufgestellt, roten und gelben und weißen Tulpen, die über mehrere Tage dort standen, von den Passanten umgangen.

Ich sah eine Reihe geparkter Autos, die auf der Höhe der gelb getünchten Kirche begann. Das alles ist, ich spürte es in diesem Augenblick überdeutlich, wirklich da, es existiert. Vielleicht ist Artur drei Jahre zuvor hier entlanggegangen. Damals hatte lediglich die Vase mit den Tulpen noch nicht auf dem Gehsteig gestanden.

Ich fragte mich, ob ich sentimental war. Ob das sogenannte Geheimnis des Lebens nicht am Ende so profan war wie diese Kreuzung da unten. Ob all die alten Kulturen – die Ägypter und Juden und Assyrer und Hindus und Azteken und Christen nicht maßlos übertrieben hatten mit ihren Steintreppen und Pyramiden, mit ihren Grabbeigaben und Menschenopfern, mit ihren Domen und Totenprozessionen und Friedhöfen. Ich ärgerte mich über mich selbst, weil ich diese idiotische Reise machte. Mir war zum Heulen zumute, so sinn- und nutzlos erschien mir meine Anwesenheit an diesem Ort.

Als ich schließlich mit dem Bus vom Flughafen aus in den Kessel von La Paz hinunterfuhr und über mir die Wände aus Häusern immer höher wuchsen, spürte ich, dass ich krank wurde. La Paz liegt auf viertausend Metern Höhe, es ist die höchstgelegene Hauptstadt der Welt. Ich blieb eine Woche lang auf dem Zimmer und kotzte und schiss in einem mit pastellgrünen Kacheln ausgekleideten Bad alle zwei Stunden alle Flüssigkeit aus meinem Körper heraus.

Einmal am Tag kämpfte ich mich hinunter auf die stinkende Straße und, Meter für Meter, einen vermüllten Rinnstein entlang bis zu einem Kiosk an der Kreuzung, ein Stück den Berg hinab. Dabei kam es mir vor, als müsste ich ein Gewicht von Tonnen anheben, um auch nur einen einzigen Schritt voranzukommen. Ich bekam keine Luft und musste nach jedem Schritt stehen bleiben und gegen die Schwere des Stadtkessels um mich herum anatmen. An meine Transaktionen in dem Kiosk, wo ich Cola und Salzgebäck kaufte, erinnere ich mich wie an einen Albtraum. Mir steht noch heute kalter Schweiß auf der Stirn, wenn ich daran denke, und mich packt die Panik, weil jeder Atemzug zu flach ist, zu seicht. Ich bekomme, so kommt es mir jedes Mal vor, nicht genug Luft, ich fühle, dass ich das Volumen meiner Lunge nicht ausschöpfen kann, dass ich ersticke, am helllichten Tag, mitten auf dem Gehsteig im Zentrum einer mir fremden Stadt.

Das Gesicht des Verkäufers, der vor mir steht und auf mich einredet, halb besorgt, halb amüsiert, die Frauen, die mich an den Oberarmen greifen und mich stützen, um mich hinaus auf die Straße zu begleiten, die mich laut schreiend verabschieden, indem sie mir auf den Rücken klopfen – das alles sehe ich verzerrt und verdunkelt vor mir. In einer Sekunde durchlebte ich Albträume, die Jahrhunderte anzudauern schienen und die mich in eine Welt der Malereien aus dem Mittelalter warfen. Deutlich glaubte ich die dunkle Gestalt des Herzogs Alba aus einem der Bilder von Brueghel zu sehen, eine Miniatur auf einem Pferd in einem winterlichen Dorf, zwischen den Soldaten, die das Bauernvolk zusammenpferchen. Die Frauen, deren Gesichter viel zu nah an meines herankamen, waren Halbwesen aus Fisch und Mensch, aus Oktopus und Schmetterling, Frosch und Libelle, wie auf dem Bild, in dem die guten Engel gegen die gefallenen kämpfen.

Dann der Weg zurück, den Berg hinauf, mit den Hauswänden über mir. Ich hatte wirklich das Gefühl, dass ich gegen das Gewicht der ganzen Welt ankämpfte, um in das billige, stinkende Zimmer zurückzugelangen. Meine Beine zitterten bei jedem Schritt, ich fühlte, dass meine Muskeln meinen eigenen Körper nicht mehr tragen konnten. Die Straße mit den Häusern, vor deren Fenstern Wäsche hing, die Mülltonnen auf dem Gehsteig und dieser Blick den Berg hinauf, auf die roten Dächer der den Hang hinaufkletternden Häuser, diese sich zum blauen Himmel hin öffnende Schneise – ich war gefangen.

Dariusz lehnte sich zurück, atmete aus. Er drehte den Kopf hoch zum Fenster, dann blickte er mich an.

Mikojeni

Als ich mit dem Bus, sagte er, nach einer Fahrt durch nebelverhangene Berge in Mikojeni ankam, wusste ich sofort, dass Artur wirklich hier gewesen war. Ich war ganz sicher.

Der Bus fuhr eine Serpentine hinab in ein Flusstal, wir fuhren eine Stunde auf einer flachen Straße durch eine wüstenartige Ebene. Dann fing der Ort an, mit zu beiden Seiten sich hinziehenden, verlassen wirkenden flachen Gebäuden und Hallen mit Wellblechdächern, dazwischen das sandige Flussbett und ein Platz, aus dessen Asphaltdecke Grasbüschel wuchsen. Die Bushaltestelle war eine Schotterbucht auf der Höhe eines Kiosks, vor dem ein paar weiße Plastikstühle und ein Plastiktisch standen. Der Holzverschlag war mit einer gelben Plane überspannt. Am Plastiktisch saßen zwei Männer und eine Frau und beobachteten, wie wir ausstiegen. Mit mir stiegen zwei Frauen mit riesigen Taschen und jeweils mehreren Bündeln aus, die mit Decken und Schnur verpackt waren.

Hinter den Gebäuden konnte ich ein paar kahle Hügel sehen. Auf der anderen Seite der Straße war ein Fußballfeld – eine ausgetrocknete Erdfläche mit zwei Toren.

Es war Mittagszeit, die Hitze pulsierte, und obwohl wir durch Nebelwald gefahren waren, war es an diesem Ort staubtrocken. Ich hatte schon von der Bushaltestelle aus mehrere Hotels entdeckt, also ging ich los. Ich wusste sofort, dass ich ganz umsonst hergekommen war. Dieser Ort war schrecklich.

Dariusz blickte mich wieder an. Dann schaute er zu dem Regal neben sich. Vor den aufgestellten Fotografien seiner Eltern und seines Sohnes brannte wieder ein Teelicht und ließ Schatten zwischen ihnen tanzen. Ich konnte, während er die Fotos eine Weile schweigend anschaute, nicht sagen, was er dachte.

Heute habe ich, sagte er dann, gleich nach dem Frühstück, einen Artikel über ein Mädchen namens Wasid in der syrischen Stadt Homs gelesen. Es musste zuschauen, wie fünf Männer in die Wohnung der Eltern eindrangen und den Vater direkt vor seinen Augen köpften. Dann schleppten sie die Mutter ins Schlafzimmer, und es hörte, wie sie sich nacheinander auf sie legten und sie vergewaltigten. Dann wurde es mitgezerrt zu seiner Schule, wo die Kinder, die gerade unterrichtet worden waren, und die zwei Lehrer mit Gewehrkolbenschlägen in den Hof getrieben wurden. Die elf Kinder sollten sich in einer Reihe aufstellen und zuschauen, wie der eine Lehrer durch Schläge zu Boden gezwungen wurde, worauf ihm einer ein Seil um den Hals band, an dessen Enden sie so lange zogen, bis der Lehrer tot war. Das Mädchen, das in dem Artikel Wasid hieß, drehte sich weg, aber einer der Männer schlug ihm von hinten mit dem Gewehrkolben gegen den

Kopf und zwang es, zuzusehen, während sie den anderen Lehrer mit Benzin übergossen und ihn dann anzündeten. Die Kinder mussten zuschauen, bis auch der zweite Lehrer sich nicht mehr bewegte. Dann durften sie nach Hause. Das Mädchen, das Wasid hieß, ging nach Hause, wo seine Mutter ein paar Sachen zusammenpackte, und sie brachen zu Fuß auf, hinaus aus der Stadt. Das Mädchen war in dem Artikel sechs Jahre alt, es war also geboren worden, nachdem der Krieg im Land begonnen hatte. Das Mädchen, so hieß es, ist eines von drei Millionen Kindern, die während des Krieges geboren wurden. Viele von ihnen sind geschlagen oder vergewaltigt worden, haben zusehen müssen, wie ihre Eltern oder Geschwister erschossen oder vergewaltigt oder zu Tode geprügelt wurden oder alles nacheinander. Wie soll man also denken, dass der eigene Verlust etwas Besonderes ist. Wie kann man sich einbilden, man hätte das Recht auf irgendeinen Trost. Ich mache mir keine Illusionen, das Leben ist nicht gerecht und erst recht nicht zu jemandem wie mir, der es nicht anders verdient.

Dariusz schüttelte den Kopf. Es ist auffällig, sagte er, dass in fast allen Erzählungen von der Weltschöpfung am Anfang schon etwas da gewesen ist, ein Urmeer, ein Urwald, ein Urgebirge oder eine Urwüste. Im Alten Testament wird die Welt hingegen aus dem Nichts erschaffen, innerhalb von sieben Tagen, und es gibt dafür einen genau datierten Moment, für Hillel II. zum Beispiel den 7. November 3791 vor Christus, für Luther das Jahr 3960, und die byzantinische Weltära beginnt im Jahr 5509. Sowohl das Diesseits der Juden als auch der Christen und der Araber endet mit der Apokalypse und dem Jüngsten Gericht. Es gibt keinen ewigen Kreislauf der Geburten und Wiedergeburten, keine Traumzeit, die ohne Anfang und Ende ist. Die Welt wird erschaffen, und dann endet sie, und alles, was auf ihr passiert, passiert nur ein einziges Mal. Für das, was passiert, haben wir uns zu verantworten, wenn auch nur vor uns selbst, aber das ist vielleicht das Schlimmste.

Ich stand also in diesem Mikojeni, die drei Leute vor dem Kiosk hatten ihr Interesse an mir schon verloren, und ich wusste, dass meine Anwesenheit an diesem Ort zu nichts führen würde. Ich nahm mir ein Zimmer im ersten Hotel, auf das ich stieß. Es hieß *Mirador*, weil man von einer Dachterrasse auf das Tal mit dem See hinter dem Dorf blicken konnte. Auf einem der Hügel standen zwischen vertrocknetem Gebüsch mehrere Hütten. An der Flanke waren die Buchstaben *Mikojeni* mit weißen Steinen ausgelegt worden, man konnte den Namen von jedem Punkt im Dorf aus über den Dächern sehen. Die Luft stand, und über allem lag eine Stille, wie sie wohl überall auf dieser Welt, wie ich in dem Moment dachte, nur um die Mittagszeit herrscht, und gerade diese Tatsache, diese Verwandtschaft der Weltregionen machte mich auf einmal furchtbar träge.

Ich zwang mich, das Hotelzimmer zu verlassen und nach Arturs Haus zu suchen, von dem ich nur wusste, dass es außerhalb des Dorfes und in der Nähe des Sees liegen musste. Ich ging im Schatten hoher Mauern, die Gärten und Wege voneinander trennten. Auf dem zentralen Platz mit der Kirche befand sich ein Restaurant, vor dem jedoch alle Tische unbesetzt waren. Über mir auf einer Mauer, in einer engen Gasse, die steil abfiel, steckten grüne und braune Flaschenscherben, und das erschien mir in diesem Augenblick, da ich durch das menschenleere Kaff ging, in dem ich nichts Wertvolles vermutete, merkwürdig deplatziert. Und doch verwiesen die Scherben auf ein echtes Leben hier, auf normale zwischenmenschliche Verhältnisse.

Es war mir fast unmöglich, mich aus dem Schatten zu wagen und durch einen der Sonnenflecken zur nächsten Schatteninsel zu gelangen. In einem Hof parkte ein Transporter mit offener Ladefläche, darunter lagen drei Hunde und schauten mir nach, hechelnd.

Ich fragte eine Frau, die auf der Treppe vor einem Hauseingang saß, wie man zum See kam. Sie deutete nach unten. Ich zeigte ihr auf meinem Telefon ein Foto von Artur, und da redete sie auf Spanisch auf mich ein und zeigte wieder bergab. Ich verstand nicht viel mehr, als ich schon wusste, aber etwas anderes passierte: Ich entdeckte in ihrem Gesicht eine entsetzliche Apathie. Ihr Mund mit den noch jugendlich weißen Zähnen, ihre Haut, die aus der Nähe große Poren und Pickelchen aufwies, die Trägheit ihres Blicks und eine Art Verschleierung, eine Art Dumpfheit in ihren Augen, als sie mich so vollkommen unbeteiligt, sich keines Leids bewusst, ansah, ließen mich schaudern, in der größten Hitze lief mir ein Kälteschauer den Rücken hinab. Sie bewegte ihren Arm, um mir die Richtung zum See zu weisen, derart verlangsamt und lethargisch, dass ich mich nur mit Mühe beherrschen konnte. Ich bedankte und verabschiedete mich.

Als ich der Frau auf der Treppe den Rücken kehrte, fragte ich mich, ob sie mir gefährlich vorkam. In ihren Zügen, in jedem Spiel der Bewegungen, schien, wie ich plötzlich meinte, ein uraltes Erbe aufzuschimmern, der ewige Kreislauf der Generationen. Ihr Blick schien mir die ewige Gleichgültigkeit der Natur gegenüber allem Menschlichen zu reproduzieren, die absolute Abwesenheit von Form. Ich sah das alles, sah in den Abgrund der Indifferenz, obwohl ich von der Individualität und Einmaligkeit eines jeden Menschen überzeugt bin. Ich sah in ihrem Blick eine unendlich in die Vergangenheit hinabreichende Verwandtschaft, vor der das blanke Nichts gewesen war.

Ich ging über Stufen den Berg hinab. Ich kam an einem Supermarkt vorbei, vor dem eine Auslage mit Gemüse stand. Dann war das Dorf zu Ende, und ich befand mich auf einem Schotterweg. Der See lag nun genau unter mir. Zwei Kinder folgten mir mit den Augen, während ich an ihnen und den Kühen, zwischen denen sie auf einer roten Decke saßen, vorbeiging, und als ich den Arm hob, hoben auch sie je einen Arm und schauten mir mit ausdruckslosen Gesichtern weiter nach. Über der Weide sah ich Kabel, die zwischen Holzmasten zum See führten und zu zwei Bauernhöfen.

Als ich den ersten Hof erreichte, sprangen zwei Hunde

gegen den Zaun. Ich ging schnell weiter. Der See hatte kaum dreihundert Meter Durchmesser, und als ich am Ufer stehen blieb und über das Wasser schaute, in dem Artur ertrunken war, empfand ich nichts. Auch die Umgebung, die Hügel, die Tiere auf den Weiden und das Dorf über mir lösten keine Regung in mir aus. Ich meinte, dass da ein Gefühl in mir war, aber wenn ich es greifen und festhalten wollte, entzog es sich mir.

Irgendwo an diesem Ufer hatte sich Artur ein Haus gebaut, um darin mit einer Frau zu wohnen, die er geliebt hatte, dachte ich. Der Bauernhof in meinem Rücken war vielleicht der Ort, an dem sie Baumaterial geholt hatten. Vielleicht hatte er auch die Ruinen am Eingang des Dorfes auseinandergenommen, dachte ich. Ich wusste nichts davon, ich wusste nichts.

Ich überlegte, einem Mann, der mir entgegenkam, Arturs Foto zu zeigen, aber ich wollte es plötzlich nicht mehr tun. Ich wollte auch nicht mehr weiter, ich wollte nicht um den See.

In den nächsten Tagen suchte ich das Restaurant am Hauptplatz auf. Ich setzte mich an einen Tisch gegenüber der Kirche und ließ meinen Blick über den Platz schweifen. Nichts passierte. Ich hatte keine Erkenntnis. Ich fand keine tiefere Einsicht.

Der Wirt sprach Englisch. Er erkannte Artur auf dem Foto und sagte, dass er ihn hier gesehen habe. Er hatte eine Frau, sagte er, sie wohnten am anderen Seeufer. Die Frau sei fortgegangen, er wisse nicht, wohin. Ich habe nie mit ihnen gesprochen, sagte er. Sie kamen zum Einkaufen her, sie hatten einen alten Geländewagen. Hier bei mir, sagte er, waren sie nie.

Ich suchte das Haus auf, in dem die Party gewesen sein musste, auf der Artur zum letzten Mal lebend gesehen worden war. Ich stand vor dem Haus, umrundete es und schaute mehrere Minuten in den Garten. Mir vorzustellen, dass Artur hier mit Leuten gesprochen hatte, gelang mir nicht.

Eine Frau mit einem Kind auf dem Arm trat aus dem Haus. Worüber haben Sie, fragte ich, nachdem sie an den Gartenzaun herangetreten war und Artur auf dem Foto sofort erkannt hatte, miteinander gesprochen?

Sie wusste es nicht mehr, ich konnte sehen, dass sie es nicht wusste. Sie wollte sich gerne erinnern, auch das konnte ich sehen. Ich sah in ihrem Blick Mitleid und ihr Bedürfnis, mir irgendwie behilflich zu sein, ihre Anstrengung, sich zu erinnern.

Wir haben viel gelacht, sagte sie in schlechtem Englisch. Ihr Sohn hat Gitarre gespielt. Er hat viel gegessen. Er hat getanzt. Er war freundlich und witzig. Er war ein guter Mensch, sagte sie.

Inwiefern?, fragte ich.

Er hat uns einmal geholfen, ein Loch zu graben.

Was für ein Loch?

Für die Toilette, sagte sie und deutete auf eine Hütte, die neben dem Haus im Garten stand.

Sie ließ mich in den Garten treten. Die Holzwände der Hütte endeten oberhalb des Bodens. Unter den Brettern war die Erde glatt und feucht.

Was hat er auf der Party gemacht?, fragte ich. Worüber hat er an diesem Abend gesprochen?

Ich weiß es nicht, sagte sie. Ich kann mich nicht erinnern, sagte sie, und ihr Gesicht zeigte wieder Mitleid, was ich nicht länger ertrug. Ich bedankte mich und ging, mit einem Gefühl der Leere und so entkräftet, als wäre ich es gewesen, der das Loch unter der Hütte gegraben hatte. Mir schmerzten die Arme und Beine.

Ich stieg noch einmal zum See, ging an den Höfen vorbei und folgte den Stromleitungen. Man konnte sehen, dass die Masten selbstgeschlagene Baumstämme waren, die Leitungen waren mit runden Haken befestigt. Am anderen Ufer entdeckte ich das Haus, an dem die Stromleitungen endeten. Ich blieb auf halber Strecke stehen und schaute das Haus von weitem an. Es war flach, einstöckig, aus Holz, mit einem Wellblechdach. Die Fenster waren mit Holzläden verschlossen, der Garten war mit Brettern umzäunt, ein paar niedrige Sträucher standen darin. An der Hauswand lehnte ein Fahrrad. Das Haus hatte einen Kamin und vor dem Vordereingang eine Veranda.

Ich weiß nicht mehr, wie ich ins Hotel zurückfand. Ich wachte am nächsten Morgen auf, in einem Zustand körperlicher Erschöpfung, mit Muskelkater in Schenkeln und Oberarmen. Ich packte meine Sachen, bezahlte das Zimmer und ging zur Busstation. Zwei Tage später flog ich nach Atlanta und weiter nach Frankfurt.

Er hatte ein Haus gebaut. Ich hatte es gesehen, ich hatte dort gestanden und es angeschaut. Ich kann nicht sagen, was das bedeutet. Es bedeutet vielleicht etwas Gutes, aber ich weiß nicht, was.

Dariusz lehnte sich zur Seite, schaute zu mir hoch. Möchtest du noch ein Glas Apfelschorle?, fragte er.

Ich schüttelte den Kopf.

Er stand umständlich auf und ging aus dem Raum, kam wieder mit dem Tetrapak Apfelsaft und einer Flasche Mineralwasser und stellte beides auf den Glastisch. Er hatte mein Glas schon in der Hand, aber dann hielt er inne und tippte auf sein Telefon, das neben dem Aschenbecher lag.

Möchtest du vielleicht lieber ein Glas Wein?, fragte er.

Nein danke, sagte ich, und er nickte.

Er setzte sich wieder, hob die CD-Hülle auf seine Knie und begann, eine Zigarette zu rollen, was ihm tatsächlich nach dem zweiten Versuch gelang.

Wann war diese Reise?, fragte ich.

Vor einem Jahr, sagte er. Es ist schon wieder eine Weile her.

Wir saßen da, er rauchte, und irgendwann dachte ich, weil er nun immer wieder sein Handy antippte und auf die Uhrzeit schaute, dass er vielleicht allein sein wollte, und ich sagte, ich müsse gehen.

Okay, sagte er und stemmte sich aus dem Sessel, begleitete mich in den Flur.

Einen schönen Nachmittag, sagte ich.

Dir auch, sagte er.

Bis bald, sagte ich.

Ja, bis bald, sagte er. Ich gehe später vielleicht noch etwas spazieren, sagte er. Er hob die Hand, ich hob meine, dann stieg ich die Treppe hinauf und durchquerte den Hinterhof. Ich ging durch den Hausdurchgang und trat auf die Straße.

Die Plakette

Dariusz hatte seine Stelle in der Tankstelle verloren. Ich musste ihn entlassen, sagte Tobi. Man kann sich nicht darauf verlassen, dass er kommt. Man erreicht ihn nicht. Wenn er da ist, arbeitet er gut, aber dann verschwindet er wieder für Tage, und man weiß nicht, wo er ist und ob er jemals wieder auftauchen wird.

Ich besuchte ihn nach einer Morgenschicht und brachte ihm einen Kebab vom Kiosk in der Osloer Straße mit. Wir aßen zusammen in seiner Küche. Er wirkte gutgelaunt und erzählte mir, dass er schon eine neue Stelle habe, in der Küche eines türkischen Imbisses, wo er abwasche und die Salate schneide.

Am Montag geht's weiter, sagte er.

Das freut mich, sagte ich.

Ein Hoch auf die Arbeit, sagte er.

Nach dem Essen setzten wir uns in sein Wohnzimmer. Er erzählte von einer Sache, über die er schon seit längerem nachdenke, und fragte mich, was ich davon hielte. Ich sagte, es sei eine gute Idee.

Ich habe sie bereits in die Tat umgesetzt, sagte er. Willst du es sehen?

Wir spazierten zum St.-Sophien-Kirchhof II, traten links am Luther-Zitat und an der gelben Kapelle vorbei auf den Gehweg, der sich gleich gabelte und uns an der Baustelle um das Grabgebäude der Familie Stange entlangführte. Dariusz trug seine violette Jogginghose mit dem breiten grünen Streifen, die an den Knien ausgebeult war, sodass sie aussah wie die Hose eines Sultans, was zusammen mit den weißen Turnschuhen und dem schwarzen Jackett aber wiederum ganz normal aussah und in unser Viertel passte.

Wir kamen nur langsam voran, weil er das Bein mit der Schiene immer etwas zu weit anhob und dabei seinen Körper verdrehte, sodass er bei jedem Schritt die Kräfte und Gegenkräfte austarieren musste wie ein Kran, der einen Stahlträger schwingt, und die Verlangsamung, die daraus resultierte, gab unserem Vorankommen etwas Beiläufiges, als spazierten wir hier gemütlich und sonntäglich herum und könnten ebenso irgendwo weit draußen außerhalb der Stadt durch einen Kiefernwald über den Sandboden gehen.

Dariusz hatte den zweifach gefalteten Brief der Friedhofsverwaltung in der Hand, den er mir noch in seiner Wohnung vorgelesen hatte. Er trug ihn mit sich wie eine Landkarte, die ihm den richtigen Quadranten zeigen würde, und zugleich als offizielle Berechtigung, heute und bis ans Ende aller Zeit hier sein und über diese Wege gehen zu dürfen, obwohl es ein evangelischer Friedhof war und kein katholischer. In dem Brief bestätigte die Friedhofsverwaltung den Eingang der Gebühren für eine

Plakette an der Gedenkwand in Abteilung E21. Er habe sich für eine Mietdauer von drei Jahren entschieden, woraus sich eine Nutzungsberechtigung bis zum 10. 5. 2020 ableite. Eine Verlängerung für drei weitere Jahre ergebe sich automatisch, falls mit einer Frist von drei Monaten keine schriftliche Kündigung erfolge.

Mir brannte, wenn wir in einen Sonnenfleck traten, die Haut an den Unterarmen, ich musste die Hand vor die Augen halten. Der Himmel war nur blau, wenn wir wieder in den Schatten gelangten und ich ihn aus diesem Schatten heraus zwischen dem grünen Blattwerk über mir sah. Beim Hinaustreten ins Sonnenlicht verblasste er sofort zu einem gleißenden Weiß.

Ich bildete mir ein, Gerüche wie in einem Wald wahrzunehmen, ausgedörrten Nadelboden, trockene Erde, verdorrtes Gras. Obwohl kein Wind zu spüren war, rauschten die Baumkronen.

An einem Wasserhahn, der von drei Seiten mit einer niedrigen Backsteinmauer eingefriedet war, stand ein Mann und hielt, wobei es darin donnerte, eine grüne Plastikgießkanne unter den Wasserstrahl. Er stand auf einen Rollator gestützt, lehnte sich darüber hinaus wie über das Geländer eines Balkons, mitten in der Sonne, mitten in der Mittagshitze, eine übermenschliche Anstrengung, dachte ich, während er uns nachschaute, die ihm gar nichts auszumachen schien.

Ich habe einmal mit meinem Bruder, als wir Kinder waren, ein Spiel gespielt, sagte Dariusz, während wir einem weißen Schild an einem Baumstamm in Richtung

Abteilung E21 folgten und vor uns die Kapelle aus rotem Backstein, die in ein Baugerüst eingespannt war, sichtbar wurde.

Bei diesem Spiel ging es darum, wer sich traute, im Flur unserer Wohnung, direkt nach der Schule, solange unsere Eltern noch in der Arbeit waren, Anlauf zu nehmen und durch die Glasscheibe der Wohnzimmertür zu springen. Ich weiß nicht mehr, wer von uns auf die Idee zu diesem Spiel gekommen war.

Dariusz lachte auf und blieb stehen. Er drehte sich zu mir um, und der Blick, der mich traf, war viel zu direkt, viel zu vertraulich. Es lag so viel ungeschützte Fröhlichkeit darin, dass ich es kaum aushielt und wegschauen wollte, aber da setzte er sich schon wieder in Bewegung.

Gewonnen habe jedenfalls ich, sagte er. Aber dabei habe ich mir den Unterarm aufgeschnitten. Und als kurz darauf unsere Mutter von der Arbeit nach Hause kam, gab es den größten Anschiss, den wir bis dahin je bekommen hatten. Ich wurde sofort ins Krankenhaus gebracht, und der Arzt soll später behauptet haben, dass ich verblutet wäre, wenn mein Bruder mir nicht die Wunde mit einem Tuch abgebunden hätte. Man kann die Wut unserer Mutter also verstehen. Sie war außer sich, schrie und hätte uns wohl am liebsten in ein Waisenhaus abgegeben. Aber als ich am folgenden Tag aus dem Krankenhaus nach Hause kam und unser Vater nur noch halbherzig brüllte und sich die Lage allmählich beruhigte, rief unsere Mutter uns zu sich ins Wohnzimmer und ließ sich genau erklären, was wir vorgehabt hatten. Nachdem wir ihr im

Flur unsere Absprunglinie gezeigt hatten, schüttelte sie den Kopf und sagte: Beim nächsten Mal ruft ihr den Krankenwagen schon vorher, setzt aber die Linie weiter nach hinten. Von hier schafft es doch jeder Idiot.

Er lachte wieder. Wir waren noch einmal abgebogen und gingen an einer letzten Reihe von Gräbern mit verwitternden Steinplatten entlang. Der Weg endete in einer Betonleiste, und dahinter kam Rasen und nach ein paar Metern die rote Wand.

Ich muss in letzter Zeit oft an meine Mutter denken, sagte Dariusz. Ich vermisse sie, ich vermisse auch meinen Vater. Ich sehe in letzter Zeit oft meinen Bruder und mich in unserer Wohnung, oder bei einem Sonntagsspaziergang am Kanal im Park Ludowy unter blühenden Kastanien, oder im Sächsischen Garten, oder am Zemborzycki-Stausee, wo wir sonntags badeten.

Wir waren auf die Wiese getreten und standen vor der Backsteinmauer, an der silberne Plättchen hingen mit eingravierten Vor- und Nachnamen. Ich las: *Marion Kanther, 07.02.1987–02.07.2011, Benjamin Karsten Bautz, 12.12.1988–01.05.2014.* Der Boden war weich, ich sank darin unter meinem eigenen Gewicht ein. Ich ließ meinen Blick über die Plättchen und die Namen wandern. Es waren ungefähr dreißig. Dariusz neben mir schwieg.

Auf dem Plättchen, das ich schließlich entdeckte, stand *Artur Kijowski, 27.05.1983–09.09.2009.* Ich versuchte, darauf zu achten, ob Dariusz irgendeinen besonderen Ausdruck hatte, der mir verraten würde, wie es für ihn war, hier zu stehen. Aber er stand nur neben mir und schaute auf die Wand, ließ seinen Blick an ihr entlang nach oben wandern, hinauf zur Seitenwand des Wohnhauses, das gleich daran angrenzte. Er blickte nach links, er machte einen Schritt, um das Bein mit der Schiene kurz anzuheben und wieder auf dem Boden abzustellen.

Nach einer Weile sagte er: Komm, lass uns gehen!

Er drehte sich um und ging los. Ich hatte das Gefühl, dass wir viel zu kurz hier gestanden hatten. Aber als wir zurück auf den Gehweg traten, fühlte ich mich auch erleichtert. Ich dachte an Veronika und an unsere Wohnung in unserem Viertel, ich dachte an die Arbeit in der Tankstelle. Als wir auf den Hauptweg bogen, war vor uns der Ausgang zu sehen. Wir gingen darauf zu.

Quellen

Was ich über das Leben und Werk von Arnold Słucki weiß, verdanke ich Elvira Grözingers Aufsatz *Das verlorene Paradies. Zu Arnold Słuckis Dichtung*, in: *Suche die Meinung: Karl Dedecius, dem Übersetzer und Mittler zum 65. Geburtstag*, herausgegeben von Elvira Grözinger und Andreas Lawaty, Wiesbaden 1986.

Das auf Seite 101 zitierte Gedicht *Apoteose* aus Arnold Słuckis *Biographie eines Engels*, erschienen 1982 unter dem Titel *Biografia anioła* bei Państwowy Instytut Wydawniczy, Warschau, ist in meiner eigenen Übersetzung abgedruckt.

Die Prophezeiungen von Fátima auf Seite 235 zitiere ich in leicht abgeändertem Wortlaut nach www.vatican.va.

Ich bedanke mich bei Justinian Jampol für die spontane Führung im *Museum of the Wende* in Los Angeles.

Weitere Titel von Matthias Nawrat

Die vielen Tode unseres Opas Jurek

Unternehmer

FSC
www.fsc.org
MIX
Papier aus verantwortungsvollen Quellen
FSC® C083411

Das für dieses Buch verwendete Papier ist FSC®-zertifiziert.